Manfred Eichhorn
Die Maske der Moretta

Manfred Eichhorn

Die Maske der Moretta

Ein Ulm-Krimi

Silberburg-Verlag

Manfred Eichhorn, geboren 1951, ist selbstständiger Buchhändler in Ulm und Autor von Romanen, Erzählungen, Sketschen, Theaterstücken, Gedichten und Kinderbüchern in Schwäbisch und Schriftdeutsch.

»Löblich wird ein tolles Streben
wenn es kurz ist und mit Sinn.«
Goethe, Der Cölner Mummenschanz

für
Karl-Heinz Hahn
Erster Kriminalhauptkommissar a.D.

1. Auflage 2010

Lektorat: Michael Raffel, Tübingen.
Umschlaggestaltung: Wager ! Kommunikation, Altenriet.
Druck: CPI books, Leck.
Printed in Germany.

ISBN 978-3-87407-881-8

Besuchen Sie uns im Internet
und entdecken Sie die Vielfalt unseres Verlagsprogramms:
www.silberburg.de

Prolog

Cöln, 22. Januar 1823

Über den Rhein zogen dichte Nebelschleier. Sie zogen nach Frankreich hinüber, der Besatzung hinterher, die zwei Jahrzehnte lang hier das Leben diktiert hatte. Die hatten ihre eigene Ordnung mitgebracht und die alten Regeln verworfen.

Den Karneval, den verboten sie gleich. Der war ihnen unheimlich. Und sie klagten an: Nichts als ein wüstes Treiben ist das, bei dem im Schutz der Masken Schlägereien und Schlimmeres angezettelt werden.

Dass dieses primitive Treiben harmlos und ein Aufstand nicht zu befürchten war, merkten die Franzosen jedoch schnell und ließen den Karneval wieder zu, gaben ihn in die Hände derer zurück, die jetzt noch dreister durch die Straßen zogen, um zu beleidigen und mit ordinären und obszönen Späßen die Bürger zu verschrecken. Nichts war mehr zu spüren vom einst so schönen und berühmten Karneval, der einen in ein anderes, ein besseres Leben versetzte. Für ein paar Wochen regierte dann Prinz Carnevale mit närrisch gütiger Hand. Jetzt war der Regent ein Rüpel und seine Gefolgschaft der Mob.

Ein Mann in einem violetten Mantel stand am Ufer des Rheins und schaute aufs Wasser und ans andere Ufer, als schaue er den Franzosen hinterher. Er zog aus dem Mantel die Maske der Moretta, eine venezianische Maske, klein, oval und mit Samt bezogen. Sie bedeckte nur die Teile des Gesichts, die Emotionen und Gefühle am stärksten widerspiegelten. Er hielt sie sich vor die Augen, als würde er mit ihr alles klarer und deutlicher sehen.

Die Franzosen sind fort, dachte er, sind mit dem Nebel über den Rhein zurück nach Frankreich gezogen; haben den Preußen, mit ihrer Strenge, ihrer Disziplin, ihrer Ordnung, die Stadt überlassen. Preußische Soldaten und preußische Beamte. Die haben jetzt das Sagen hier. Und er dachte an Matthias Joseph de Noël, der ihnen gesagt hatte, wie es denn weitergehen soll in unserer schönen Stadt. »Wir müssen die Gunst der Stunde nutzen. Lasst uns den einst so schönen Karneval wieder feiern und ihn nicht länger dem Mob überlassen!« Wie Samenkörner streute er seine Vorstellungen in die Runde, damit die prächtigen Papierblumen endlich wieder blühen konnten. Damals, als sie sich zum ersten Mal im besten Lokal der Stadt getroffen hatten; an jenem Abend, an den er jetzt, während er den Uferweg entlangging, dachte und sich an alles erinnerte:

Die venezianische Maske! Ich hatte sie plötzlich aufgesetzt. Weiß nicht mehr warum. Einfach aufgesetzt, während die anderen heiß debattierten, dass unser Dom, diese Ruine, endlich fertiggestellt werden muss. Und als das Gespräch dann auf den Karneval, den eigentlichen Grund dieses Treffens, kam, weil man den nicht mehr dem Mob überlassen wollte, da habe ich die Maske der Moretta, vor Jahren von einem Händler aus Venedig erstanden, einfach aufgesetzt und so maskiert in die Runde geblickt.

Ich befand mich in illustrer Gesellschaft. Ärzte und Schriftsteller, Künstler und Kunstsammler und angesehene Kaufleute waren das. Männer, die öffentliche Ämter bekleideten, Männer, die aus Fabrikantenfamilien stammten. Sie alle saßen um mich herum, und ich, ein Unbedeutender, wurde in diesem Augenblick Mittelpunkt dieser Runde. Und als ich durch die Maske in ihre zunächst verstörten Gesichter blickte, entdeckte ich, dass an Stelle ihrer Verstörtheit nach und nach ein Staunen gerückt war, das bald einem befreiten Lachen Platz machen musste, dem wiederum ein ohrenbetäubender Beifall folgte.

Ich, der Namenlose, hatte mit einem Male einen bedeutenden Namen: Die *Venezianische Maske* nannten sie mich.

Und Herr de Noël hob an: »Nun haben wir unseren diesjährigen Prinz Carnevale! Er braucht zum Regieren nicht einmal Worte. Er lässt seine Maske sprechen. Das ist eines Prinzen Carnevale würdig.«

An diesem Abend wurde mit der Gründung des *Festordnenden Comités* begonnen, von dem alle eine Karnevalsreform erhofften, die richtungweisend für die kommenden Generationen sein sollte.

Er ging noch immer das Rheinufer entlang. Die Dämmerung hatte eingesetzt. Und er dachte an das *Festordnende Comité,* dem er nun angehörte und zu dessen Aufgaben er bereit war.

Als sie sich wieder trafen, wurden die anstehenden Aufgaben an einzelne Gruppen vergeben. Ihm wurde die Verzierung des Saales Gürzenich anvertraut. Andere sollten den literarischen und musikalischen Teil des Festes gestalten. Eine dritte Gruppe beschäftigte sich mit Dekorationsangelegenheiten, und eine vierte Gruppe verwaltete die Finanzen. Die letzte unterzog sich der Beschaffung der erforderlichen Wagen und Pferde für den Maskenzug.

Während er das Rheinufer verließ, um in die Gasse einzutauchen, die zum Treffpunkt des Comités führte, spürte er mit einem Male ein Unbehagen, das der Vorfreude auf die Versammlung nicht Platz machen wollte.

Heute treffen wir uns wieder, jubilierte er still in sich hinein. Und ich werde wieder La Moretta, meine Maske, tragen, den ganzen Abend lang.

La Moretta, das war er. Er griff in die Innentasche seines Mantels. Die Maske war da. Er spürte sie. Er bohrte die Finger durch ihre Augen, strich über die samtenen Wangen und ließ dann beruhigt von ihr ab.

Er dachte an den bevorstehenden ersten Maskenzug, der am 10. Februar durch Cöln ziehen würde. Und an den Maskenball danach im Festsaal Gürzenich, der die Arbeit des Festcomités krönen würde. Er war stolz, die Verantwortung für die Verzierung des Saales tragen zu dürfen.

Plötzlich hörte er Schritte. Ein Trommeln auf dem Kopfstein. Rannten da welche? Die Gasse war düster. Kein Ort, um sich wohlzufühlen. Und dann wurde es laut. Ein Grölen, das ihn aus allen Gedanken riss, ihn aufschreckte und hellwach werden ließ. Es kam näher. Einen Augenblick lang dachte er daran, in einem der Hauseingänge zu verschwinden, Unterschlupf für Minuten zu suchen, bis die Gefahr weitergezogen war. Denn dass von diesem umherziehenden Pöbel Gefahr ausging, das war ihm klar und bis in die Haarspitzen spürbar.

Aber dann dachte er, dass er sich vor dem Pöbel nicht fürchten dürfe. Schließlich hatten sie ihr Comité nicht ins Leben gerufen, um bei erster Gelegenheit klein beizugeben.

Die Geräusche des Pöbels kamen näher und näher. Ihre Stöcke schlugen gegen Zäune und Mauern. Und dann standen sie ihm mit einem Male gegenüber.

Hässliche, grimassenverzerrte Fratzen aus Holz, hinter denen die Wut, auf wen auch immer, sich ballte. Dieser Pöbel, auf der Suche nach einem Opfer, stand nun plötzlich vor ihm.

Denen durfte man den Karneval doch nicht überlassen. Er wäre für immer verloren. Es war doch höchste Zeit, dass hier wieder ein anderer Ton überwog.

Schnell griff er in die Innentasche seines Mantels und holte die venezianische Maske hervor, legte sie an sein Gesicht und band sie fest. Das war das Gesicht des neuen, wiederauferstandenen Karnevals. Ihr waren die Fratzen nicht gewachsen. Die Schönheit seiner La Moretta würde alle betören, auch die Feinde, das wusste er. Und er ging den hässlichen Larven entgegen, grüßte mit Karnevalsgruß, den sie mit Gelächter erwiderten. Und das war ein anderes Lachen als das der Freunde vom Comité, als er mit der venezianischen Maske sich zeigte. Es war ein Lachen, das Gewalt ankündigte, das Schmerzen im Schlepptau mit sich führte, das bald in ein wüstes Lästern überging. Sie fluchten, dann kläfften sie wie wildgewordene Hunde, fanden ihre beschränkte Sprache wieder und besudelten ihn damit. Sie waren jetzt so nah, dass er durch die Larven hindurch ihren schlechten Atem riechen konnte.

Sie erhoben ihre Stöcke. Er wich zurück. Sie schubsten ihn mit den Stöcken die Gasse hinab, zurück zum Ufer, von wo er gekommen war. Bald schlugen sie auf ihn ein. Und als er lag, traten sie ihm ins Gesicht. Die Maske hielt ihren Schlägen stand. Sie schlugen ihn wieder und wieder und traten zu und immer ins Gesicht, und immer auf die venezianische Maske, damit sie zerspringt wie ein gläserner Wunsch. Doch die Moretta hielt stand. Da hoben sie ihn hoch und trieben ihn ans Ufer des Rheins und stießen ihn ins kalte Wasser, das einem den Atem nimmt. Als er zu zappeln begann, wie ein Fisch, gefangen im Netz, lachten sie wieder. Und als er versuchte, sich in die Barke zu ziehen, da schlugen sie mit den Stöcken auf seine Hände. Und als er, mit letzter Kraft, zurück ans Ufer schwimmen wollte, da stießen sie ihn zurück ins Wasser, bis die Strömung ihn mitnahm. Da ließ er sich treiben und prüfte, ob seine Moretta noch saß. Er würde sie noch brauchen. Auch in der anderen Welt.

1

Die Krähe saß stumm am Fenster. Dann plötzlich schrie sie. In ihrem Schrei steckten die Toten der letzten Tage. Sie trug den Friedhof mit sich. Nun legte sie ihn auf dem Fensterbrett ab und flog davon.

Von ihrem Flügelschlag wachte Lott auf. Er schaute zum Fenster. Die Krähe war weg. Von Krähen zu träumen konnte nichts Gutes bedeuten. Er überlegte, ob er aufstehen oder versuchen sollte weiterzuschlafen. Er hatte die Wahl.

Wollte er zurück in diesen Traum, erkunden, was die Krähe jetzt vorhatte? Vielleicht holte sie den Friedhof ja wieder ab und brachte ihn dahin zurück, wo er hingehörte. Krähen waren als Trauergäste vorbildlich. Stumm begleiteten sie von den Friedhofsbäumen aus den letzten Weg der Verstorbenen. Und wenn sie dann schrieen, ging das Leben weiter.

Von einer Beerdigung gehen die nicht unmittelbar Betroffenen gestärkt nach Hause. Denn ihre Seelen hatten schließlich ihre Wohnstatt behalten. Wie gut tat es, danach zu essen, zu trinken und zu lachen. Oder auch zu vögeln.

Lott starrte zur Tür. Dahinter verbarg sich Hermann Törner. Der hörte nicht auf, seine Waffe auf Lott zu richten. So ging das die ganze Zeit schon. Seit damals, als er es im Licht der Autoscheinwerfer zum ersten Mal tat. Nein, nicht seit damals. Erst später, im November vielleicht, als Lott schon nicht mehr mit Hermann Törner gerechnet hatte.

Jetzt war die Erinnerung ein lästiger Film, den er sich wieder und wieder anschauen musste. Was fehlte, war die Hintergrundmusik. Die, die aus Lisas Zimmer jetzt kam, taugte nicht dazu. Es war eine Melodie, an der noch keine Erinnerung haftete.

Als die Schulferien begannen, war der Sommer schon zu Ende gewesen. Nur für ein paar Tage kam er noch einmal zurück, dann hatte der Herbst endgültig die Oberhand. Und der zeigte sich bereits im Oktober von seiner dunkelsten Seite, wollte aber dann für den Winter nicht Platz machen. Erst Wochen später kam er, zaghaft, wenn auch mit Schnee beladen, der nur für wenige Tage reichte. Jetzt war es bereits Februar, und nichts hatte Lott dafür getan, sein Leben zu ändern. So wie er nicht wusste, ob er aufstehen oder versuchen sollte, weiterzuschlafen, so wenig wusste er, wie sein Leben weitergehen sollte. Seit er vor knapp zwei Jahren dem Ruf der Landespolizei gefolgt war, wohnte er in Tübingen, und zusätzlich unterrichtete er an der Polizeihochschule in Villingen-Schwenningen. Die Vorlesungen, die er dort halten musste, hatte er mit dem Bonus eines Kommissars, der soeben einen spektakulären Doppelmord gelöst hatte, überstanden. Es war ihm aber nicht verborgen geblieben, dass seine *Beweislehre*, seine *Fahndungstaktik* und seine *Kriminalistische Versionsbildung* Patina angesetzt hatten, über die seine Hörer respektvoll hinwegsahen. Aber die Patina war nun einmal da. Die Vorgehensweise der Profiler, Täterprofile zu erstellen, das Locard'sche Prinzip, moderne Forensik, das war es, was die Studenten aufhorchen ließ. Das, was Lott ihnen zu sagen hatte, gehörte mehr und mehr in die Ramschkiste kriminalistischer Arbeit. Und er fürchtete, dass er, wie seine Großmutter mit Uhlands Schwabenstreichen, mit seinem ersten Kriminalfall, zu deren Auflösung er als Acht- oder Neunjähriger beigetragen hatte, aufwarten würde. Damals hatte er beobachtet, wie einer einen Erhängten mimte und dessen Komplize die erschreckten Leute, die vorbeikamen, ausraubte.

Als Lott eine Frühpensionierung bei Hilbinger zaghaft ins Gespräch gebracht hatte, da hatte der Chef der Landespolizei ihm dringend davon abgeraten. »Bringen Sie diese vier Jährchen doch noch hinter sich, Mann!«, hatte er gesagt und dann über den Vorteil der Polizeibeamten, dass sie bereits mit sechzig in Rente geschickt werden, geredet. Aber die Arbeit bei der Landespolizei, der Aufgabenbereich, den er dort übernommen hatte, diese nicht enden wollenden Tage – das alles hatte Lott mehr und mehr dazu getrieben, etwas in seinem Leben ändern zu wollen. Er wusste nur nicht genau was. Manchmal ging ihm der Satz durch den Kopf: Man lebt bei der Landespolizei nicht länger, es kommt einem nur länger vor.

Die Musik aus Lisas Zimmer verstummte. Kurze Zeit später hörte Lott ihre Schritte. Dann ging die Haustür, und bald darauf hörte er, wie sie mit ihrem Fiesta wegfuhr. Lott überlegte, was sie vorhatte. Schließlich war Sonntag und die Geschäfte geschlossen.

Lott war noch immer unschlüssig, ob er nun aufstehen oder versuchen sollte weiterzuschlafen, als Elli zu ihm ins Schlafzimmer kam und sich zu ihm legte. Weil sie unter dem Bademantel nichts anhatte, war sie im Handumdrehen nackt. Lott erschrak. Warum tat sie das jetzt? Und warum schon wieder? Und mit welchem Engagement!

Was dahintersteckte, war doch weniger Lust als bloße Neugierde. Klappt es oder klappt es nicht? Ist er am Ende für immer tot?

Im Laufe ihrer Ehe hatte sie freilich herausgefunden, was Lott brauchte, um zu funktionieren. Ihre Zunge spielte dabei, vor allem bei der Ouvertüre, eine nicht unerhebliche Rolle. Sie war der Garant dafür, dass alles nach Plan verlief. Dass sein Glied steif blieb, bis zum befriedigenden Ende.

Zur Zeit aber streikte dieser Körperteil, und zwar seit dem 1. Januar.

Dass Probleme dieser Art irgendwann auftreten würden, damit hatte Lott gerechnet. Nur nicht damit, dass es schon mit sechsundfünfzig so weit war. Und warum hatte das Desaster exakt am Neujahrstag begonnen? Forderte das neue Jahr bereits im Voraus seinen Tribut? Oder war das ein Vorzeichen, dass sein Leasing-Vertrag mit dem Leben jetzt schon auslief?

Am Neujahrsmorgen hatte sich Lotts Glied zum ersten Mal geweigert, Gestalt anzunehmen. Und seither bei jedem Versuch. Dass es nicht mehr funktionierte, schien die Sache für Elli aber nur aufregender zu machen. Womöglich steckte bei ihr ein rein wissenschaftliches Interesse dahinter. Ihn aber quälte die Indolenz seines Körpers. Selbst seine Lieblingsphantasie, seine Lehrerin von damals, als er am Heranwachsen war, würde ihn verführen, sonst ein probates Mittel, blieb wirkungslos. Was da zwischen seinen Beinen hing, war weit entfernt von dem, worauf er dann und wann stolz gewesen war.

»Solche Dinge sind psychisch«, war Ellis erste Vermutung gewesen, und ihr Rat, die Hilfe eines Psychologen in Anspruch zu nehmen, folgte unausweichlich auf jedes neue Versagen. Nur einmal ließ sie einem vagen Verdacht Raum: »Es sei denn, du begehrst mich nicht mehr.«

Lott konnte sie in dieser Beziehung beruhigen. Dass aber der Polizeipsychologe ihm helfen könnte, daran glaubte er nicht. Dann schon eher der Maichel Bernd, sein Schulfreund und Hausarzt, der hinter der Weigerung seines Körpers eventuell eine medizinische Ursache finden würde: eine Herzkrankheit vielleicht oder Diabetes oder noch etwas Unerforschtes.

Elli ließ aber, an diesem denkwürdigen 4. Februar 2007, nicht locker und spulte das gesamte Repertoire ihrer Verführungskünste ab. Früher hatten Ellis Hormone den Verkehr geregelt. Seit sie in den Wechseljahren war, bestimmte der Kopf, auf den aber weit weniger Verlass war. Vielleicht war es heute auch ein Anflug von Frühling, der durchs offene Fenster wehte und ihr ein derartiges Begehren schuf.

Der Funke sprang jetzt von Ellis Erregung auf ihn über, und er fing ein wenig Feuer, ohne gleich in einen Flächenbrand zu geraten. Aber es regte sich etwas, wenn auch zunächst nur auf den Nebenschauplätzen. Der Kopf wurde rot, Lotts Herz legte eine höhere Schlagzahl vor, und dann erst nahm sein Schwellkörper ein wenig von der Fülle an, die er aus früheren Zeiten kannte, ohne freilich jene Festigkeit zu bewerkstelligen, mit der sich hätte haushalten lassen. So dass den Zungen, wohl oder übel, auch die Aufgabe des Schlussakkords blieb.

Das Frühstück fiel damit in die Zeit des Mittagessens und war dann auch danach: Eier und Speck und Kartoffeln.

Als Flaubert, ihr Golden Retriever, auf seine Rechte pochte, war der Tag bereits so weit gediehen, dass Lott sich wünschte, er wäre bereits vorüber. Flaubert schleppte die Leine an und legte sie vor Herrchens Füße. Eine Geste, die keine Diskussionen zuließ. Aber hatte sich Lott diese gemeinsamen Spazierwege nicht immer gewünscht, vor allem damals, als er die seltsame Drohung im Briefkasten vorfand, deren Urheber er nie ausfindig machen konnte und vermutlich auch nicht wollte: *Wo lebt es sich besser als im Schoß der Familie. Halte dich daran. Sonst!*

Nun war auch Lisa in den Schoß der Familie zurückgekehrt. Vorübergehend zwar nur, und nur, weil sie Hamburg satt hatte. Lott zweifelte, ob da wirklich Heimweh nach den Eltern im Spiel war. Allenfalls nach der Nähe der Eltern, und aus eher praktischen Gründen. Sie hatte sich bei Thienemann in Stuttgart beworben. Im Lektorat dort war eine Stelle vakant geworden. Und morgen hatte sie ihr Vorstellungsgespräch.

Während Lott neben Elli herging, die den Hund, als sie im freien Feld waren, von der Leine gelassen hatte, meldete seine kranke Hüfte durchaus erträgliche Schmerzen an. Die Schmerzen hatte er mittlerweile im Griff. Was ihm mehr und mehr entglitt, war das Leben überhaupt. Ihm schien, als zerrönne es unter seinen Fingern. Gleichzeitig aber trat es auf der Stelle. Weder Arbeit noch Müßiggang schienen dem Lebensschwund gewachsen zu sein. Nicht einmal die Langeweile. Die Zeit raste und stand gleichzeitig still. Und er saß mitten in diesem Zeitgefährt. Lott fragte sich, ob der Ruhestand wirklich das war, was er anstrebte.

Lisa meldete sich zum Nachmittagskaffee zurück. Sie hatte sich in der Stadt mit ihrer einstigen Studienfreundin getroffen. Wegen des bevorstehenden Vorstellungsgesprächs war sie mächtig aufgeregt, wie einst vor allen wichtigen Prüfungen. Elli dagegen zelebrierte das sonntägliche Ritual, Kaffeetrinken als Wiederbelebungsversuch des Spiels Vater-Mutter-Kind – vom Hund ganz zu schweigen.

Lisa durchbrach die Sonntagsidylle und packte Elli nach einer erfolgreichen Überredungsattacke in ihren Fiesta. In der Stadtbibliothek hielt Hermann Bausinger einen Vortrag über den Begriff »Heimat«. Lisa wollte da unbedingt hin, und ihre Mutter sollte mit. Lott schaute zu Flaubert, der aus seinem Wasserschälchen trank, und dachte, dass der Heimatbegriff wohl aus der Zeit stammte, als man sich die Futterplätze noch merken musste.

Während Flaubert den Frauen hinterherheulte, setzte sich Lott vor den Fernseher. Oft saß er jetzt bis spät in der Nacht davor und schaute sich alles an, was auch nur im Ansatz Ablenkung versprach. Beim Finale der Hallenhandball-Weltmeisterschaft machte er Halt. Es liefen die letzten zwei Minuten. Deutschland führte uneinholbar mit 28:23 gegen die Mannschaft aus Polen. Beim Schlusspfiff war die Halle in Schwarz-Rot-Gold getaucht, ein Sommermärchen im scheidenden Winter. Auch einen Ohrwurm hatten sie parat. Den sangen jetzt alle: *Wenn nicht jetzt, wann dann, wenn nicht hier, sag mir wo und wann.*

Es war eine Stimmung wie damals im vergangenen Sommer, als Lott den Mörder von Kathrin Freudenberg und Waltraud Nass jagte. Eine Stimmung wie bei der Fußball-WM in Deutschland. Nur kleiner, wie das Spielfeld eben, auf dem heute die Sieger ermittelt wurden. Zur Siegerehrung erschienen die deutschen Handballspieler mit angeklebten Walrossbärten. Nur Heiner Brand, ihr Trainer, trug einen echten, das Original.

Während er weiterzappte, hatte er noch immer das Lied im Ohr. Weil er den Refrain gleich auswendig konnte, bezog er das Lied auch auf sich. *Wenn nicht jetzt, wann dann ...*

Er zappte. Die Fernbedienung war sein Halt, er hielt sich daran fest, wie sich Lisa an ihrem Handy festhielt, als wären diese beiden handtellergroßen Geräte die einzigen noch verbliebenen Verbindungen zur Außenwelt.

Wie auf einer Kaffeefahrt durch die Fernsehsender machte Lott irgendwo, wo auch immer, Halt. Jetzt Fasnet in Konstanz. Ein Tusch jagt da den anderen. Der Sitzungspräsident lässt das Prinzenpaar hochleben, das sogleich huldvoll seine Untertanen grüßt. Lott staunte, wie ernst die ihre kurze Regentschaft nahmen. Der Büttenredner, der folgte, war laut Moderator ein Bestatter, stellte sich aber eher als Sadist heraus, der mit Witzen quälte, deren Haltbarkeit längst überschritten war. Mit munterer Schadenfreude setzte er seine Pointen und ließ damit seiner Talentlosigkeit endgültig freien Lauf. Königsnarren hätte man für eine so lausige Vorstellung geköpft.

Lott dachte, Karneval und Humor, das ist wie Zölibat und Ehebruch. Dann zappte er weiter. Alle Programme schienen heute aber in der Hand von Narren zu sein.

Die Heimkehr von Elli und Lisa glich einer Befreiung, wie sie einst ganz ähnlich Odysseus beschieden war, als der Sirenengesang aufhörte, seinen Verstand zu überfüllen. Noch dazu brachten die beiden Pizzen mit. Lott öffnete eine Flasche *Camino*. Vielleicht sollte er mit Elli und Flaubert den Jakobsweg gehen. Das wäre eine wirkliche Herausforderung, auch für seine Hüfte. Aber dann dachte er daran, dass Spanier keine Hunde mögen. Und in ein Land, in dem Hunde unerwünscht sind, würde er niemals reisen.

Lisas Augen wirkten müde, als litten sie bereits unter dem morgigen Tag. Und ihr kurz geschnittenes Haar lag stumpf auf der Kopfhaut. Eine Frisur, die die Haare kaum zuließen, die ihrem Typ aber durchaus entgegenkam. Lisa tendierte, ganz anders als ihre Mutter, zu einer gewissen Körperfülle.

Lott überlegte, ob er Elli eventuell an einer der Büttenreden im Fernsehen teilhaben lassen sollte, entschied sich aber dann doch dafür, ins Bett zu gehen.

Seine Frau legte sich zu ihm. Sie las Walsers *Angstblüte*. Und hatte auch gleich eine Weisheit daraus parat: *Wenn etwas nicht mehr ist, hört es nicht auf gewesen zu sein.*

Zum Glück verzichtete sie auf weitere Erprobungen seiner Erektionsfähigkeit. Als er das Licht löschte, schlich sich dafür Hermann Törner herein und brachte wieder seine Pistole in Stellung.

»Schieß doch endlich«, sagte Lott. Er hatte Hermanns Getue ein für allemal satt. Aber bevor Hermann der Forderung nachkommen konnte, zog Lott es vor, in einen Traum zu fliehen. Auch wenn er dabei fürchtete, dort wieder auf Krähen zu treffen. Solange sie schrieen, hatte er nichts zu befürchten, nur stumm waren sie die Boten des Todes.

2

Jeanette die Erste verbeugte sich. Es war ein kurzes, huldvolles und durchaus aristokratisches Verbeugen. Den Kopf nur leicht gesenkt mit einem jederzeit sichtbaren Lächeln.

Die Gäste der Großen Prunksitzung im gut besuchten Roncalli-Haus klatschten anhaltend Beifall, und Hubert der Dritte hörte nicht auf, ihnen mit der Hand eines gütigen Monarchen zuzuwinken. Erst als das Geräusch der zur Seite gerückten Stühle, Zeichen des allgemeinen Aufbruchs, den Beifall allmählich verdrängte, kehrte das Paar dem Volk den Rücken und fiel sich hinter dem roten Samtvorhang, der das Bühnenbild rahmte, in die Arme.

»Nur noch sechzehn Tage«, flüsterte Hubert ihr bedauernd ins Ohr.

Jeanette antwortete mit einem tiefen Seufzer, als gäbe es zu dieser unverrückbaren Tatsache keine Worte.

Dann küssten sie sich, innig wie ein Liebespaar, das bereits eine Zukunft in Beschlag genommen hatte, jetzt aber, allein durch die äußere Montur, jäh an die Vergänglichkeit ihrer Regentschaft erinnert wurde.

»Sechzehn Tage sind eine Ewigkeit.« Es war Jeanette, die das nach diesen wortlosen Sekunden plötzlich tröstend erwiderte und, wie um es gleich bestätigen zu müssen, den Mund von Hubert mit dem ihren suchte; beide bereit für einen weiteren Kuss, bei dem die Küssenden ohne Atem auskamen.

Der Elferrat, als letzte Instanz auf der ansonsten verwaisten Bühne, defilierte bald an ihnen vorbei. Hüstelnd, scherzend, ignorierend, oder wie auch immer. Und die Mädchen der Prinzengarde, aus langen Beinen bestehend, hüpften von einem zum andern, manchmal paarweise, ließen sich auf Männerschößen nieder und lachten und vergaßen ihr Keuschsein, wenn die Männer wie Kletten an ihnen hingen, die abzustreifen die Etikette des Karnevals nicht zuließ.

Vor der Tür eines Nebenzimmers hatte sich ein Wachsoldat mit Spitzhelm postiert, obwohl dahinter nur ein bescheidenes Bankett, welches in der Mehrzahl aus mit Leberkäse belegten Wasserwecken bestand, auf die Akteure wartete. Der Wachsoldat aber schien seine Aufgabe ernst zu nehmen. Er zwirbelte seinen Bart zurecht, wenn einer der Türe zu nahe trat, und brachte dabei seine ganze Staffage, zu der auch ein Säbel gehörte, ins Spiel.

Das wenige Mann starke Traditionskorps ließ nun einen Tusch erschallen. Der Sitzungspräsident hob sein Sektglas. Hubert der Dritte und Jeanette die Erste nützten die Gunst des Augenblicks, in welchem die Aufmerksamkeit auf andere gelenkt zu sein schien, und schlichen im günstigsten Moment, als nämlich der Wachsoldat zu applaudieren hatte und deshalb die Türe unbeaufsichtigt ließ, zu den aufgetürmten Leberkäswecken, wo sie sich ungestört wähnten.

»Hier gibt's auch was für bessergestellte Herren«, lachte der Prinz und setzte zu einem Sprechgesang an: »Erst kommt das Fressen, dann der Liebesakt, drittens saufen nicht vergessen ...«

Die Prinzessin stopfte ihrem Prinzgemahl mit einem Kuss den Mund. Dabei lauschten beide, wie draußen der Sitzungspräsident einem uninteressierten Vereinspublikum seine Rede vorsetzte.

»Man soll sich nicht selbst hochleben lassen, liebe Närrinnen und Narrhalesen, aber ihr müsst zugeben, dass eine elfjährige Präsidentschaft, die selbst einem Politiker gut anstehen würde, in der Welt des Karnevals von noch größerer Bedeutung ist. Elf, das ist die Zahl der Narren, zweimal die Eins nebeneinander gesetzt. Die eine so wichtig wie die andere. Bedeutete sie auch die Gleichheit aller Narren?«

Der Sitzungspräsident wartete, bis ein spärlicher Beifall verhallte, dann fuhr er fort: »Dass die Maskengruppe der Donauhexen sich unserer Karnevalsgesellschaft angeschlossen hat, war bereits ein großer Schritt in diese Richtung. Karneval und Fasnet sollen sich nicht nur gegenseitig tolerieren, nein, sie sollen miteinander, Hand in Hand, unsere fünfte Jahreszeit zu einem einzigen großen Fest gestalten.«

In den zögerlichen Beifall mischten sich jetzt, bei dieser letzten Passage, Unmutsäußerungen. Allmählich wuchs es sich zu einem schier allgemeinen Murren aus. Nur die Donauhexen, die an einem Tisch separiert saßen, reagierten mit Beifall, dem sie ihren Fasnetsruf, ein überaus selbstbewusstes »Zong-raus«, folgen ließen.

Der Sitzungspräsident hob, unbeeindruckt von beiden Seiten, demonstrativ sein Glas wie einen gewonnenen Pokal und hielt ihn eine Weile lang in die Höhe.

»In diesem Sinne, auf die nächsten elf närrischen Jahre, die wir im Geiste der Elf, Symbol für die Gleichheit aller Narren, zum nächsten 11.11. exakt um elf Uhr elf beginnen wollen.«

Wieder wartete der Sitzungspräsident den nun munteren Beifall ab, ehe er das kleine rustikale Büfett, welches die Firma Nass gesponsert hatte, pointensicher mit der Bemerkung eröffnete: »Allerdings habe ich den Verdacht, mindestens zwei haben sich daran bereits gütlich getan. Oder kann mir jemand sagen, wo das Prinzenpaar steckt?«

Der Wachsoldat bemerkte die einen Spalt weit geöffnete Tür, hob entschuldigend die Schultern und lachte.

Die Vereinsmitglieder lachten mit und klatschten dabei, dann wurde die zuvor so gehütete Tür sperrangelweit geöffnet und der Blick auf die belegten Nassis auf einem überladenen Tisch freigegeben. Und mit ihm trat das Prinzenpaar auf den Plan, das sich genüsslich den Mund abwischte, was für weitere Lacher sorgte. Der gelungene Ausklang eines gelungenen Abends war damit eingeläutet.

Plötzlich aber sank Jeanette zu Boden und rang mit schmerzverzerrtem Ausdruck nach Luft. Dabei krallte sie sich an der Operettenuniform ihres Prinzen fest, der sie zu halten versuchte. Aber dann fiel auch er, mit den gleichen Symptomen, zu Boden.

Sie klammerten sich aneinander wie Ertrinkende, einem Meer ausgeliefert, aus dem es kein Entrinnen gab.

Die Mädchen der Prinzengarde verstummten vor Entsetzen. Nur die kleinen Glöckchen an der Kappe des Till Eulenspiegel klingelten leise, als wären nun Elfen unterwegs.

»Es muss doch ein Arzt unter uns sein?«, fragte ein Mitglied des Elferrats klagend in die Menge.

Ein frisch gekürter Rittmeister der Reserve, ein Mann um die fünfzig, fühlte sich angesprochen und kniete bald neben dem nun reglosen Prinzenpaar, forschte an dessen Halsschlagadern nach Leben, um kurz darauf mit dem bedauernden Kopfnicken eines Arztes, der dem Tod hatte den Vortritt lassen müssen, zu bestätigen, dass wohl jede Hilfe zu spät käme.

Der ganze Saal verharrte erstarrt vor Entsetzen. Totenstille hielt den Raum jetzt im festen Griff. Selbst das Glöckchen an Tills Narrenkappe hatte keinen Klang mehr parat.

Da durchbrach ein markerschütternder Schrei diese Mauer des Schweigens. Der kam vom Eingang des Roncalli-Hauses hereingeschnitten, wo eben noch eine Gestalt in einem purpurnen Umhang und einer Halbmaske, wie man sie im Karneval in Venedig trägt, gestanden hatte. Alle Blicke schwenkten aufgeschreckt dorthin.

Aber da war niemand mehr zu sehen.

3

Der Rettungswagen hielt direkt vor den Stufen, die zum Saal des Roncalli-Hauses führten. Zwei Rettungssanitäter sprangen, der eine mit einem Erste-Hilfe-Koffer bepackt, der andere mit einer Tragbahre unterm Arm, aus dem Fahrzeug und bahnten sich, als sie den Saal erreicht hatten, einen Weg durch die Karnevalisten, die noch immer um das tote Prinzenpaar standen.

Mit Hilfe eines Defibrillators versuchten die Sanitäter, die beiden ins Leben zurückzurufen. Fast gleichzeitig war der Wagen des Notarztes vorgefahren. Nach wenigen Stromstößen gaben die Sanitäter ihre Rettungsversuche auf. Der hinzueilende Notarzt nahm, wie es den Umstehenden erscheinen musste, nur eine flüchtige Untersuchung vor. Er tastete, fühlte und roch an den Opfern. Dann schien seine Diagnose festzustehen. Er griff nach seinem Mobiltelefon und wählte die Nummer der Mordkommission.

Harald Lohner hatte Bereitschaft. Er war gerade im Begriff gewesen, nach diesem für ihn ereignislosen Sonntag unter die Dusche zu steigen, als der Anruf der Zentrale ihn erreichte.

»Mord im Roncalli-Haus.«

Lohner erkannte die Frauenstimme nicht. Die ihm das sagte, musste neu auf der Dienststelle sein. Die Stimme klang wie die Ansage in der Straßenbahn: *Nächster Halt Hauptbahnhof.* Oder wie die eines Navis: *Biegen Sie an der nächsten Kreuzung rechts ab.*

Lohner zweifelte, ob am anderen Ende wirklich eine Frau aus Fleisch und Blut saß oder ob die Telefonzentrale jetzt von Computern versehen wurde.

»Ist die Spurensicherung verständigt oder muss ich das machen?«, fragte Lohner und war gespannt, ob diese Stimme am anderen Ende zu einer adäquaten Antwort fähig war.

»Die Spurensicherung wurde bereits benachrichtigt«, klang es gläsern.

»Alles klar. Ich fahr dann mal hin. Wiederhörn.«

»Auf Wieder*sehen*, Herr Lohner.«

Lohner schaute den Telefonhörer eine Weile noch ungläubig an, dann streifte er sich Hemd und Hose über, schlüpfte in ein frisches Paar Socken, schnürte seine Schuhe und griff sich vom Schlüsselbrett den Autoschlüssel.

Die Fahrt bis zum Roncalli-Haus dauerte knapp fünf Minuten. Die Spurensicherung war bereits vor Ort, ebenso der Einsatzleiter der Schutzpolizei, der ihm entgegeneilte.

Bis auf wenige Ausnahmen waren nur noch Vereinsmitglieder im Saal, da die anderen Gäste nach der letzten Darbietung gegangen waren. Auf Lohners Anweisung wurden sie gebeten, den Raum nicht zu verlassen.

»Meine Kollegen und ich werden jetzt Ihre Personalien aufnehmen. Bitte stellen Sie sich in einer Reihe auf. Sobald wir Ihre Personalien aufgenommen haben, können Sie nach Hause gehen.«

»Mein Gott, die werden doch nicht ...« Der Sitzungspräsident unterbrach sich, und seine laut ausgesprochene Vermutung blieb unvollendet im Raum stehen.

Während die Karnevalisten bestürzt ihre Angaben zu Protokoll gaben, wandte sich Lohner an den Notarzt.

»Ist die Todesursache schon klar?«, fragte er.

»Zyankali. Hundert Prozent«, antwortete der Notarzt.

Lohner grinste bitter. »Das Krimi-Gift Nummer 1. Miss Marple hätte ihre Freude an dem Fall.«

»Leider gibt es noch immer kein Gegengift, das schneller als Zyankali wirkt«, teilte ihm der Notarzt mit. Und fügte hinzu:

»Obwohl gerade ein neues Mittel entwickelt wurde, das zigmal schneller als die gängigen Gegengifte wirkt. Und das ist bei Zyanidvergiftungen von entscheidender Bedeutung.«

»Was hilft das den Mordopfern?«, meinte Lohner achselzuckend.

»Leider dürften potentielle Mordopfer nur in Ausnahmefällen davon profitieren«, meinte der Notarzt und fügte lächelnd hinzu: »Es sei denn, es wird vorbeugend eingesetzt, um den Giftmördern ein Schnippchen zu schlagen.«

»Und warum dann der Aufwand?«

»Gedacht ist das Mittel vor allem für Feuerwehrleute, die unter anderem bei Schwelbränden häufig hohen Konzentrationen von Zyaniden ausgesetzt sind. Auch Opfer von Unfällen in der chemischen Industrie könnten damit behandelt werden.«

Lohner nickte und ließ den Notarzt in Ruhe die Totenscheine ausstellen. Währenddessen waren die Leute der Spurensicherung damit beschäftigt, alle geöffneten Speisen und Getränke mitzunehmen. Die Männer und Frauen in ihren Ganzkörperkondomen, wie die Schutzanzüge, ohne die ihre Arbeit keinen Sinn machte, scherzhaft genannt wurden, nahmen zudem Fingerabdrücke von den Zugangstüren sowie vom Küchenteil und vom Büfetttisch.

Vor allem hofften sie auf brauchbare DNA-Spuren, also auf Material für einen genetischen Fingerabdruck, der ein Hinweis auf den Täter sein konnte. Vorausgesetzt freilich, die Abgleichung traf in den Computerdatenbanken auf registriertes Vergleichsmaterial oder konnte mit dem Profil eines Verdächtigen abgeglichen werden. Die älteren Kriminalbeamten hatten ihr Staunen darüber, wie sehr sich die Forensik seit der Entdeckung des genetischen Fingerabdrucks im Jahre 1984 verändert hatte, noch nicht verloren.

Lohner griff sich zur ersten Befragung den Sitzungspräsidenten Wendelin Weihnacht, der noch immer fassungslos um sich schaute und, als Lohner ihn ansprach, froh zu sein schien, auf diese Weise einen Beitrag leisten zu können.

»Herr Weihnacht, wer hatte denn alles Schlüssel zu diesen Räumen?«

»Außer mir niemand. Und ich hab sie dem Wanner gegeben, der sich, als ich auf der Bühne beschäftigt war, um alles gekümmert hat. Die Saalöffnung hat allerdings noch der Hausmeister vorgenommen, der mir dann die Schlüssel gegeben hat.«

»War denn der Hausmeister anwesend?«

»Nur ganz am Anfang. Wegen dem Mikrophon und der Lautsprecheranlage. Als das Programm dann losging, ist er nach Hause gegangen.«

»Herr Weihnacht, wir müssen die Angehörigen verständigen. Können Sie uns da weiterhelfen?«

»Der Peter, also der Peter Felgenhauer hat eine Frau und zwei Kinder, zwei Mädchen. Die wohnen in Senden, in der Höll 34. Und die Ingrid, die Frau Hühn, hat eine Wohnung in Gögglingen im Haus ihrer Eltern. Sie wohnt oben, die Eltern parterre und ihr Freund wohnt bei ihr.«

»Wissen Sie, wie der heißt?«

»Raimund, der Nachname fällt mir jetzt nicht ein.«

»War er heute Abend nicht hier bei der Prunksitzung?«

»Ingrid hat immer gesagt, der Raimund hält nichts von unserem Fasching. Aber ich glaub eher, der war nur eifersüchtig.«

»Kennen Sie ihn?«

»Kennen ist zu viel gesagt, er hat Ingrid ab und zu abgeholt, wenn wir geprobt haben.«

»Und Frau Felgenhauer?«

»Die hatte es auch nicht so mit dem Karneval. Aber sie hat den Peter gelassen, hat ihm keinen Stress gemacht deswegen und ihre Ehe da rausgehalten. Die Gudrun war für Peter eine Ehefrau, wie er sie sich nur wünschen konnte.«

»Ist Ihnen heute etwas aufgefallen, Herr Weihnacht, irgendetwas, was anders war als sonst? Eine Veränderung bei den beiden, oder auch eine Situation, eine Auseinandersetzung, ein Streit, irgendetwas Ungewöhnliches eben? Was, zum Beispiel, ist unmittelbar vor dem Tod der beiden vorgegangen?«

»Um ehrlich zu sein, ich war mit mir selber so beschäftigt, mit meiner Rede zum Jubiläum und dem Ganzen, da habe ich nicht so auf die beiden geachtet.«

Lohner war nicht zufrieden mit den mageren Auskünften, wollte aber nicht weiter insistieren. Er drückte Weihnacht seine Visitenkarte in die Hand und entließ den keineswegs mehr fröhlichen Karnevalspräsidenten mit der üblichen Ermahnung: »Herr Weihnacht, wir haben sicher noch Fragen und werden uns deshalb noch bei Ihnen melden. Sollte Ihnen im Nachhinein noch etwas einfallen, rufen Sie mich an, egal zu welcher Zeit.«

Nachdem sie ihre Personalien angegeben hatten, traten nach und nach die Mitglieder des Karnevalsvereins den Heimweg an, zuletzt ihr Sitzungspräsident. Wie ein Kapitän, der als Letzter von Bord eines sinkenden Schiffes geht.

»Das kann doch nur Selbstmord gewesen sein?«, fragte er, schon der Tür zugewandt, den Einsatzleiter der Schutzpolizei.

»Wir werden das herausfinden«, antwortete dieser gelassen.

Kopfschüttelnd verließ der Karnevalist das Roncalli-Haus. Draußen stand er noch eine Weile allein in dieser Februarnacht, die alles verändert hatte. Er schaute sich um, aber niemand hatte auf ihn gewartet, mit dem er hätte besprechen können, wie es nun bis Aschermittwoch weitergehen sollte.

Während die Spurensicherung noch ihrer Arbeit nachging, veranlasste Lohner, dass die beiden Opfer der Rechtsmedizin überstellt wurden.

Kurz darauf signalisierte aber auch die Spurensicherung, dass ihre Arbeit getan war. Allen voran Marlies Kaupper, die Lohner wissen ließ: »Der Tatort ist jetzt quasi chemisch rein. Wenn der Täter etwas hinterlassen hat, dann haben wir es dabei.«

Lohner schaute auf die Uhr. Es war zwei Uhr morgens. Und er überlegte, ob er die Angehörigen jetzt gleich oder erst bei Tagesanbruch benachrichtigen sollte. Er entschied sich dafür, diese unangenehme Aufgabe gleich hinter sich zu bringen, rief aber zur Unterstützung einen Seelsorger an, der ihn dabei begleiten sollte. Einen Seelsorger mitzunehmen war eine gute Einrichtung. Der konnte mit den Hinterbliebenen geschulter umgehen. Und der Kriminalbeamte hatte die Möglichkeit, sich zurückzuhalten und das personelle Umfeld besser in Augenschein zu nehmen. Wie wichtig war das doch bei einer ersten Befragung! Manchmal zeigte ja schon eine Wohnungseinrichtung Auffälligkeiten, die richtungsweisend für die weitere Ermittlung war.

Lohner verließ das Roncalli-Haus, das hinter ihm von den noch vor Ort gebliebenen Polizisten versiegelt wurde. Er fuhr zum Neuen Bau. Helen Moser, eine zirka vierzigjährige Frau, brünett, mit einer dunkelblauen Outdoorjacke und schwarzen, pelzbesetzten Stiefeln bekleidet, wartete auf ihn. Sie stellte sich vor und sagte, dass sie Herrn Petri von der Seelsorge vertrete. Sie versäumten keine Zeit; Moser stieg ein und sie fuhren los, auf die Neue Straße in Richtung Autobahn Allgäu.

Auf der Fahrt nach Senden erzählte Lohner ihr, was im Roncalli-Haus geschehen war und um wen es sich bei den Hinterbliebenen handelte. Lohners Navi führte die beiden *In die Höll*. Vor der Garageneinfahrt, die zum Haus Nr. 34 gehörte, parkte er den Wagen.

Nirgendwo im Haus brannte Licht. Sie gingen durch den kleinen Vorgarten, und ein Bewegungsmelder ließ die Außenlaterne aufleuchten. In ihrem Lichtschein fand Lohner die Klingel mit dem Namensschild und schellte. Zu seiner Überraschung wurde nur Augenblicke später die Haustür geöffnet und eine Frau, Mitte dreißig, mit dunkelblondem, adrett frisiertem Haar, erschien. Sie trug einen violetten Satin-Kimono, der bis zum Boden reichte.

»Ja, bitte?«

»Frau Felgenhauer?«

»Ja?!«

»Mein Name ist Lohner und das ist Frau Moser, wir sind von der Ulmer Kriminalpolizei. Bitte entschuldigen Sie die späte Störung, aber es ist wichtig. Dürfen wir eintreten?«

Ohne ein Wort zu sagen trat sie in den Hausflur zurück und ging ihnen ins Wohnzimmer voraus, wo sie das Licht anknipste.

»Bitte setzen Sie sich«, sagte Frau Felgenhauer, die, als die beiden auf dem Sofa Platz genommen hatten, sich ihnen gegenüber in einen Sessel setzte.

»Wir bringen Ihnen leider eine traurige Nachricht«, begann Lohner. Er horchte dem Satz noch hinterher, ehe er mit seiner Mitteilung herausrückte: »Ihr Mann ist leider vor wenigen Stunden, nach der Prunksitzung im Roncalli-Haus, verstorben.«

Frau Felgenhauer schaute Lohner mit starrem Gesichtsausdruck an. Dann schlug sie die Hände vors Gesicht. Als sie nach wenigen Augenblicken wieder aufschaute, fragte sie: »Ein Unfall?«

»Er ist vermutlich an einer Vergiftung gestorben«, antwortete Lohner. »Mehr kann ich Ihnen im Augenblick leider noch nicht sagen.«

Wieder vergrub die Witwe ihr Gesicht in den Händen. Diesmal dauerte es entschieden länger, bis die Hände das Gesicht wieder freiließen. Es war jetzt so weiß wie die gekalkten Wände, die, von wenigen Aquarellen abgesehen, für die strenge Nüchternheit der hier bevorzugten Wohnkultur standen.

Lohner fiel Frau Felgenhauers veränderte Gesichtsfarbe deshalb so auf, da diese zuvor auffallend rot gewesen war, ja, geradezu erhitzt hatte die Witwe gewirkt, und er hatte sich gefragt, warum sie zu nachtschlafender Zeit einerseits gepflegt und doch andererseits recht derangiert daherkam.

Hatte sie auf ihren Mann mit einem Herzen voll geharnischter Vorwürfe gewartet? Aber hatte Herr Weihnacht nicht genau das Gegenteil behauptet? Eine Ehefrau, wie man sie sich nur wünschen kann.

Da Frau Felgenhauer geistesabwesend vor sich hinstarrte, stand Helen Moser jetzt auf, setzte sich auf die Sessellehne und nahm die Hände der Witwe in die ihren.

»Ich weiß, wie schwer das jetzt alles für Sie ist. Sie müssen wissen, dass ich für Sie da bin. Ich bin keine Polizistin, ich bin Seelsorgerin und dazu da, den Opfern beizustehen und nicht der Polizei.«

»Ich muss es den Kindern sagen.« Frau Felgenhauer wollte gerade aufstehen und losgehen, doch die Seelsorgerin hielt sie zurück.

»Das hat Zeit, warten Sie bis zum Morgen. Reißen Sie die Kinder jetzt nicht aus dem Schlaf.«

Frau Felgenhauer nickte.

»Auch wenn es sich abgedroschen anhört, aber Sie müssen jetzt stark sein. Ich fühle, was in Ihnen jetzt vorgeht. Aber ich bin für Sie da. Wenn Sie es wünschen, bleibe ich bis morgen bei Ihnen.«

Frau Felgenhauer nickte wieder, aber so, dass sich nicht erkennen ließ, ob sie das Angebot der Seelsorgerin annehmen wollte oder nicht.

Lohner war froh, dass Helen Moser ihm das abnahm.

Nach etwa einer Viertelstunde wagte er sich mit den formellen Dingen auf den Plan: Die Daten für die Leichenmeldung und für den Eintrag ins Familienstammbuch.

Danach schien Gudrun Felgenhauer plötzlich gefasster. Sie bat Lohner und seine Begleiterin, jetzt zu gehen, weil sie, wie sie sagte, nun allein sein musste. Die beiden folgten dem Wunsch der Witwe und verabschiedeten sich.

»Lassen Sie uns nach Gögglingen fahren«, seufzte Lohner, als er mit Helen Moser wieder im Auto saß, den nächsten unangenehmen Auftrag schon vor Augen.

Er gab die Adresse in den Navi ein und fuhr los. Als sie die Iller überquerten, hing der Nebel so dicht über dem Fluss, dass die Konturen verschwammen und Bäume und Sträucher gespenstisch die Wege säumten. Lohner orientierte sich am Mittelstreifen, fuhr langsam, bis hinter Wiblingen der Nebel sich etwas auflöste. Es war fast vier Uhr morgens. Der Navi wies sie in eine Sackgasse. Direkt an der Wendeplatte stand das Haus, in dem die ermordete Faschingsprinzessin gewohnt hatte.

Sie stiegen aus, gingen die wenigen Stufen hoch, die zum Hauseingang führten. Die schmiedeeiserne Laterne an der Hauswand wurde durch den Bewegungsmelder aktiviert. Lohner schaute auf die Klingel und drückte den oberen Knopf. Nach etwa einer Minute schellte er noch einmal. Jetzt ging ein Licht in der unteren Wohnung an und kurz darauf kam ein Mann an die Tür, um die sechzig Jahre alt, die wenigen Haare, die nur noch einen Kranz bilden konnten, grau und ungekämmt. Man sah ihm an, dass er aus dem Schlaf gerissen worden war.

»Oben isch niemand drhoim.«

Lohner hielt ihm seinen Dienstausweis hin.

»Om Gottswilla, isch ebbes bassiert?«, fragte der Mann entsetzt.

Lohner entschuldigte sich zunächst für die Störung, dann erkundigte er sich nach Raimund Nüssle.

»Der isch net do. Ond mei Dochter scheints ao no net. Aber er hot ja no a Wohnung en dr Weststadt ond wohnt net dauernd bei dr Ingrid.«

»Herr Hühn?«

»I ben dr Vadder von der Ingrid.«

»Wir haben Ihnen leider eine traurige Mitteilung zu machen, dürfen wir hereinkommen?«

Herr Hühn zögerte, dann rief er nach seiner Frau: »Babett!«

Und bat Lohner und Helen Moser ins Wohnzimmer.

Kurz darauf kam auch die Hausfrau, mit notdürftig gekämmten Haaren, die schon etliche Silberfäden aufwiesen. Sie war noch im Nachthemd, hatte aber den Schlafrock um die Schultern geworfen und band ihn jetzt vorne zu. Bevor sie irgendetwas sagen konnte, rief ihr Mann ihr aufgeregt zu: »Guck gschwend hoch, ob d'Ingrid drhoim isch.«

Sie verschwand, stieg die Treppen zum ersten Stock hoch, rief dort ein paar Mal den Namen ihrer Tochter, klopfte, nein, schlug an die Wohnungstür, und kam, weil sich nichts tat, bekümmert zurück.

»Was isch denn bassiert?«, fragte sie ängstlich, von Lohner zu der Seelsorgerin und von der zu ihrem Mann blickend.

Lohner gab ihr die Hand, stellte sich und Helen Moser vor, und bat darum, sich gemeinsam setzen zu dürfen.

Die Seelsorgerin signalisierte Lohner, dass sie den beiden die traurige Nachricht überbringen würde. Dann teilte sie, so einfühlend wie nur möglich, den aufgewühlten Eltern mit, was mit ihrer Tochter und mit Peter Felgenhauer geschehen war.

Frau Hühn fing sofort an, laut zu weinen. Dann schrie sie ihre Klage heraus, und sich an ihren Mann klammernd, bei dem sie Nähe und Halt suchte, sank sie auf das Sofa zurück. In diesem Moment wurde Herr Hühn leichenblass. Er versuchte sich von der Umklammerung seiner Frau zu lösen, griff sich ans Herz und rang nach Luft.

»Rufen Sie einen Notarzt«, drängte Helen Moser den Kommissar.

Lohner zog sein Handy aus der Tasche und wählte die Nummer der Notrufzentrale. Gleichzeitig hastete Frau Hühn in die Küche, kam kurz darauf mit Herztropfen für ihren Mann zurück, die sie ihm mit einem Teelöffel einflößte.

Die Seelsorgerin versuchte indessen beruhigend auf das Ehepaar einzuwirken. Lohner stand hilflos daneben und dachte darüber nach, welch segensreiche Einrichtung es doch war, bei der Überbringung solcher Nachrichten seelsorgerischen Beistand zur Seite zu haben.

Als der Rettungswagen mit Blaulicht und Sirene vorfuhr und kurz danach der Notarzt eintraf, teilte Lohner Helen Moser mit, dass er jetzt allein zu Raimund Nüssle fahren wolle.

»Bleiben Sie hier bei den Leuten«, bat er sie, »und rufen Sie später einen Wagen, der Sie zurückbringt.«

Er wartete einen günstigen Moment ab, dann fragte er Frau Hühn nach Nüssles Ulmer Adresse. Sie überlegte eine Weile, dann fiel es ihr ein: »Gneisenaustraße 12.« Lohner schlich sich davon, war froh, als er wieder im Auto saß und in Richtung City fuhr. Einem Mann, selbst wenn es der Lebensgefährte des Mordopfers war, konnte man Nachrichten dieser Art eher zumuten. Nichts war schlimmer, als Eltern die Botschaft vom Tod ihres Kindes zu überbringen.

Um halb sechs Uhr morgens klingelte Lohner an der Haustür des Wohnblocks in der Gneisenaustraße 12. Nüssles Wohnung lag im 4. Stock. Nach einer Weile schellte er noch einmal. Kurz darauf hörte er aus der Sprechanlage die verschlafene Stimme eines Mannes: »Ja, bitte?«

»Mein Name ist Lohner. Ich bin Kriminalbeamter. Würden Sie bitte aufmachen?«

Lohner spürte, wie Raimund Nüssle zögerte, aber nach einigen Sekunden dann doch den Türöffner surren ließ.

Lohner nahm den Aufzug und fuhr bis zur vierten Etage. Raimund Nüssle erwartete ihn an der Tür. Er hatte den Schlaf noch in den Augen. Sein kurzes blondes Haar stand senkrecht nach oben und das offene Hemd seiner Schlafanzugjacke ließ einen Blick auf seine athletische Brust zu.

»Was gibt es denn?«

»Sie sind Raimund Nüssle?«

»Ja.«

»Darf ich hereinkommen?«

»Bitte.«

Raimund Nüssle trat zur Seite und ließ Lohner eintreten.

»Es ist noch nicht aufgeräumt«, entschuldigte er sich, wohl als Antwort auf Lohners kritische Blicke durch seine Wohnung, denen nichts zu entgehen schien. Rasch räumte er vom Couchtisch zwei Weingläser und eine halbleere Flasche Merlot und trug sie zum Spültisch. Dabei schlug er mit dem Fuß die einen Spalt weit geöffnete Tür zum Schlafzimmer zu.

»Nehmen Sie doch Platz.«

Lohner setzte sich in einen der beiden Rattansessel, Nüssle nahm ihm gegenüber auf der Ledercouch Platz.

»Schießen Sie schon los«, forderte er den Kommissar auf, Arme und Beine lang von sich gestreckt, ein untrügliches Zeichen dafür, jeder noch so unangenehmen Sache relaxt begegnen zu wollen.

»Ich muss Ihnen leider eine traurige Nachricht überbringen. Ingrid Hühn, Ihre Lebensgefährtin, ist in der vergangenen Nacht, unmittelbar nach der Prunksitzung im Roncalli-Haus, einer Vergiftung erlegen.«

Raimund Nüssle schnellte hoch. »Was sagen Sie da?«

Nichts von der zuvor so lässig demonstrierten Haltung war bei ihm mehr vorhanden. Er ging zum Fenster und schaute hinaus, drehte und wendete sich und stürmte zur Couch zurück, um sich dann gleich wieder Lohner zu widmen.

»Was genau ist passiert?« Er schrie ihm die Frage förmlich ins Gesicht.

Lohner erzählte ihm, was in dieser Nacht im Roncalli-Haus vorgefallen war. Raimund Nüssle hörte zu, ohne ihn dabei zu unterbrechen. Kopfschütteln war seine einzige Reaktion.

Als Lohner zum Ende kam, fühlte er sich erschöpft. Eine müde Stille legte sich zwischen ihn und Raimund Nüssle. Als würde die sich jetzt durchsetzen, gegen jede weitere Aufregung.

Doch Lohner griff gleich den Faden wieder auf: »Haben Sie nicht eine gemeinsame Wohnung in Gögglingen? Ich hatte Sie dort vermutet, habe aber leider nur die Eltern Ihrer Lebensgefährtin angetroffen, die leider die traurige Nachricht nur schwer …«

»Mein Gott, die armen Hühns«, seufzte Nüssle und erklärte: »Ich habe es vorgezogen, solange Ingrid ihre Prinzessin spielt, mein eigenes Leben zu leben, und zwar hier und nicht in Gögglingen, in der Wohnung meiner künftigen – naja, Schwiegereltern kann ich jetzt ja nicht mehr sagen.«

Plötzlich begann Nüssle zu grinsen. Als Lohner ihn daraufhin brüskiert anschaute, sagte er, als müsse er sich für dieses Grinsen entschuldigen: »Ein ermordetes Faschingsprinzenpaar, bei aller Tragik hat das auch etwas Komisches.«

Lohner stimmte ihm mit einem bitteren Lächeln zu und schaute dabei auf die Uhr. »Wann müssen Sie zur Arbeit?«, fragte er.

»Ich habe Urlaub bis Aschermittwoch.«

»Ich habe noch viele Fragen, die Sie uns bitte im Präsidium beantworten wollen. Fürs Protokoll. Bitte halten Sie sich zu unserer Verfügung und verlassen Sie nicht die Stadt, bis unsere Ermittlung abgeschlossen ist.«

Lohner verabschiedete sich und ging. Die frühen Morgenstunden schienen ihm gerade recht zu kommen, um noch ein wenig für sich zu arbeiten und den neuen Fall zu überdenken.

Er fuhr zum Neuen Bau. Auf seinem Schreibtisch stapelten sich die Akten ungelöster Fälle bis in waghalsige Höhen, darunter ein bislang unaufgeklärter Prostituiertenmord aus dem Jahr 1970. Er machte sich daran, die Stapel wieder neu zu ordnen, bis er die Glocke des Münsters sieben Uhr schlagen hörte.

Er holte sich einen wenig ansprechenden Automatenkaffee und rief den Staatsanwalt an.

»Herr Mollenkopf, die Sache wächst mir über den Kopf.«

4

Der Anruf kam Dienstagmorgen, kurz vor acht Uhr. Hilbinger war dran.

»Lott, kommen sie sofort, es ist dringend.«

Mehr sagte er nicht. Er legte auf, ohne abzuwarten, wie Lott reagieren würde.

»Ich war doch sowieso auf dem Weg«, brummte Lott vor sich hin und meinte zynisch zu Elli: »Vermutlich gibt es bei der Überstunden-Abrechnung ein Defizit.«

Dann trank er seinen Tee zu Ende, zog sich an der Garderobe die gefütterte Lederjacke über, griff Flaubert, der ihm gefolgt war, ins Nackenfell, küsste Elli, vollzog also die Rituale in der ihm in Fleisch und Blut übergegangenen Reihenfolge, ehe er sich auf den Weg zum Präsidium der Landespolizei machte.

Dort nahm ihn Hilbinger gleich in Empfang.

»Ich habe eine gute und eine schlechte Nachricht für Sie. Welche wollen Sie zuerst hören?«

»Man will immer zuerst die schlechte hören«, sagte Lott.

»Also gut: Sie müssen nach Ulm.«

»Und die gute?«

»Sie dürfen nach Ulm, Herr Lott.«

Hilbinger grinste. Und lachte dann laut. Es war das Lachen einer Hyäne.

»Was ist passiert?«, fragte Lott.

»Das Prinzenpaar der Ulmer Karnevalsgesellschaft ist ermordet worden.«

Nun war es Lott, der grinste. Und dann gluckste.

»Haha! Herr Hilbinger, Sie scherzen.«

»Das hab ich dem Staatsanwalt am Telefon auch gesagt.«

»Mollenkopf?«

»Richtig, unser lieber Adrian Mollenkopf. Er hat uns informiert und gestern Nachmittag darum gebeten, dass wir Sie nach Ulm schicken.«

»Steht wieder ein Kollege unter Verdacht?«

»Nein, es ist nur so, dass die Ulmer bei uns um Verstärkung angefragt haben. Die haben keine Leute im Moment.«

»Was ist mit Petra Mai?«

»Ist auf Urlaub in der Karibik, und Herr Brauchle ist noch im Krankenstand. Die Mordkommission in Ulm ist derzeit so gut wie nicht vorhanden.«

Lott atmete tief durch. Dann seufzte er. Dieses Seufzen kam aus der Tiefe seiner Seele.

»Fahren Sie gleich los«, drängte Hilbinger.

Lott bat ihn, noch seinen Schreibtisch in Ordnung bringen zu dürfen.

Hilbinger nickte und zeigte sich damit wortlos einverstanden. Dann drückte er Lotts Hand, fest, wie man einem guten Freund die Hand drückt, und verschwand im Aufzug.

Lott nahm die Treppe und schaute bei Frieda Rampf, dem guten Geist der Datenstation, vorbei.

»Ich habe gehört, Sie geben wieder ein Gastspiel«, sagte sie und spielte ein wenig die Schmollende.

»Ich bin selber untröstlich«, sagte Lott.

»Ulm scheint Sie nicht loszulassen. Diese Morde geschehen doch nur Ihretwegen. Damit Sie mir weggenommen werden.«

»Das Leben ist grausam«, spielte Lott mit.

Dann wurde Frieda Rampfs Ausdruck ernster: »Ein Prinzenpaar, wer tut denn so was?«

Zwei Narren weniger auf der Welt, dachte Lott. Doch Lotts flüchtiger und ungehöriger Gedanke wurde nicht laut. Er nahm ihn sogar ganz zurück. So etwas durfte man nicht einmal im Scherz denken. Auch wenn ihm seit jeher das ganze Theater um Karneval und Fasnet auf die Nerven ging und er in jedem Jahr aufs Neue den Aschermittwoch herbeisehnte. Und das, obwohl ihn diese fünfte Jahreszeit, wie dieses unsägliche Treiben genannt wurde, doch kaum noch tangierte.

Dass er nun den Mord an einem Faschingsprinzenpaar aufklären musste, konnte die Sachlage freilich ändern. Womöglich hieß das im Klartext, erneut eintauchen zu müssen in diese für ihn nur lächerlich anmutende Faschingswelt.

Als er noch ein Jugendlicher war, glaubte er es tun zu müssen, einfach um dazuzugehören. Aber eigentlich waren ihm diese Faschingsbälle schon damals peinlich gewesen. Diese verordnete Fröhlichkeit, diese Spießerobszönität. Elli hatte für den Fasching einen unfrisierten Gedanken von Stanisław Lec parat: *Setz die Maske auf, zeig dein wahres Gesicht.*

Sein Gefühl sagte ihm jedoch, dass diese Morde so wenig mit Karneval zu tun hatten wie die im letzten Jahr an Kathrin Freudenberg und Waltraud Nass begangenen mit Fußball.

Das Motiv musste woanders liegen. Er musste zunächst alles über das Umfeld der Mordopfer erfahren, und das konnte ja nicht aus lauter Narren bestehen.

Frieda Rampf sah ihn jetzt schmachtend an. Und Lott konnte nicht anders, als sich sanft in ihre Dauerwelle zu schmiegen.

»Bis bald.« Lotts Stimme klang nach Brunft.

Als er sich von ihrem Haar wieder gelöst hatte, stellte er fest, dass die Dauerwelle keinen Schaden genommen hatte.

»Bis bald«, hauchte Frieda Rampf ihm nach.

Und Lott nahm leichten Fußes die Treppe, als wäre seine Hüfte nie im Leben von Arthrose geplagt gewesen. Er stieg in seinen Wagen, fuhr nach Hause und besprach mit Elli die neue Situation, dass er nach Ulm berufen wurde, um dort eine Soko zu leiten, die den Mord an einem Narrenprinzenpaar aufzuklären hatte.

Auch Elli vermutete erst einen Scherz, dann hörte sie staunend zu und meinte schließlich: »Vielleicht sollten wir wieder nach Ulm ziehen.«

»Und dein Literaturkreis?«

»Steht kurz vor der Auflösung. Wir finden keine gemeinsame Lektüre mehr«, antwortete sie bedauernd.

Lott lächelte. Sein Lächeln war unverfänglich. Es konnte dem sich in der Auflösung befindenden Literaturkreis gelten oder Ellis vagem Wunsch, nach Ulm zurückzukehren. Dass sie auch vor der Frage stand, wie das Leben weitergehen sollte, verschaffte ihm Genugtuung.

Noch von zu Hause aus rief Lott Mollenkopf an. Er wollte nicht wieder, wie das im vergangenen Sommer der Fall war, einfach so in eine Dienstbesprechung platzen. Und er wollte wissen, mit welchem Personal er in Ulm rechnen durfte.

Mollenkopfs Freundlichkeit machte Kopfstände.

»Kommen Sie doch erst einmal her, Lott, kommen Sie, bitte. Hier geht derzeit alles drunter und drüber. Der Lohner brütet über einem Mordfall aus dem Jahr 1970 und die Raab ist mit einer eigens dafür geschaffenen Soko hinter einem Feuerteufel her, der hier umgeht und bereits mehrere Schulen angezündet hat. Und jetzt dieser Doppelmord! Herr Lott, ich erwarte Sie in zwei Stunden im kleinen Konferenzraum. Da erfahren Sie dann alles Weitere.«

Mollenkopf legte auf. Wie Hilbinger am Morgen würgte auch er jede mögliche Erwiderung ab.

Lott verließ die Wohnung und ging zum Wagen. Obwohl die Wetterexperten von viel zu milden Temperaturen sprachen, fror er und ließ die warme Lederjacke deshalb an. Trotz des Zeitdrucks wählte er die Landstraße und nicht die Autobahn. In Urach würde er die sperrige Jacke vielleicht ausziehen können. Bis dahin würde sein Wagen mit dem Heizen aber schon brauchen.

Er schaltete das Radio ein. Wie lange hatte er das nicht mehr getan. Das letzte Mal war es an dem Tag gewesen, als er den Mörder der beiden Vereinspräsidentinnen jagte; der Mörder, der auch ihn erschossen hätte, wäre nicht seine Kollegin Petra Mai rechtzeitig zur Stelle gewesen. Und nun war er wieder unterwegs in die alte Reichsstadt.

SWR 4 – Schwabenradio. Da sind wir daheim. Mit den Nachrichten aus der Region: Eine Wiblinger Kindereinrichtung in Flammen. Keine neuen Erkenntnisse im wieder aufgerollten Prostituiertenmord. Und ein Blick aufs Wetter: Viel zu mild für diese Jahreszeit.

Lott war es recht, dass die Nachricht über die Ermordung des Prinzenpaares noch nicht an die Öffentlichkeit gelangt war. Dass diese vor ihm informiert gewesen wäre, hätte ihn gleich unter Druck gesetzt.

SWR 4 – Schwabenradio. Da sind wir daheim. Ach ja, er war wieder daheim. Unterwegs und daheim, wo das Schlagerkarussell sich zu drehen begann. Und er konnte sich gegen dieses heimelige Gefühl nicht wehren, das der Sprecher in ihm entfacht hatte. *Ich bin Schnappi, das kleine Krokodil.* Als dann aber ein Faschingsschlager den anderen ablöste, war es damit vorbei, und Lott schaltete das Radio aus.

Kurz vor Urach hatte der Wagen dann die Temperatur, bei der die Lederjacke entbehrlich war. Lott fuhr auf einen Parkplatz. Dass seine Hüfte beim Aussteigen nicht schmerzte, registrierte er mit dankbarer Erleichterung, weil er daran dachte, wie das noch im letzten Sommer gewesen war. Krankengymnastische Übungen und sporadische Akupunkturbehandlungen hatten sich als taugliche Mittel im

Kampf gegen die Arthrose erwiesen. Die Tabletten aus der grünen Schachtel, die der Maichel Bernd ihm seinerzeit verschrieben hatte und die ihm im vergangenen Jahr immer wieder schmerzfreie Momente beschert hatten, brauchte er nicht mehr. Dass er auf die Pharmazie nicht mehr angewiesen war, hatte etwas Ermutigendes.

Er schaute zur Burg Hohenurach. Ein Bild, das ihn immer wieder aufs neue faszinierte. Ganz oben hielt sich ein wenig Schnee. Nach ein paar Schritten auf dem Wanderweg stieg er wieder ein und fuhr dann bis zum Ulmer Polizeipräsidium durch, welches im Neuen Bau untergebracht war, solange Lott zurückdenken konnte.

Ulms Neue Mitte war, seit er das letzte Mal hier gewesen war, um ein weiteres Stück gewachsen.

Als er die Pforte erreicht hatte, überkam ihn das Gefühl, nur einen einzigen Tag lang weg gewesen zu sein. Er hörte Landers zerkratzte Stimme. Mit immer wiederkehrendem Wortlaut. Als wäre sie irgendwo hängen geblieben im steten Kampf gegen eine arge Welt.

5

Er ging das Donauufer entlang. Er ging, weil er gehen musste. Blieb er stehen, überfiel ihn das Entsetzen. Oder die Wut kroch in ihm hoch. Als er sich unbeobachtet fühlte, schrie er ans andere Ufer hinüber. Er schrie es hinaus in die Welt: »Das Prinzenpaar ist tot!«

Die Donau schluckte seine Stimme. Er wusste, dass kein Mensch ihn hören würde. Aber er musste das loswerden.

Das Prinzenpaar, der letzte Anker unseres Karnevals, ist tot.

Kein anderer Gedanke hatte noch Platz in seinem Kopf. Die Trauer darüber hatte ihn die beiden vergangenen Nächte über nicht schlafen lassen. Jetzt spürte er, dass ein anderes

Gefühl die Trauer um das tote Prinzenpaar verdrängte, es war tiefer, grimmiger, abgründiger Hass.

Vom Münsterplatz her wehte jetzt das aufdringliche Schellengeläute der Hästräger.

»Zu euch, ganz genau, dahin will ich«, flüsterte er beißend. »Hinein ins Zentrum des Zyklons.«

Er rieb sich die rotrauen Hände. Er war angewidert und doch angezogen vom Klang der Schellen, in das sich nun die Fasnetrufe mischten: »Hoorig, hoorig isch dia Katz und borschdig, borschdig isch dia Sau.«

Mein Gott, welcher Stumpfsinn! *Katzastrecker*! Allein der Name!

Bald gesellten sich zu ihnen andere Narrenhaufen. Sie trugen einfältige Masken, tote, hölzerne Fladengesichter waren das. Doch gewiss interessanter als die, die darunter steckten. Gleich mussten die sich verbrüdern und doch miteinander wetteifern: Wer von uns hat den originellsten Narrenruf?

Zottelig, zottlig isch dr Bär. Und: *Rueßig, rueßig isch dr Speck.*

Was wollten die am hellen Dienstag hier auf dem Münsterplatz, fragte er sich. Bis zum Narrensprung war doch noch Zeit. Aber diese gierigen Narren ließen ja keinen Tag aus. Vermutlich trafen sich einige Gruppen, um dann gemeinsam irgendwo im Umland an einem anderen Narrensprung teilzunehmen.

»Zong-raus, Zong-raus!«, hallte plötzlich der Narrengruß der Ulmer Narrenzunft e.V. über den Platz, gefolgt von grellem Gelächter und begleitet vom Klang ihrer Schellen.

Wieder dachte er an das Prinzenpaar. Doch sein Zorn durfte nicht laut werden. Nicht jetzt. Da hineinprügeln, mit Gift und Galle und allem Ingrimm, das wär's. Aber nicht jetzt. Er nahm den Weg entlang der rechten Münsterseite.

In einer der Münsternischen entdeckte er zwei Schellenkostüme; klein waren die, für Kinder geschnitten, und Kinder steckten auch darinnen; zwei Buben, die versuchten, ihre Zigaretten gegen den Wind anzuzünden, um heimlich zu rauchen. Da kam diese Verbitterung, die ihm den Atem raubte, wieder hoch, ergriff ganz Besitz von ihm und er konnte nicht anders. Aus kleinen Narren werden große Narren!

Er zog die Maske aus der Manteltasche. Einer Maske trägt man nichts nach. Und dann, als es getan war, floh er, ehe jemand Notiz von ihm nehmen konnte, über den Münsterplatz, auf dem *Bettelhex* und *Glockabinder* viel gaffendes Volk um sich scharten. Jetzt gaffte er mit und tanzte herum und ging dann die Hirschstraße hoch bis zum Bahnhof, stieg in die Straßenbahn, fuhr bis zum Westplatz und stieg dort aus.

Da, ganz in der Nähe der Haltestelle, wohnte er. Da fiel er nicht auf. Da fiel niemand auf. Da war der eine dem anderen egal. *Gleichgültigkeit,* dieser Punkt fehlte noch in der Hausordnung. Er wusste selbst nicht, wer hier in diesem Mietshaus, dieser Kaserne, alles wohnte. Wer hier ein- und auszog. Es waren Gesichter ohne einen Namen dahinter.

Wem man hier begegnete, den konnte man getrost wieder vergessen. Hier zu wohnen hieß, allein auf den Kontoauszügen des Vermieters präsent zu sein. Sofern die Miete abgebucht werden konnte, die jährliche Nachzahlung der Mietnebenkosten pünktlich erfolgte, war man im Grunde genommen nicht vorhanden. Und er, das konnte er von sich mit gutem Gewissen behaupten, zahlte immer pünktlich.

6

Ilona Raab, heute in einem äußerst grell geratenen Hennarot, standen die Haare zu Berge. Und Lohner zeigte sich fahrig, wie ein Kettenraucher, der im Begriff war, sich das Rauchen abzugewöhnen.

Ilona gehörte derzeit der Soko an, die nach dem Feuerteufel fahndete, der bereits mehrere Schulen in Ulm angezündet hatte, und Lohner brütete über seinem Uraltfall, dem Prostituiertenmord.

Es herrschte eine nervenaufreibende Stimmung in den Büros der Inspektion 1. Brauchle im Krankenstand und Petra Mai in der Karibik. Und auf den Schreibtischen häufte sich die Arbeit.

»Die Pressekonferenz beginnt gleich«, sagte Dienststellenleiter Lander aufgeregt und trug damit seinen Teil zum derzeit herrschenden Betriebsklima bei.

Peter Olms, der als Pressesprecher seit Januar im Amt war, murmelte den Text seiner Erklärung vor sich hin, als müsste er den auswendig hersagen.

In diesem Moment trat Lott in die Runde.

»Grüß euch«, sagte er lapidar.

Alle schauten zu ihm. Sie hatten ihn erwartet. Aber jetzt, da er so plötzlich wieder vor ihnen stand, klang ihre Erwiderung seines Grußes wie der einer Schulklasse, die einen lange krank gewesenen Lehrer willkommen heißt. Ein Mix also aus Freude, Mitleid und Überraschung.

Staatsanwalt Mollenkopf nahm Lott, kaum dass dieser seine Begrüßungsrunde gedreht hatte, gleich in Beschlag.

»Eine Stellungnahme zu diesem Zeitpunkt ist unsinnig«, raunte er ihm zu, löste den etwas zu kräftig geratenen Willkommenshändedruck und instruierte Lott dahin, dass er, was die Journalisten betraf, erst einmal gar nichts sagte. Dazu hatten sie ja ihren Pressesprecher. Und mehr, als der ihnen sagen konnte, gab es im Moment ohnehin nicht preiszugeben. Aber sehen sollte man Lott schon. Lott war ein Erfolgsgarant. Der würde das schon richten. Dem Lott traute man das zu. Wer den Mord an zwei Vereinspräsidentinnen aufklären konnte, der würde auch herausfinden, durch wessen Hand das Faschingsprinzenpaar zu Tode gekommen war.

Dabei war die Aufklärung der beiden Frauenmorde beileibe nicht Lotts alleiniger Verdienst gewesen. Der Soko, für die man bis zuletzt keinen passenden Namen gefunden hatte, gebührte die Anerkennung. Aber die Öffentlichkeit braucht nun einmal ein Alphatier. Und dafür war ihr Lott gerade rechtgekommen.

Vom Gang des Polizeipräsidiums war das Stimmengewirr der Journalisten zu hören, die den Schulungsraum der Kripo stürmten, in welchem alles für die Pressekonferenz vorbereitet war. Neben den Lokalzeitungen, dem Regio-TV und den lokalen Radiosendern waren auch überregionale Presseorgane vertreten. Auch der Kölner Stadtanzeiger, die Düsseldorfer Nachrichten und das Mainzer Tagblatt. Alle kamen sie aus den Hochburgen des Karnevals.

»Eine Dienstbesprechung vor der Pressekonferenz wäre doch das Mindeste gewesen«, maulte Lott in Richtung Staatsanwalt.

Der verteidigte sich: »Die Nachricht ist zu den Medien durchgesickert und wurde in der heutigen Ausgabe auch schon kurz erwähnt. Uns blieb gar nichts anderes übrig, als mit einer sofortigen Pressekonferenz allen Spekulationen zuvorzukommen.«

»Und wo kommen die Journalisten aus Köln und Mainz und so weiter so schnell her?«

»Die müssen Sonntagnacht noch informiert worden sein. Und klopften gleich an unsere Tür. Die müssen geflogen sein!«

Bald saßen Mollenkopf, Lander, Peter Olms und Lott auf dem Podest, das an der Stirnseite des Raumes eigens für diese Konferenz aufgebaut worden war. Sie saßen dort wie die Hühner auf der Stange.

Lott fühlte sich unwohl. Er hatte erwartet, dass der Fall ihm in einer ersten Dienstbesprechung mit den entsprechenden Fakten vorgelegt würde. Und nun gleich die Presse. Er wusste ja noch gar nicht, was eigentlich genau passiert war.

Das erfuhr er jetzt durch Peter Olms, den Pressesprecher.

»Das Prinzenpaar der Großen Ulmer Karnevalsgesellschaft ist am vergangenen Sonntagabend gegen 22.30 Uhr, nach der Prunksitzung im Roncalli-Haus, durch das Gift Kaliumzyanid zu Tode gekommen. Es ist zwar nicht auszuschließen, dass wir es hier mit einem Suizid zu tun haben. Nach dem Stand der bisherigen Ermittlung gehen wir allerdings davon aus, dass die beiden Opfer eines Gewaltverbrechens geworden sind.«

Olms vorbereiteter Text war damit zu Ende. Er setzte sich und übergab das Wort an den Staatsanwalt: »Wenn Sie nun Fragen haben, so sind wir gerne bereit, Ihnen diese, sofern sie der Ermittlung nicht schaden, zu beantworten.«

»In der Nacht von Sonntag auf Montag wurden die Leichen der Rechtsmedizin überstellt, heute ist Dienstag, da müssen doch eindeutige Ergebnisse vorliegen«, fragte Thürheimer, der Chef der Lokalredaktion der hiesigen Zeitung.

»So schnell geht's leider nur bei CSI Miami oder ähnlichen Krimiserien. Bei uns im Ländle dauert das alles viel, viel länger«, antwortete Lott und erntete dafür einige Lacher, vor allem von Seiten der auswärtigen Journalisten.

»In welcher Form wurde das Gift denn verabreicht?« Die Frage kam aus der Ecke der Rheinländer.

»Vermutlich in einem Kaviarbrötchen«, antwortete Mollenkopf.

Lott schaute ihn groß an und murmelte: »Gut, dass ich das jetzt auch erfahre.«

»Aber die ganz genaue Auswertung liegt uns noch nicht vor«, fuhr Mollenkopf in seiner Ausführung fort.

»Gibt es Hinweise auf einen Täter?«

»Nein, noch keine Spur«, antwortete der Staatsanwalt.

»Wer wird die Ermittlung leiten?«, fragte die Redakteurin des Mainzer Tagblatt.

Mollenkopf stellte den Kollegen vor: »Unter der Leitung von Kriminalhauptkommissar Klaus Lott wird eine Soko für diesen Fall abgestellt werden. Er hat im vergangenen Jahr die Morde an zwei Vereinspräsidentinnen aufklären können.«

Thürheimer meldete sich: »Herr Lott, ich dachte, Sie wären wieder in den Diensten der Landespolizei in Tübingen? Damals wurden Sie nach Ulm gerufen, weil ein Kollege unter Verdacht geraten war. Verhält es sich auch diesmal so?«

Nun ergriff Lander das Wort. »Nein, so verhält es sich ganz und gar nicht«, wehrte er ab. »Es ist nur so, dass wir durch zahlreiche Umstände in Personalnot geraten sind. Sie wissen um die Brandlegungen an öffentlichen Einrichtungen der Stadt, hinzu kommen Krankheit und Urlaub von Kollegen. So haben wir die Tübinger Kollegen um Amtshilfe gebeten. Sonst noch Fragen?«

Wieder war es Thürheimer, der sich meldete; seine Frage richtete er an Klaus Lott: »Beim letzten Mal hatte Ihre Soko keinen Namen. Wie sieht's diesmal damit aus?«

Lott dachte kurz nach. Dann sagte er spontan: »Sie werden lachen. Das ist das Einzige, was wir zu diesem Zeitpunkt überhaupt haben.«

»Und der wäre?«, fragte die Mainzer Journalistin neugierig.

»Soko 11.11.11.11.«

»Leck mich en dr Täsch«, rief der Kölner, mit dem Ausdruck tiefsten Erstaunens, aus.

»Das meinen Sie nicht im Ernst?!«, empörte sich die Mainzerin.

»Och hür doch op! Su genau drieß doch kei Huhn!«, bemerkte der Kölner zynisch.

Lott hatte kein Wort verstanden. Er zuckte hilflos mit den Achseln. Der Düsseldorfer übersetzte: »Man soll das nicht so eng sehen.«

»Meine Damen und Herren. Wir danken Ihnen für Ihre Aufmerksamkeit«, sagte Mollenkopf abschließend. Damit stand er auf und verließ mit den Kollegen das Podest.

7

»Und was, bitte, ist mit dem Prostituiertenmord?«, fragte Lohner.

»Mein Gott, die Akten wurden seinerzeit schon eingemottet, da kommt es jetzt auf ein paar Tage auch nicht an«, beruhigte ihn Mollenkopf.

»Aber die von Aktenzeichen XY ungelöst rufen hier permanent an und erwarten zumindest, dass wir ihnen eine Spur anzubieten haben«, verteidigte sich Lohner.

Mollenkopf konnte nur mit den Achseln zucken. Zu mehr als dieser Geste, die seine Hilflosigkeit ausdrücken sollte, war er nicht fähig.

Der Fall, der auf dem Tisch des Hauptkommissars lag, stammte aus dem Jahr 1970. Damals, am 1. März des Jahres, hatte ein Spaziergänger auf einem Feld bei Eiselau ein verschnürtes Bündel entdeckt. In der Wolldecke lag eine tote, nackte Frau. Sie war nach massiver Gewalteinwirkung gestorben und wurde bis zur Unkenntlichkeit verbrannt. Dennoch konnten die Ermittler einen Fingerabdruck nehmen und so die Identität des Opfers feststellen: Eine dreißigjährige Berlinerin, die in Nürnberg als Prostituierte gearbeitet hatte. Mehr fanden die Ermittler damals nicht heraus. Nun waren neue Hinweise aufgetaucht. Ein anonymer Brief, handschriftlich adressiert an eine Außenstelle des Landeskriminalamtes in Nürnberg, in welchem Einzelheiten geschildert wurden, die nur der Täter kennen konnte. Und dieser hatte einen Bezug zu Ulm, wurde vielleicht hier geboren oder hatte in Ulm gewohnt. Der Fall wurde vor einiger Zeit bei *Aktenzeichen XY ... ungelöst* geschildert. Seither gingen Hinweise bei der Polizeidienststelle in Ulm ein und die landeten auf Lohners Schreibtisch. *Cold Case. Kein Opfer ist je vergessen.*

Doch nun blieb Lohner nichts anderes übrig, als den immer waghalsiger werdenden Aktenstapel zu ignorieren. Zumal in dem anonymen Brief die Rede davon war, dass der Mörder bereits im Jahre 2003 an Krebs verstorben war. Die Hinweise, die hier noch eingehen würden, mussten andere verfolgen, oder sie mussten eben, was wahrscheinlicher war, liegen bleiben. Für ihn hatte jetzt Lotts Soko Priorität, die sinnigerweise mit dem Datum des Narrentreibens betitelt worden war. Eine Zahlenreihe. Viermal die elf.

Gerade, als er sich auf den Weg zur Dienstbesprechung machen wollte, die Lott für die folgende Stunde anberaumt hatte, stürmte Ilona, mit leuchtenden Haaren, als wäre sie selbst der Feuerteufel, ins Büro.

»Wir haben ihn«, strahlte sie Lohner entgegen.

»Wen denn?«, wunderte sich Lohner und erinnerte sich im nächsten Moment, welcher Soko die Kollegin derzeit angehörte. »Sag bloß, den Feuerteufel?«

»Zwei Feuerteufel«, korrigierte ihn Ilona. »Brüder. Russlanddeutsche.«

»Gratuliere«, sagte Lohner, während sich die Kollegin neben ihn setzte und einmal tief durchatmete.

»Wie habt ihr die denn gekriegt?«

»Du wirst es nicht glauben. Die sind bei ihrem letzten Brandanschlag einem dringenden Bedürfnis nachgekommen. Auf Grund ihrer DNA konnten wir sie dann überführen.«

Lohner lachte, dann drückte er die Kollegin an sich und strich ihr mit der anderen Hand anerkennend durchs feuerrote Haar.

Ilona stöhnte erleichtert, als kratze ihr jemand den Rücken, und zwar an genau der Stelle, wo es entsetzlich juckte, die eigenen Fingernägel aber nicht hinreichten. Und sie dachte an all die anderen, die jetzt erleichtert sein würden, Eltern, Rektoren und Lehrer, und nicht zuletzt an den Oberbürgermeister und an den Stadtrat. Eine zentnerschwere Last musste von denen jetzt abfallen.

Fünf Brände binnen sechs Monaten, drei davon innerhalb der letzten Tage: Friedensschule, Martin-Schaffner-Schule, Erenlauh-Schule, das hatte die Stadt in Atem gehalten. Zum Glück wurden die Brände jedes Mal nachts gelegt, so dass kein Menschenleben unmittelbar in Gefahr geriet.

Ohnehin hatte das Ganze auch eine brisante, politische Seite, denn die Stadt hatte den Brandschutz ihrer Gebäude in fahrlässiger Weise vernachlässigt. Nach der Häufung der Vorfälle wuchs die Kritik in der Bevölkerung, die zu Recht beklagte, warum nur die großen Schulen mit automatischen Brand- und Rauchmeldern ausgestattet und mit der Feuerwache vernetzt sind. Die kleinen Schulen dagegen waren sich selbst überlassen. Dass die schnell gezimmerten Nachkriegsbaracken, wie die kurz nach Weihnachten abgefackelte Friedensschule, ein gefundenes Fressen für die Flammen war, kam erschwerend hinzu.

»Zum Baden im Erfolg bleibt dir dennoch keine Zeit«, sagte Lohner und drückte Ilona noch einmal fest an sich, ehe er anfügte: »Ilona, der Lott braucht uns.«

»Ich weiß«, seufzte die Kollegin. »Nach dem Fall ist vor dem Fall.«

Die Münsterglocken schlugen zur vollen Stunde.

8

»Herr Lott, der Name der Soko ist Unsinn. Viermal die elf, da machen wir uns ja zum Gespött«, mäkelte Mollenkopf.

»Dann streichen wir halt zwei Elfer«, schlug Lott kompromissbereit vor. »Fänden Sie das in Ordnung?«

Der Staatsanwalt wiegte wie ein Inder den Kopf, als müsse er das ganze Für und Wider abwägen und brummte schließlich: »Wegen mir.«

»Soko 11.11. klingt aber nach Fernsehen«, warf Lohner ein.

»Wenn schon«, verteidigte Ilona Lotts Kompromissvorschlag. »So unsinnig wie Soko Leipzig oder Soko Kitzbühel ist er jedenfalls nicht.«

Lohner gab ihr Recht. Und die anderen auch. Wusste doch jeder, der mit der Materie nur halbwegs vertraut war, dass eine Sonderkommission Sonderkommission heißt, weil sie für einen besonderen Fall zusammengestellt wird. Soko Leipzig mag ja toll klingen, aber es handelt sich bei denen doch um eine fest installierte Mordkommission.

»Also bleibt's bei Soko 11.11.?«, fragte Lott und blickte in die Runde. Als er zustimmendes Nicken erntete, betrachtete er diese Sache als geklärt und dachte insgeheim, dass Mollenkopf mit diesem ersten Ergebnis schon ein bisschen zufrieden sein würde.

Jetzt wurden alle Fakten auf den Tisch gelegt: Bei den beiden Toten handelte es sich um die 26-jährige Ingrid Hühn, kaufmännische Angestellte bei der Düngemittel-Großhandlung Beiselen, ledig, seit ein paar Jahren liiert mit Raimund Nüssle, 34 Jahre alt, im kaufmännischen Bereich der Firma EHK in Erbach tätig. Das Paar hatte eine gemeinsame Wohnung in Gögglingen, im Haus der Eltern. Herr Nüssle hatte darüber hinaus eine Einzimmereigentumswohnung in der Gneisenaustraße.

Ingrid Hühns Faschingsprinz war Peter Felgenhauer, 44 Jahre alt, Versicherungsvertreter bei der Allianz. Er hinterließ eine Frau und zwei Kinder. Seine Frau, Gudrun Felgenhauer, geborene Mäckle, 35 Jahre alt, war Hausfrau und Mutter. Die Kinder waren neun und zwölf Jahre alt, beides Mädchen.

Sowohl Ingrid Hühn als auch Peter Felgenhauer waren seit vielen Jahren Mitglied der Karnevalsgesellschaft. Ingrid war bereits als Kind dabei und gehörte bis vor einem Jahr der Prinzengarde an. Peter dagegen wirkte mehr im Hintergrund. Er betrieb das Marketing, kümmerte sich um Sponsoren. Er saß im Ausschuss des Vereins und war sehr um den Karnevalsnachwuchs bemüht. Erst in dieser Saison war er mehr in den Vordergrund gerückt. Als Faschingsprinz Hubert der Dritte.

»In welcher Form wurden die Hinterbliebenen bisher vernommen?«, fragte Lott. Sein Blick fiel dabei auf Lohner, der als Erster am Tatort gewesen war.

»Steht alles in meinem Bericht«, sagte der. »Ich habe die Witwe wie auch Herrn Nüssle und die Eltern von Ingrid Hühn noch in der Nacht aufgesucht, auch wegen der Angaben für die Leichenmeldung. Alle waren, ihren Angaben zufolge, zur Tatzeit zu Hause. Falls es dir um ihr Alibi geht.«

»Was wissen wir über die Mordopfer?«, fragte Lott weiter.

»Nach Aussage einiger Vereinsmitglieder waren beide äußerst beliebt, schon deshalb, weil sie so lange schon dazugehörten. Ingrids Eltern waren bereits Karnevalisten in diesem Verein. Und Peter Felgenhauer kannte Ingrid noch als Kind.«

»Kann es nicht doch sein, dass das Paar Selbstmord begangen hat?«, fragte Ilona in den Raum.

»Es gibt keine Anhaltspunkte dafür. Das Paar hat wohl ein Kaviarbrötchen, oder so ein Kanapee, zu sich genommen, auf dem Gift untergemischt war«, klärte Lohner die Kollegin auf. »Glaubst du denn, die hätten sich liebevoll ihre Henkersmahlzeit gerichtet, schön appetitlich und womöglich mit einem Ei garniert?«

»Ich denke, es gab da nur Leberkäswecken?«, hakte Lott nach.

»Das ist es ja«, erwiderte Lohner erstaunt, »ein Berg voller Leberkäswecken, und das Prinzenpaar stirbt, weil es vergifteten Kaviar gegessen hat.«

»Kaliumzyanid im Kaviar ist überhaupt ungewöhnlich. Das weiße Pulver verfärbt doch den Kaviar, außerdem dringt der Geruch der Bittermandeln auch durch den Kaviar durch. Sie hätten es merken müssen. Es sei denn, die Dosis wäre sehr gering gewesen. Aber auch eine geringe Dosis ist bereits tödlich.« Lott lächelte beim letzten Satz.

»Ist was?«, wunderte sich Ilona über Lotts Schmunzeln.

»Ich habe eben an einen Suizidfall mit Kaliumzyanid gedacht, den wir im letzten Herbst bei der Landespolizei hatten. Eine Frau aus Dettingen hatte ein Glas Wasser zur Hälfte mit Kaliumzyanid versetzt. Mit dieser Menge hätte sie ganz Dettingen um die Ecke bringen können.«

»Es reicht also eine kleine Menge?«

»Eine Messerspitze. Um ein Haar hätten wir einmal einen Mitarbeiter vom Rauschgiftdezernat dadurch verloren. Bei einer Razzia wollte er, wie so üblich, kosten, ob es sich um Heroin handelt. Ein Schutzengel muss ihm zur Seite gestanden haben. Er hat im letzten Augenblick die Finger davon gelassen. Zum Glück! Denn wie gesagt, eine Messerspitze hätte genügt, um zu sterben.«

»Wenn wir davon ausgehen, dass es kein Selbstmord war, sondern dass es sich um eine Beziehungstat handelt – keiner der Partner würde doch beide umbringen«, warf Ilona ein. »Das macht einfach keinen Sinn. Dasselbe trifft auf das berufliche Umfeld der beiden zu. Entweder hatte jemand ihn oder sie im Visier. Aber beide?«

»Es sei denn, der Tod des anderen wurde einfach mit in Kauf genommen. Vielleicht um abzulenken«, widersprach Lohner.

Ilona nickte, dann ging ein Lächeln über ihr Gesicht und sie sagte augenzwinkernd: »Das Motiv für den Doppelmord finden wir womöglich im Karneval selbst. Ein konkurrierendes Prinzenpaar, das sich für ihre Nichtberücksichtigung rächt?«

Lott antwortete ernst: »Ihre Regentschaft wäre doch am Aschermittwoch zu Ende gegangen. Ein neues Paar wird es diese Saison nicht mehr geben. Und im nächsten Jahr wären ohnehin wieder andere an der Reihe.«

»Du kennst dich aus!«, lächelte Ilona.

»Nicht freiwillig«, brummte Lott, stand auf und ging ein paar Meter hin und her. »Wir müssen herausfinden, woher das Gift stammt. Wer hatte Zugang zu Kaliumzyanid? Und wir müssen herausfinden, wie gut die Ehe von Felgenhauer beziehungsweise die Beziehung zwischen Ingrid Hühn und ihrem Lebenspartner war. Natürlich gilt es auch das berufliche Umfeld, die finanzielle Situation der beiden unter die Lupe nehmen. Und zuletzt freilich: Welche Rolle spielt der Karneval dabei?«

Lohner feixte: »Brauchle würde sagen, *Giftmord isch Frauasach.*«

Alle lachten. Auch Lott, der sich jetzt erkundigte, wo der Max, der während der Ermittlung im Mordfall Kathrin Freudenberg einen Bandscheibenvorfall erlitten hatte, stecke und ob er seinen Krankenstand zuhause feiern würde.

»Brauchle ist wieder in der Klinik«, klärte ihn Ilona auf.

»Es sind wieder die Bandscheiben. Vergangene Woche ist er operiert worden.«

Lott schluckte. Warum hatte er es wieder versäumt, sich bei ihm zu melden? Ein mitfühlendes Schlucken war das. Er litt förmlich mit seinem Kollegen. Dann nahm er sich vor, ihn noch heute zu besuchen.

Ehe Lott die Aufgaben verteilen konnte, brachte Evelyn Kamm, die neu war und Lina Bausch unterstützte, das abschließende Ergebnis der Rechtsmedizin.

Lohner hatte gehofft, dass Evelyn etwas sagen würde, nur um festzustellen, ob ihre Stimme auch jetzt die eines Navigators hatte.

Aber sie sagte nur: »Es ist dringend!« Und das klang überhaupt nicht nach Ansage. Sie konnte sogar lächeln. Und während sie das tat, drückte sie beide Augen fest zu, um sie dann gleich wieder und noch strahlender zu öffnen.

Lohner schaute sie wie paralysiert an. Evelyns Auftritt ließ aber auch die anderen Männer im Raum aufschauen. Sie hatte blondes, schulterlanges Haar und einen Mund wie Kim Basinger in ihren besten Jahren. Sie war auffallend groß, hatte eine Taille, um die sie so manche Frau beneiden würde.

Lotts Interesse für die neue Kollegin rutschte noch ein Stück tiefer. Seine Blicke hatten sich bereits in ihrem Dekolletee festgesehen.

Lina betrachtete die Kollegin mit Argwohn. Dabei zog sie die Augenbrauen hoch. Und ließ die Neue mit stiller Begeisterung daran teilhaben, dass sie den Platz hier bereits besetzt hielt und gewissermaßen ein Teil dieser Soko war, was man von Evelyn nun nicht behaupten konnte.

Während Lott das Gutachten der Rechtsmedizin überflog, hatte Evelyn den Konferenzraum wieder verlassen. Lina starrte ihr hinterher, auch als da längst nur noch die geschlossene Tür war.

»Prinz Hubert hat im Übrigen die doppelte Menge Gift zu sich genommen. In den Mundwinkeln beider Opfer steckten noch Fischeier. Ebenso an der Uniform des Prinzen. Bei einem Suizid hätte man sich das Gift doch eher redlich geteilt«, schmunzelte Lott.

Alle nickten zustimmend, ehe er resümierte: »Wir müssen also davon ausgehen, dass es sich um einen gezielten Anschlag handelt.«

Damit legte Lott die Untersuchungsergebnisse auf den Tisch.

»Liegt der Bericht der Spurensicherung denn noch nicht vor?«, fragte er dann.

»Der hat noch nicht allzu viel hergegeben«, antwortete Lohner. »Etliche Fingerabdrücke, zu denen uns noch das Vergleichsmaterial fehlt.«

»Spuren vom restlichen Kaviar?«

»Mehr als zwei Kaviarbrötchen waren wohl nicht auf dem Tisch. Weder auf dem Büffet noch in der Küche haben die etwas gefunden, was auf einen kredenzten Kaviar hätte schließen lassen.«

»Demnach müssen die restlichen Fischeier, sofern es diese gab, nachträglich entfernt worden sein. Aber weshalb? Das ergibt doch auch keinen Sinn«, fragte sich Ilona.

»Auf jeden Fall hat das Prinzenpaar die Reste nicht selbst noch entsorgen können«, meinte Lott und kam zu dem Schluss: »Auch ein Spusibericht ohne eine direkte Spur kann ein Hinweis sein.«

Dann instruierte er die Soko über die nächsten Ermittlungsschritte: »Da Petra noch nicht wieder zurück ist, nehme ich mir die Witwe vor.«

»Typisch«, lachte Ilona.

»Harald, du fährst noch einmal zu dem Lebensgefährten der Prinzessin. Wenn du es für sinnvoller hältst, ihn hier zu vernehmen, dann leite das in die Wege. Und Lina soll den Elferrat und alle, die sich zur Tatzeit in der Nähe des Tatorts aufgehalten haben, hierher bestellen. Also Sitzungspräsident, Prinzengarde und wenn eine Putzfrau in der Nähe war, dann auch die Putzfrau.«

»Und ich?«, fragte Ilona.

Lott schmunzelte: »Du knöpfst dir erst mal den Lander vor. Wir brauchen dringend mehr Leute. Die Soko muss aufgestockt werden. Ansonsten versuche alles über die beiden Hinterbliebenen herauszufinden. Und trage alles über das Prinzenpaar Jeanette die Erste und Hubert der Dritte zusammen.«

»Sollten wir nicht dazu übergehen, die Opfer bei ihren bürgerlichen Namen zu nennen?«, meinte Ilona. »Ingrid Hühn und Peter Felgenhauer?«

Noch ehe Lott ihr antworten konnte, stand plötzlich Evelyn an der Tür.

»Ist was?«, fragte Lina Bausch schneidend.

»Ich weiß nicht, ob es von Bedeutung ist, aber hier ging vorhin eine Anzeige gegen Unbekannt ein: Zwei Kinder aus einer Maskengruppe aus Emerkingen wurden am Münster brutal niedergeschlagen. Einer der Buben wurde dabei schwer verletzt. Er liegt mit Schädelbruch in der Uniklinik.«

9

Lott stieg in seinen Wagen und fuhr in Richtung Universitätsstadt. Hier oben lag noch Schnee. Zumindest auf Bäumen und Sträuchern und auf den Baumaschinen, die wie ein nicht weggeräumtes Spielzeug verlassen zwischen den Baugruben herumstanden.

Es dauerte, ehe Lott zwischen all den Bauzäunen den Eingang gefunden hatte. An der Rezeption ließ er sich Brauchles Zimmernummer geben.

Das Krankenzimmer lag im 3. Stock. Lott nahm den Aufzug und musste dann bis ans andere Ende des Flurs gehen. Er prüfte noch einmal die Zimmernummer, dann drückte er vorsichtig die Türklinke herunter, als fürchtete er, jemanden damit zu wecken. Nur zwei der vier Betten im Zimmer waren belegt. Brauchle lag gleich im ersten, mit Blick zur Tür.

Das Kopfende des Bettes war höher gestellt, so dass er immer auf dem Laufenden war, wer da kam und ging. Als er Lott sah, strahlte er übers ganze Gesicht: »Wo kommsch jetzt du alts Arschloch her?«

Lott atmete erleichtert auf. So krank, dass man sich ernste Sorgen machen musste, wirkte der Kollege, zumindest auf den ersten Blick, nicht.

»Außer Bandscheiben, kein Vorfall«, sagte der jetzt.

»Das hast du mir beim letzten Mal schon gesagt«, antwortete Lott und drückte dem Kranken beide Hände.

»Wie viele Bandscheiben hast du eigentlich?«

»Jetzt han i alle durch«, grinste Brauchle, »ond bis zum Aschermittwoch ben i wieder einsatzfähig.«

Lott lachte: »Wer's glaubt, wird selig.«

Und Brauchle: »Bis Aschermittwoch em nächsta Johr!«

Dann berichtete er, dass die Operation gut verlaufen und die Ärzte zufrieden wären. »Wenn die Dokter z'frieda send, dann bin i's halt ao.«

Lott musste jetzt aber doch feststellen, dass dieser Brauchle nicht mehr derselbe war, mit dem er im letzten Sommer noch auf dem Zeitbeerfest gesessen hatte. Sein so runder Kopf wirkte jetzt wie ein Luftballon, dem die Hälfte seiner Luft ausgegangen war, und sein rotwangiges Gesicht hatte einen unübersehbaren Stich ins Gelbliche bekommen. Die Wangen selbst waren so eingefallen, dass Lott zum ersten Mal überhaupt bemerkte, dass sein Kollege so etwas wie Wangenknochen hatte.

Brauchles Augen flatterten wässrig und schienen das Interesse am Besuch bereits wieder verloren zu haben. Lott versuchte den Kollegen aufzurichten, indem er ihm von der beginnenden Ermittlung im Fall des ermordeten Prinzenpaares berichtete.

Max hörte zu, aber so, als wäre das alles sehr weit weg von ihm. Er betrachtete das Ganze nicht mehr wie ein Kollege, eher wie ein Nachbar, mit dem man, über den Zaun hinweg, gelegentlich die Wettervorhersagen diskutiert. Und er resümierte Lotts Ausführungen eher gelangweilt: »Em Fasching isch doch alles erlaubt.«

Lott erzählte von Lisa und davon, dass Elli wieder nach Ulm ziehen wollte. Weil Brauchle aber kaum reagierte, sagte er nichts mehr, blieb nur still bei ihm sitzen und drückte irgendwann, für ein paar Augenblicke, wieder seine Hand.

Umso mehr war Lott überrascht, als Brauchle plötzlich sagte: »Es soll Schnee komma. Nemm mein Hausschlüssel, em Fall, dass da amol nemme hoimfahra kasch.« Er griff in die Schublade des Nachtschränkchens und reichte ihn Lott.

»Du woisch ja, wo alles isch, d'Handtücher ond 's Wäschzeug.«

Lott nickte, nahm die Schlüssel und bedankte sich. Als er sich schon verabschiedet hatte und auf dem Weg zur Tür war, rief Max ihm hinterher: »Oi Handtuch liegt allerdings scho auf'm Friedhof, den Platz han i mir belegt, den nemmt mir koiner mehr weg.«

Lott hatte das Krankenhaus bereits verlassen und war auf dem Weg zu seinem Wagen, den er unsinnigerweise auf dem viel zu weit weg liegenden Parkplatz abgestellt hatte, als Lina Bausch ihn anrief.

»Die beiden Buben liegen in der Neurologie.«

Lott reagierte nicht gleich und Lina sagte verunsichert: »Das wollten Sie doch wissen, oder?« Sie wartete einen Moment ab, ehe sie weitersprach: »... und die Eltern sind auch da, im Fall, dass Sie die zur Sache vernehmen wollen.«

Lott bedankte sich und drückte das Gespräch weg. Er hatte vergessen, dass er den Besuch beim Kollegen mit der Ermittlung in dem Gewaltdelikt an den beiden Jungen verbinden wollte.

»Wo finde ich die Neurologie?«, fragte er eine junge Frau, die, ihrer Zielstrebigkeit nach zu schließen, zum Hause gehören musste. Sie schien einen Moment lang über die Frage nachzudenken, ehe sie kopfschüttelnd antwortete: »Nein, tut mir leid.« Lott suchte jetzt die Wegweiser und Hinweistafeln ab, ohne die Neurologische Abteilung darunter ausfindig zu machen. Schließlich orientierte er sich zum Hauptgebäude und bat dort um Auskunft.

Er dachte, während er den Gebäudekomplex betrachtete: Ich hoffe nur, hier nie liegen zu müssen. Ich würde mich selbst nicht finden.

Eine Schwester erklärte sich bereit, Lott in die Neurologie zu bringen. Als sie über viele Gänge und durch ebenso viele Türen gegangen waren und das Ziel endlich erreicht war, bedankte sich Lott. »Allein hätte ich nie hierher gefunden.«

Die Schwester lächelte: »Alles Gewohnheit.«

Gleich entdeckte Lott die Eltern. Sie belegten zwei der Hartplastikschalen, die den Wartebereich säumten. Es mussten ganz einfach die Eltern von dem einem Jungen, der niedergeschlagen worden war, sein, denn sie steckten noch immer in ihren Schellenkostümen.

Lott stellte sich ihnen vor.

»Wer macht denn so ebbes?«, schluchzte die Mutter.

Der Vater stand jetzt auf, ging dann einige Schritte weit weg, als müsse er, um eine Antwort geben zu können, erst Anlauf nehmen; dann drehte er sich ruckartig um und kam zurück. Es schien, als kämpfte er mit sich, ob er aussprechen sollte, was er fortwährend dachte, oder es sich lieber verbeißen.

»Hat Ihr Sohn jemanden erkennen können?«, fragte Lott.

Die Vater schüttelte den Kopf, dann schluchzte auch er: »Es send doch Kender.«

»Was ist mit dem anderen Jungen?«, fragte Lott weiter, »Es waren doch zwei?«

»Beim Patrick war's net so schlemm, er isch bloß no zur Beobachtung do. Er liegt scho wieder auf der normala Station.«

Der Vater deutete in die Richtung, in der die normale Station wohl lag, dann setzte er sich neben seine Frau, ohne verhindern zu können, dass jede Bewegung vom hellen Geläute seines Kostüms begleitet wurde.

»Und Ihr Sohn?«

»Liegt em Koma«, schluchzte der Vater. »Nochher derfat mir aber no zu ihm. Mir müsset bloß no auf da Dokter warta.«

»Ich wünsche Ihnen alles Gute. Wir werden alles tun, um den Täter zu finden.«

Lott gab dem Vater seine Karte, sagte, dass er oder auch seine Frau ihn jederzeit anrufen könnten, und verabschiedete sich. Dann ging er zur Rezeption zurück und ließ sich, diesmal von einem Zivi, ins Krankenzimmer von Patrick bringen.

Die Eltern saßen an seinem Bett. Auch sie hatten noch ihre Schellenkostüme an, was die beiden anderen Patienten, ebenfalls Buben, äußerst lustig fanden.

Lott stellte sich vor. Zu dem Jungen sagte er: »Ich bin ein Kriminalkommissar, der aufklären soll, was mit euch da passiert ist.«

»Der hot oifach auf ons neigschlaga«, sagte Patrick.

»Wer?«

»I han ihn bloß ganz kurz g'seh. Er hot a Maske aufkhet. Aber koi Fasnetsmask, sondern so oina wie dr Zorro. Bloß net schwarz, sondern weiß isch se g'wesa ond an Omhang hot er ao a'ghet.«

Patricks Mutter nahm ihren Sohn in den Arm und sagte, Lott zugewandt: »Er hat ja no Glück ghabt, aber dr Bastian, mein Gott, der arme Kerle.«

Lott sah, wie sie noch immer vom ersten Schock gezeichnet war, und nahm sich vor, die Befragung schnell zu einem Ende zu bringen. Doch noch ehe er zu einer weiteren Frage ausholen konnte, berichtete der Vater des Jungen, mit exakten Zeitangaben, was seitlich des Münsters mit den beiden geschehen war.

»Sie können mich jederzeit anrufen«, sagte Lott und gab auch diesem Paar seine Karte. Er verabschiedete sich und hörte selbst auf dem Gang noch das leise Schellengeläute.

Bis zum Parkplatz war es ein gutes Stück zu gehen. Ein kalter Wind blies. Lott hielt seine Hände eine Zeitlang schützend an die Ohren. Dann begann auch die Hüfte wieder zu schmerzen. Erst war es nur ein kurzer, stechender Schmerz direkt in der Hüftpfanne, dann zog sich dieser abwärts bis ins rechte Knie. Als er wieder im Wagen saß, suchte er nach den Muskelansätzen und drückte darauf herum, wie er es von seinem Physiotherapeuten gezeigt bekommen hatte.

Was machst du hier überhaupt?, fragte er sich. Das ist nicht dein Ressort. Du musst den Mord an dem Prinzenpaar aufklären, nicht den Übergriff eines vielleicht Betrunkenen auf zwei Buben in Faschingskostümen. Du musst die Witwe befragen!

Für Fleißaufgaben bist du zu alt! Aber vor allem: Du bist dafür nicht zuständig. Lott überlegte, wer überhaupt zuständig dafür war. Aber dann hatte Lott wieder dieses Gefühl. Er spürte sein Herz heftiger schlagen. Das war ein Zeichen. Ein Zeichen dafür, dass er etwas spürte. Die Ermordung des Prinzenpaares und der Anschlag auf die beiden Buben hingen miteinander zusammen. Das konnte eine Spur sein, die ihre Ermittlung voranbringen konnte.

Lott startete den Wagen. Als er losfuhr, begann er an seiner Intuition zu zweifeln. *Das ist Blödsinn, behalt den für dich*. Dann nahm er die Autobahn nach Senden. Dort wohnte die Witwe des Faschingsprinzen.

10

Gleich rechts nach der Autobahnausfahrt Senden liegt »Europas größte Wohnwelt«, Möbel Inhofer. Obwohl der Parkplatz davor schon völlig besetzt schien, passierten noch immer mehr und mehr Autos die schmale Zufahrt, die zu ihm führte.

Lott erinnerte sich, dass er einmal mit offiziellem Besuch aus Rumänien, denen er Ulms Sehenswürdigkeiten zeigen wollte, auf deren Wunsch auch zu Möbel Inhofer gefahren war. Dass die auswärtigen Kolleginnen und Kollegen von Inhofer mehr angetan waren als vom Münster mit Multschers

Chorgestühl und Rathaus und Fischerviertel und mehrfach den Panorama-Aufzug, mit freier Sicht auf die Verkaufsetagen, zu Ausflugsfahrten benützten, hatte ihn doch unangenehm berührt. Doch Brauchle hatte Lotts Kulturschock zu lindern versucht. *Alte Kirchen hend se drhoim selber*, hatte der gesagt.

Dennoch hatte Lott auch heute noch kein Verständnis dafür, dass Leute ihre Freizeit dazu hergaben und viele Kilometer reisten, nur um einen Ferientag in einem Einkaufscenter zu verbringen.

Lott fand das Haus der Witwe auch ohne Navi auf Anhieb. Er parkte direkt davor, stieg aus, ging durch die offene Gartentür und klingelte an der Haustür.

Sie kam gleich heraus. Gudrun Felgenhauer schien von Lotts Besuch nicht überrascht zu sein. Ein Gesicht, das keinen Ausdruck zeigt, dachte Lott. Weder Trauer noch Abscheu noch Wut. Im Hintergrund hörte er die Mädchen miteinander reden.

»Kommen Sie doch herein.«

Die Witwe führte Lott ins Wohnzimmer und bat ihn, am Kachelofen Platz zu nehmen.

»Darf ich Ihnen etwas anbieten?«

Lott lehnte ab, kondolierte, entschuldigte sich für die Routinefrage, wo sie zur Tatzeit gewesen sei, noch ehe er sie direkt gestellt hatte.

»Daheim, mit meinen beiden Töchtern. Aber die haben da schon geschlafen.«

»Frau Felgenhauer, ich muss Ihnen leider eine ganze Reihe von Fragen stellen, von denen Ihnen die eine oder andere gewiss unangenehm ist. Aber wir ermitteln in einem Tötungsdelikt.«

»Sie sagen, dass mein Mann ermordet ...«

Sie sprach den Satz nicht zu Ende, ließ ihn unfertig im, wie Lott fand, sterilen Wohnzimmer hängen und starrte zum Fenster hin.

»Ihr Mann, wie auch Frau Hühn, sind durch das Gift Kaliumzyanid zu Tode gekommen. Nach Aussage der Rechtsmediziner ist auszuschließen, dass wir es mit einem Suizid zu tun haben.«

»Das muss doch ein Irrtum sein, oder eine Verwechslung.«

»Leider nicht.«

»Ich meine, wer hätte denn einen Grund gehabt, meinen Mann zu töten?!«

Lott überging die Frage – was sollte er auch sagen? Stattdessen fuhr er in seiner Befragung fort: »Frau Felgenhauer, war Ihr Mann in letzter Zeit irgendwie anders als sonst, haben Sie Veränderungen in seinem Verhalten festgestellt?«

Frau Felgenhauer sah aus, als würde sie darüber nachdenken. Dann verneinte sie.

»Hat er irgendwelche Andeutungen gemacht, die Ihnen damals vielleicht völlig belanglos schienen? Über Kollegen vielleicht, über Bekannte, Freunde?«

Die Witwe saß, noch immer ausdruckslos den Kopf schüttelnd, da.

»Frau Felgenhauer, nach unseren bisherigen Ermittlungen haben wir Grund zur Annahme, dass Ingrid Hühn seine Geliebte war.«

Gudrun Felgenhauer lachte spitz.

»Wenn, dann seine Faschingsgeliebte«, erklärte sie. »Und das darf man nicht wirklich ernst nehmen. Am Aschermittwoch ist schließlich alles wieder vorbei.«

»Sie hätten dies also toleriert?«

»Ich bin ein Faschingsmuffel. Mein Mann ist, oder war, das genaue Gegenteil. Der Fasching, das war sein Ding. Ich hab das meinem Mann immer gegönnt. Aber ich wollte nie etwas damit zu tun haben.«

»Hatte Ihr Mann Feinde –«, Lott korrigierte sich, »na ja, Feinde klingt vielleicht etwas theatralisch. Ich denke an Neider oder Konkurrenten, denen er ein Dorn im Auge war?«

»Nicht dass ich wüsste. Der hat es doch immer allen recht gemacht. Auch in der Firma. Der hat niemanden gemobbt und ist auch nicht gemobbt worden. Wenn es je einen Menschen auf dieser Welt gegeben hat, der so wenig Anlass zu einer Gewalttat gegeben hat, dann war das mein Mann.«

Lott schwieg. Er überlegte, ob das, was er gefragt hatte, vernehmungstaktisch richtig gewesen war. Eine ziellose Vernehmung beschränkt sich auf die Erfassung dessen, was sich im Laufe der Vernehmung anbietet. So in etwa hatte er das, was er soeben praktiziert hatte, seinen Studenten erklärt. Das Resultat von Vernehmungen ist messbar am Erkenntniszuwachs des Kriminalisten auf dem Weg der Wahrheitsfindung.

Mein Gott, was war das für Theoriengewäsch! *Ein Ziel-Resultat-Vergleich bemisst somit die Effizienz einer polizeilichen Vernehmung*. Da konnte er doch nur schweigen.

Sondierungsstrategie, Zermürbungsstrategie, Überrumpelungsstrategie. Er befand sich doch nicht in einer Beschuldigtenvernehmung! Er war auf der Suche nach Hinweisen, nach möglichen Gründen, nach Anhaltspunkten für diese so unsägliche Tat. Nun saß die Witwe vor ihm: Ein Häuflein Elend, paralysiert durch ein Ereignis, das ihr Leben auf den Kopf gestellt hatte.

Aber fragen musste er. *Sondierungsstrategie*, dachte Lott.

»Kennen Sie eigentlich Frau Hühn?«

Gudrun Felgenhauer lachte. Ihr Lachen kam und ging dann aber so schnell, als gäbe es in dieser Welt keinen Platz mehr dafür.

»Die Ingrid! Freilich kannte ich die. Sie war ja oft genug hier«, antwortete sie dann.

»Und Sie waren nicht eifersüchtig?«

»Auf Jeanette die Erste? Wirklich nicht! Es war die Faschingsprinzessin meines Mannes, mehr nicht!«

»Kennen Sie den Lebensgefährten von Frau Hühn?«

»Nein.«

Lott dachte, dass es jetzt an der Zeit war zu gehen, und stand auf. Sie brachte ihn an die Tür.

»Rufen Sie mich an, wenn Ihnen noch irgendetwas einfällt, was uns bei der Ermittlung weiterhelfen könnte«, sagte er und gab ihr seine Visitenkarte.

Als er wieder im Wagen saß, wählte er Lina Bauschs Nummer und setzte die nächste Dienstbesprechung auf 9 Uhr an. Für heute hatte er genug.

Er wollte jetzt auf dem schnellsten Weg nach Hause und schlug den Weg zur Autobahn ein. Am Drackensteiner Hang machte sich sein Handy bemerkbar. *You're Beautiful.* Ein Klingelton, den seine Tochter ihm zu irgendeinem Geburtstag ausgesucht hatte. Lott drückte die grüne Taste. Es war Lisa.

»Wie geht's dir, Herr Kommissar?«

Lott hörte, dass sie glücklich war.

»Gut, und dir?«

»Ich hab den Job«, jubelte sie. »Sag, wo bist du?«

»Auf dem Weg nach Hause.«

»Beeil dich, wir wollen feiern«, jauchzte sie.

»Ich beeil mich, Lisa. Und, gratuliere!«

Lott drückte das Gespräch weg. Er gab noch ein wenig mehr Gas und sah mit Erleichterung, dass die Straßenschilder heimwärts zeigten.

11

Die Augen hinter der venezianischen Maske begannen zu funkeln. Ein Funkeln, das sich jedes Mal aufs Neue beim Lesen der alten Zeilen einstellte. Bald entfachte es ein Feuer im Herzen, das loderte bis hoch in den Kopf.

So war es auch diesmal, und vielleicht war es heute stärker als jemals zuvor.

Er dachte an das Prinzenpaar, das tot war. Und er nahm noch einmal das vergilbte Blatt, das Jahrzehnte und länger im Besitz der Familie war, hielt es ehrfürchtig wie eine Reliquie ins spärlich werdende Nachmittagslicht. Obwohl er den Text seit seinen Kindertagen auswendig konnte, musste er ihn doch lesen. Das war er allein schon den kunstvoll gesetzten Buchstaben schuldig. Dem rotgoldenen *S* ganz am Anfang und den folgenden, blau schimmernden, fast leuchtenden Buchstaben der Zeilenanfänge.

So sorgsam er das Blatt in den Händen hielt, so ungestüm und kaum akzentuiert, geschweige denn das Versmaß beachtend, schmetterte er jetzt den Text durchs geschlossene Fenster:

So einer will ich sein.
Mit friedlichen Orden behängt.
Auf dem Festwagen oben, dort ist der
Himmel nicht weit.
Kamelle verteilen wie Pfarrers Segen.
Der Spielmannszug vorneweg, dahinter
ein Korps ganz in rot, die Funken.
Die Prinzengarde mit nacktem Bein
winkt dem treuen Husaren.
Ein Mädchen auf Händen getragen.
Den Boden erst wieder unter den Füßen,
wenn Asche das Haupt ziert.
Die Fasanenfeder an die Mütze gesteckt.
Rittmeister der Reserve, Marschall der
Ehrengarde, soll einmal auf meinem
Grabstein stehen.
So will ich jetzt ziehen in den
friedlichen Krieg,
in den heiligen Krieg des Karneval.

Das laute Lesen des Textes erregte ihn noch mehr. Kein anderer Gedanke als der an das tote Prinzenpaar hatte noch Platz in seinem Kopf. Doch er wusste: Er würde es rächen. Das zumindest war er den beiden schuldig.

Er ging zum Plattenspieler, drückte den Arm zurück und setzte die Nadel vorsichtig auf. Nach ein paar Kratzgeräuschen setzte die Musik ein, dann lauschte er dem Text:

Herbei, herbei ihr Leute
ihr lieben Leute schaut,

dem Karneval wird heute
ein neuer Thron gebaut.

Er schlug mit den Händen den Takt. Dann wiegte er sich in ihm, und als das Lied zu Ende war, spielte er es noch einmal und sang in einer unmäßig tiefen Tonlage mit.

Dabei begann er sich anzukleiden. Hose, Schuhe, Umhang. Und prüfte den Sitz seiner Maske, die er sich vor vielen Stunden schon umgebunden hatte. Nun ging er zum Fenster. Er schaute, ob die Welt draußen ihm heute freundlich gesinnt war oder nicht. Sie war es nicht. Das spürte er. Sie war sein Feind. Aber gegen alle Feinde war er jetzt gerüstet. Denen würde er die Stirn bieten. Heute und morgen und die Tage danach. Vor dem Aschermittwoch war an einen Waffenstillstand jedenfalls nicht zu denken.

12

Flaubert bellte bereits, als Elli und Lisa noch hin- und herüberlegten, wann Lott endlich nach Hause käme. Flaubert wusste immer als Erster Bescheid. Sie hätten ihm besser vertraut als ihn zu maßregeln und ihm zu befehlen, ruhig zu sein. Er fährt doch schon von der Hauptstraße ab. Keine drei Minuten dauert das mehr. Da fang ich mit der Begrüßerei doch schon einmal an.

Flaubert rannte zur Haustür und blieb wedelnd davor sitzen.

Wenig später kam Lott. Sein Hund sprang an ihm hoch und begrüßte ihn standesgemäß. Lisa stand in Wartestellung dahinter, Elli gab sich im Hintergrund geschäftig. Lott nahm seine Tochter in die Arme; sie fühlte sich weich an. Lisa spürte, dass ihr Vater dies dachte. Und sagte: »Der Winter ist eine gefährliche Zeit für die Figur.«

»Und die Ursache dafür, dass du im Mai wieder in Panik gerätst und von einer Diät in die andere schlitterst.«

»Bis Mai ist noch lang«, erwiderte sie.

Ihr Glück über die neue Arbeitsstelle war jetzt durch nichts zu trüben.

Als sie beim Abendessen saßen, erzählte sie ausführlich, wie das Bewerbungsgespräch bei Thienemann gelaufen war.

»Mir schwebt eine Krimireihe für Jugendliche vor«, sagte sie. »Und mein Kommissar muss eine Mischung aus dir und Schimanski sein.«

Lott lachte. Und dachte, dass sein Alltag eigentlich wenig mit dem von Schimanski zu tun hatte. Selbst eine Mörderjagd findet doch mehr am Schreibtisch und in Labors statt als draußen im Kampf von Recht gegen Unrecht, ausgetragen mit Fäusten und Pistolen. Bei all seinen Polizeigesetzübertretungen wäre Schimanski ohnehin längst suspendiert worden. Stattdessen: Ablaufkalender erstellen, Besprechung der Tagesabläufe, das Einlesen in die neuen Fälle – Arbeiten, die einem Hamsterrad glichen, das täglich bewegt werden wollte.

Aber dann dachte er auch, dass der Polizeialltag durchaus Situationen im Ärmel hatte, bei denen man gerne ein Schimanski wäre. Zum Beispiel Hermann Törner, der ihm im vergangenen Sommer mit gezückter Pistole gegenüberstand. Und der krallte noch immer an ihm und saß wie kein anderer Kadaver fest in seinem Hirn.

Lott ging ins Bad. Diesen Tag musste er sich erst einmal von der Haut waschen. Bevor er sich dann an den gedeckten Tisch setzte, schaute er in den elektronischen Briefkasten. Es war eine Mail von Hilbinger dabei. Irgendwie hatte er das gespürt.

Lieber Herr Lott, ich falle gleich mit der Tür ins Haus. Ich brauche Sie dringend für einen Vortrag, den eigentlich ich halten müsste. Aber für so etwas habe ich einfach keine Zeit, Außerdem können Sie das viel besser. Thema des Vortrags: Opferschutz ist Prävention. Der zeitliche Rahmen ca. 1 bis 1 1/2 Stunden. Es soll dabei um das neue Rollenverständnis der Polizei gehen, mit der Zielvereinbarung, dass die Geschädigten mehr in das Blickfeld der Polizei rücken sollen,

als dies bislang der Fall war. Der Vortrag soll in mehreren Präsidien des Landes gehalten werden (auch in Ulm). Die gute Nachricht für Sie dabei ist, dass Sie das Thema auch für ihre Vorlesung in Villingen-Schwenningen verwenden können. Die suchen noch einen Referenten für die Kriminalprävention. Also Begriff und Entwicklung sowie System, Gremien und Strukturen der Kriminalprävention. Ihr Einverständnis vorausgesetzt habe ich zugesagt. Alles Nähere in meinem Büro.
In der Hoffnung, dass die Ulmsache sich bald erledigt hat, bin ich mit freundlichen Grüßen
Ihr Hilbinger.

Lott dachte einen Augenblick daran, gleich zu antworten, aber dann schaltete er den Computer wieder aus und setzte sich zum Essen. Elli hatte eine Gemüse-Lasagne gemacht, da Lisa zum Vegetarischen tendierte, ohne dabei allerdings konsequent zu sein. Flaubert hatte sich demonstrativ in die Sofaecke gelegt. Das, wonach es hier roch, entsprach nicht seinem Niveau.

»Jetzt erzähl, wie es gelaufen ist«, sagte Lott. Aber dann ertappte er sich dabei, während Lisa davon schwärmte, wie nett die alle gewesen waren und dass sie selbst fest in die Programmplanung mit eingebunden werden würde, wie er mit seinen Gedanken schon wieder bei Hilbingers Präventionssache war. Früher kreiste alles um die Frage: Wer wird Straftäter und warum. Erst in den letzten Jahren ist der Opferschutz wichtiger geworden. Schließlich ist die Polizei doch die erste Instanz, die mit den Opfern in Berührung kommt. Und wie häufig war es nicht schon vorgekommen, dass Polizisten damit überhaupt nicht klarkamen, die Opfer unbeholfen und gleichgültig, manchmal sogar so behandelten, als wären sie nicht Opfer, sondern Täter – oder zumindest mitschuldig für den Einsatz, den die Polizisten jetzt zu leisten hatten.

Lisa riss den Vater, der ohne rechten Appetit im Essen herumstocherte, aus seinen Gedanken: »Erzähl mir du jetzt von deinem Prinzenpaarmord.« Damit nahm sie sich eine weitere Portion und bat in bester Feierlaune, ihr vom Wein nachzuschenken. Lott erzählte das, was er wusste, zumindest so viel, wie er im Familienkreis preisgeben durfte, hatte dabei aber das Gefühl, dass Lisa ihren eigenen Gedanken, was ihre neue Lebensaufgabe betraf, nachhing. Stellvertretend für Lisa hatte Elli eine Weisheit parat und zitierte Martin Walser, der einmal gesagt oder geschrieben haben soll, dass der Boden dieses Planeten eben Mordlust ausstrahlt wie ein Misthaufen Gestank, dass das Umbringen auf der Erde daheim ist wie auf der Sonne das Licht. Und Lott zugewandt meinte sie: »Und du, mein lieber Kommissar, bist der Sand im Getriebe!«

Lott lächelte. Und er nützte die von Lisa forcierte und somit allgemeine Aufbruchstimmung am Tisch, doch noch einmal an den PC zu gehen, um sich ein paar Gedanken über Opferschutz und Prävention zu machen.

Gewaltschutzgesetz, notierte er. Durch dieses von der rotgrünen Regierung erlassene Gesetz hatte die Polizei eine gute Handhabe. Und er notierte als Beispiel, dass ein prügelnder Ehemann zum Schutz von Frau und Kindern eine gewisse Zeit lang die gemeinsame Wohnung nicht mehr betreten darf.

Dann antwortete er Hilbinger, dass er ihm den Vortrag gerne abnehmen werde. Aber die Ulmer Sache, wie er nun selbst den Mord an dem Prinzenpaar nannte, habe im Moment Priorität.

Und diese Priorität hatte sich auch Lotts Gedanken wieder bemächtigt. Auch dann noch, als er neben Elli im Bett lag und im dunklen Zimmer an den einzigen Lichtfleck starrte, den der nicht ganz geschlossene Rollladen hergab. Man brachte nicht einfach ein Prinzenpaar um. Das war, als brächte man den Weihnachtsmann um oder Herrn Kaiser von der Hamburg-Mannheimer. Ein Prinzenpaar stand unter Artenschutz wie ein vom Aussterben bedrohtes Reptil.

Und warum auch? Ihre Regentschaft endet doch zum Kehraus.

13

In der Nacht waren die Temperaturen wieder auf unter Null gefallen. Die Bäume zeigten Frostspuren. Als Lott losfuhr, war es noch finster. Er wählte den Landweg, obwohl der Wetterdienst mit stellenweisem Glatteis drohte.

Kaum, dass er im Auto saß, schaltete er die 7-Uhr-Nachrichten ein. *US-Senator Barack Obama aus Illinois erklärt offiziell seine Bewerbung für die Präsidentschaftskandidatur der Demokraten 2008. In einem China-Restaurant im niedersächsischen Sittensen werden sieben Menschen erschossen.*

Tagesthemen-Moderatorin Anne Will wird als Nachfolgerin von Sabine Christiansen ab September die politische Talkshow der ARD am Sonntagabend moderieren. Im Prinzenpaar-Mord steht die Ulmer Kriminalpolizei noch immer vor einem Rätsel, wie der Pressesprecher ... Lott schaltete ab. Das musste er jetzt nicht hören. Wie wenig die Ermittlung vorangeschritten war, das wusste er schon selber. Das musste er nicht aus dem Radio hören. Und ob Lohner und die anderen Brauchbares ans Tageslicht befördern konnten, würde er spätestens in einer Stunde erfahren.

Zu den Wetteraussichten schaltete er wieder ein. Mildere Temperaturen wurden angekündigt, Regen, im Bergland Schnee. Die Schneefallgrenze bei 600 Metern.

SWR 4 Schwabenradio. Da sind wir daheim. Und hier ist der Hit unserer Handballhelden. Die Gruppe De Höhner mit ihrem Song: Wenn nicht jetzt, wann dann.

Lott ertappte sich dabei, dass er schon wieder mitsang. *Wenn nicht jetzt, wann dann, wenn nicht hier, sag mir wo und wann.* Das Lied klang in ihm noch nach, als ihn eine Nachricht aus seinem Gedankensingsang riss. Ein Faschingsverein suchte fürs Elefantenballett noch Damen ab 85 Kilo. Interessentinnen sollten sich melden. *Ich bin Schnappi, das kleine Krokodil ...*

Lott schaltete ab. Endgültig. Die Morgendämmerung hatte eingesetzt. Er mochte diese Stimmung, vielleicht, weil er sie viel zu selten erlebte.

Bald verdrängte das tote Prinzenpaar alles Private; seine kleine Erektionsschwäche, wie er die Anzeichen seiner Impotenz herunterzuspielen versuchte, und dieses Unbehagen darüber, dass es bei ihm mit 56 Jahren bereits mit dem Altwerden anfing.

Dann tauchte das Ulmer Münster hinter einer Nebelwand auf. Es wirkte wie eine Glucke, die über ihrer Stadt brütete. Lott marschierte durch die Büroräume der K1 wie ein Feldherr durch eine zurückeroberte Stadt. Er überlegte, während er noch allein zwischen den an der Fensterfront angeordneten Schreibtischen und dem Besprechungstisch, der in der Mitte des Raums stand, herumstolzierte, ob dies seine Formulierung sei oder ob es nicht doch Elli war, die ihn einmal mit dem Bild konfrontiert hatte, als er nach längerer Abwesenheit wieder nach Hause gekommen war und dort dann gleich alles für sich annektiert hatte. Wenn Elli das gesagt hatte, war es sicher etwas Angelesenes, entlehnt bei Martin Walser oder sonst einem Weisheitenspender.

Dass ihm aber selber dieser Vergleich mit einem Feldherren gekommen war, stimmte ihn doch nachdenklich. Er musste hier erst wieder zu Hause sein. Das war noch nicht wieder das Terrain, in dem er sicher und selbstverständlich seiner Arbeit nachgehen konnte. Das alles musste erst wieder zurückerobert werden. Fast gleichzeitig trafen Lohner, Lina Bausch und Kurfeß ein. Ilona kam fünf Minuten später, mit Verstärkung im Schlepptau, die sie wie ein Erfolgsergebnis, bei Lander, dem Leiter der Polizeidirektion, errungen, vorzeigte. Es waren Bobo Müller vom Wirtschaftsdezernat und die drei Ermittler aus Göppingen, die bereits in den Mordfällen an den Vereinspräsidentinnen ausgeholfen hatten und die seither nur das Göppinger Kleeblatt genannt wurden. Als dann Schlag halb neun die Tür aufging und sich Petra Mai aus dem Urlaub zurückmeldete, gab es ein großes Hallo, und

Lohner klatschte gleich Beifall, als wäre das Urlaubsende der Kollegin ein zu beglückwünschender Erfolg.

Lott nahm Petra in die Arme. Sie war nicht verwundert, ihn hier zu sehen, weil Lander sie gestern informiert und sie den Mord an dem Prinzenpaar bereits einer Pressemeldung entnommen hatte.

Lott staunte, dass zwei Wochen Karibik nicht mehr Farbe ins Gesicht der Kollegin gezaubert hatten. Petra war so bleich, als hätte sie die vergangenen vierzehn Tage nicht auf einem Luxusdampfer, sondern im Keller der Rechtsmedizin verbracht.

Als sich die Gemüter etwas beruhigt hatten, eröffnete Lott die Konferenz. Dass er mit seinem Lieblingsthema, der *Bildung von Versionen* beginnen würde, war für Petra, die ihn am längsten kannte, keine Überraschung.

»Versionen bilden den Ausgangspunkt für die Planung unserer Ermittlungstätigkeit, und die Versionsbildung begleitet somit faktisch den gesamten Untersuchungsverlauf bei der Fallbearbeitung, bis schließlich die Wahrheit festgestellt ist.« Lott hatte zu dozieren begonnen, als säßen da nicht Kollegen, sondern Studenten, und es dauerte eine geraume Zeit, bis er wenigstens im Ansatz konkret wurde. »Stellen wir zunächst Überlegungen an, wie sich die Straftat zugetragen haben könnte.«

Aber das musste er den Kollegen doch nicht erzählen! Oder muss ich ihnen ins Gedächtnis rufen, welche Bedeutung der Aufstellung von Versionen zukommt? Lott überlegte. Und war sich nicht sicher, ob es ihnen in Fleisch und Blut übergegangen war, dass Versionen nicht beziehungslos allein aus der gedanklichen Arbeit des Kriminalisten entspringen, sondern auf gesicherten Fakten, Spuren und Beweisen beruhen. Im Alltag vergaß man so viel, was einem einmal als Rüstzeug mitgegeben worden war.

»Sprich nur weiter«, ermunterte ihn Petra. Aber Lott schwieg. Er dozierte jetzt ausschließlich in Gedanken:

Kriminalistische Versionen sind auf der Grundlage von vorhandenem Wissen, Kenntnissen und Fakten im Rahmen der Straftatenuntersuchung begründete hypothetische Annahmen oder Vorstellungen darüber, wie sich ein momentan noch nicht erklärbarer Sachverhalt zugetragen haben könnte.

»Lott, wir warten!« Petra zeigte sich ungeduldig, Lott kannte das an ihr und ließ sich nicht aus der Ruhe bringen.

»Also, was wissen wir?«, fragte er in die Runde.

»Das Paar ist mit Zyankali ermordet worden«, sagte Lohner.

Lina Bausch, die das Protokoll der Dienstbesprechung führte, schrieb mit.

»Das Gift steckte im Kaviar. Kaviarspuren waren direkt bei den Opfern zu finden. In deren Mundwinkel, auf der Uniform des Prinzen, am Kleid der Prinzessin und auf einer angebissenen Semmel.«

»Dort gab's nur Leberkäs-Nassis«, sagte Kurfeß und erntete ein paar Lacher, fuhr aber dann gleich fort: »Ein Tisch voll mit Leberkässemmeln, aber das Gift steckt in einer Semmel, die mit Kaviar belegt war. Reste des Giftes wurden, mit der Ausnahme im Semmelrest, nicht gefunden.«

»Woher wusste der Täter überhaupt, dass das Prinzenpaar von dem Kaviar essen würde?«, fragte Petra in die Runde und schaute von den Akten auf, in die sie schon einmal einen Blick geworfen hatte.

»Außer dem Prinzenpaar befand sich zur Tatzeit keiner der befragten Karnevalisten in der Nähe des Büfetts«, antwortete Lohner, »folglich muss der Täter in der Nähe gewesen sein, um zu kontrollieren, ob sein Vorhaben auch glückt.«

Schweigen bestimmte jetzt die Runde. Jeder schien über Lohners Schlussfolgerung nachzudenken. Bis Lina Bausch sich zögerlich meldete: »Muss ich denn den Leberkässemmelberg jedes Mal als Büfett bezeichnen? Das ist doch wirklich weit hergeholt.«

»Der Sitzungspräsident hat diesen Imbiss wohl so bezeichnet«, antwortete Lott. Dabei lächelte er und meinte, Lina zugewandt: »Ist es nicht umständlicher, jedes Mal Leberkässemmelberg zu schreiben, Frau Bausch?«

Lina wurde rot. Und ihre Gesichtsfarbe legte noch an Farbe zu, als Lohner hinzufügte: »Exakt ausgedrückt handelte es sich nicht um einen Leberkässemmelberg, sondern um einen Leberkäs-Nassiberg.«

»Ist ja gut!« Ilona kam der langsam etwas konsterniert dreinschauenden Kollegin zu Hilfe.

»Lässt der Stand der Ermittlungen bereits eine Versionsbildung zum Motiv des Täters zu?« Petra stellte diese Frage in den Raum.

»Jeder Ermittlungsstand lässt diese Frage zu«, antwortete Lott ihr. »Wer könnte der Täter sein? Über welche Fähigkeiten, Fertigkeiten und Eigenschaften verfügt er? Das Wesentliche dabei ist doch nur, dass wir keine utopischen Täterversionen aufstellen, sondern dass unsere Untersuchungserfahrungen reale Täterversionen bilden, die dann auch überprüfbar sind.«

Dann zögerte er, ehe er den Faden wieder aufgriff: »Begeben wir uns zunächst auf Motivsuche«, schlug er vor.

Die anderen nickten zustimmend.

»Wie weit seit ihr denn gestern gekommen?«, fragte Lott in die Runde, wobei sein Blick zunächst bei Kurfeß hängen blieb.

»Peter Felgenhauer hatte eine Lebensversicherung über eine Viertelmillion zu Gunsten seiner Ehefrau abgeschlossen.«

»Er war ein Versicherungsmensch«, räumte Ilona ein, »da ist das nichts Besonderes. Ich habe mich bei Felgenhauers Kollegen umgehört. Der Faschingsprinz war auch bei denen äußerst beliebt. Kein Karrieretyp, keiner, der mit ausgefahrenen Ellenbogen sich einen Platz weiter oben erkämpfen wollte. Geradezu ein Muster von Kollege.«

»Was habt ihr über Ingrid Hühn erfahren?

Lohner berichtete: »Das Sonnenscheinchen der Firma. Von allen, auch von den Kolleginnen sehr gemocht. Im beruflichen Umfeld finden wir auch sicher bei ihr kein Motiv für einen Mord.«

»Und Frau Felgenhauer ist ein unbeschriebenes Blatt«, so hatte Ilona ermittelt. »Hausfrau und Mutter, im Elternbeirat, sonst nirgendwo aktiv, also in keinem Verein, nicht mal im Kirchenchor.«

»Was wissen wir über Raimund Nüssle?«, fragte Lott, an Lohner gewandt.

»Er arbeitet bei der EHT in Erbach. Ein eher verschlossener Typ, unauffällig, aber effizient bei der Arbeit. Über sein Privatleben wusste allerdings niemand in der Firma Bescheid. Nicht einmal die Kolleginnen, die das Büro mit ihm teilen. Er hat übrigens Urlaub bis Aschermittwoch. Und das, obwohl er überhaupt kein Faschingstyp ist, wie er mir selbst gesagt hat.«

»Er hat Urlaub und seine Freundin ist auf Faschingstour, seltsam«, warf Petra ein.

»Er hat behauptet, alten Urlaub aufbrauchen zu müssen. Das allerdings konnte der Personalchef nicht bestätigen. Er hätte seinen Urlaub auch später nehmen können.«

»Hast du ihn noch einmal verhört?«, wollte Lott wissen.

»Ich hatte noch einige Fragen, gerade auch wegen seines Urlaubs. Aber er war nicht zuhause.«

»Es ist besser, du lädst ihn vor.«

Lohner nickte.

»Bleib an ihm dran«, instruierte ihn Lott. »Und Ilona, finde du heraus, ob die Ehe der Felgenhauers wirklich so harmonisch war. Auch was die Beziehung der Ingrid Hühn zu Raimund Nüssle angeht. Hör dich um. Wir andern vernehmen jetzt die Faschingsleute.«

Draußen wurde es unruhig. Evelyn Kamm öffnete die Tür.

»Die Herrschaften wären jetzt da«, sagte sie.

Da fasste Lott den Kollegen Lohner, der am Gehen war, am Arm.

»Was ist diese EHT in Erbach für eine Firma?«, fragte er.

»Härtetechnik, Metallveredelung«, antwortete Lohner.

»Braucht man dafür nicht auch Kaliumzyanid?«

14

»Einer nach dem andern!« Lott ordnete an, dass er und die Kollegin Mai zunächst den Sitzungspräsidenten Wendelin Weihnacht in der Zeugenvernehmung haben wollten. Und das im Verhörzimmer, wie Sigrid Dürr, die zum Jahresende ausgeschieden war, den entsprechenden Raum immer genannt hatte. Es war jedoch weniger das Wort, das immer alle amüsierte, sondern die Art, wie sie es aussprach. Nämlich so, als wäre es mit Streckbett und Nagelstuhl möbliert, als befänden sich glühende Zangen und ein mit Stacheln besetzter Leibgürtel als Vernehmungswerkzeuge darin und als wäre die Folter somit noch nicht abgeschafft.

Im zweiten für die Vernehmung tauglichen Raum saß das Göppinger Kleeblatt, um den Elferrat zu befragen.

»Gemeinsam sind wir unschlagbar«, hatten sie gefeixt. Und Lott war einverstanden, dass immer zwei der Elferratmitglieder zusammen zur Vernehmung kamen.

Bobo und Kurfeß hatten es mit fünf Mädchen der Prinzengarde zu tun. Ihnen stand der kleine Konferenzraum zur Verfügung.

Lott hoffte, dass sie durch ein planvoll geführtes Gespräch zu neuen Erkenntnissen und Informationen gelangen würden, die dann, sozusagen als persönliche Beweismittel, für ihre Ermittlung verwertbar sein würden.

Wendelin Weihnacht, 59 Jahre alt, verheiratet, drei Töchter, Filialleiter der Raiba in Reutti. In der Großen Karnevalsgesellschaft seit 1967, Sitzungspräsident seit 1996. Lina Bausch hatte die Daten erfasst.

Petra Mai, die dem generös wirkenden, graumelierten Herrn Platz angeboten hatte, begann.

»Herr Weihnacht, Sie kannten Frau Hühn und Herrn Felgenhauer seit vielen Jahren ...«

»Das ist richtig, die Ingrid war noch ein Kind, als sie zu uns kam.«

»Und Peter Felgenhauer?«

»Der eigentlich auch. Na ja, kein Kind mehr, aber doch noch sehr jung. Ich hab ihn sehr gemocht, von Anfang an, obwohl er mir gegenüber immer etwas zurückhaltend war, aber vielleicht war er das zu allen. Aber immer freundlich und immer für den Verein da, auch über die Faschingszeit hinaus.«

»Haben Sie in letzter Zeit Veränderungen im Verhalten der beiden festgestellt?«

Wendelin Weihnacht überlegte, schüttelte verneinend den Kopf, räumte dann aber ein: »Dass die in diesem Jahr regierten, das ist immer etwas Besonderes. Prinzenpaar! Mehr kann man im Karneval fast nicht erreichen.«

»Hat sich die Beziehung der beiden untereinander dadurch verändert? Ich meine, ist da vielleicht mehr als nur eine nach außen getragene Karnevalspartnerschaft entstanden?«

»Manchmal wirkten sie wirklich wie zwei frisch Verliebte.«

»Wann haben Sie das bemerkt?«

»Seit ihrer Inthronisation ging das schon. Seit sie am 11.11. den Narrenthron bestiegen haben. Immer wieder haben die geturtelt. Vielleicht ist ihnen aber auch nur ihre Regentschaft ein wenig zu Kopf gestiegen. Das hatten wir alles schon einmal.«

»Erzählen Sie uns, wie der Abend mit diesem so unglücklichen Ausgang verlaufen ist.«

»Trotz des kurzen Programms unserer Prunksitzung war es ein sehr schöner und entspannter Abend. Vielleicht, weil wir die Erwartungen nicht mehr allzu hoch angesetzt hatten. Er begann wie immer mit dem Prolog unseres Tills, der nun auch schon in die Jahre gekommen ist und sich des Öfteren bei seinem Vortrag verhaspelt. Aber das störte diesmal überhaupt nicht. Dann waren unsere Gardemädchen dran, der Krettaweber als Büttenredner, auch schon ein älteres Semester, der aber die Leute immer noch zum Lachen bringt. Dann die Donauhexen mit ihrem Beitrag. Sehr gelungen, ein neu einstudierter Tanz, vielleicht der Höhepunkt des Abends. Ein paar Ehrungen anschließend. Und dann, als wir fast schon nur noch unter uns waren, geschah das für uns alle noch immer Unfassbare.«

»Erzählen Sie!«

»Ich hatte eine kleine Rede vorbereitet. Weil es mein elftes Jahr als Sitzungspräsident war. Es sollte auch nur der Eröffnung unseres kleinen Büfetts dienen.«

»Leberkässemmeln«, unterbrach ihn Petra.

»Ja, Büfett ist wohl übertrieben. Fünfzig Leberkäs-Nassis von der Firma Nass gesponsert. Eine nette Geste, nicht mehr. Und als ich das Büfett –«

Wendelin Weihnacht unterbrach. »... als ich veranlassen wollte, dass der Tisch mit dem Imbiss, wenn Ihnen diese Bezeichnung besser gefällt, auf die Bühne gebracht werden sollte, da torkelte zuerst Ingrid, dann Peter vor den Vorhang und dann ...« Weihnacht schluchzte. »Und dann waren beide einfach tot.«

Lott spürte, dass er jetzt in die Befragung eingreifen musste. Er wartete einige Sekunden, gab Petra ein Zeichen und fuhr fort: »Herr Weihnacht, Sie hatten in der letzten Zeit doch viel mit den beiden zu tun, und Sie kennen das Umfeld, was den Karneval betrifft. Sind Ihnen Feindschaften aufgefallen, Missgunst, Eifersucht, vielleicht sogar Hass, die Anlass für diese Tat gewesen sein könnten?«

Schon während Lott sprach, hatte Herr Weihnacht fortwährend verneinend den Kopf geschüttelt. Jetzt schnappte er nach Luft, als wäre sie ihm in den letzten Minuten hier rationiert worden. Und weinte dann fast: »Wir haben doch die Dinge alle leicht genommen. Man hat es doch im Alltag schwer genug, das ganze Jahr über. Wir machen uns diese paar Karnevalwochen doch nicht selber kaputt.«

»Wie geht es denn jetzt weiter mit dem Karneval?«

»Ich habe heute meinen Rücktritt erklärt. Sie werden es morgen in der Zeitung lesen können. Es wird im nächsten Jahr kein Prinzenpaar mehr geben. Elferrat und Gardemädchen werden sich, soviel ich weiß, dem anschließen, und die vor mehr als hundert Jahren gegründete Große Ulmer Karnevalsgesellschaft e.V. wird es dann nicht mehr geben. Die Donauhexen, die wir 1965 bei uns aufgenommen haben, werden nun das Schiff übernehmen und ganz in Richtung alemannische Fasnet steuern.«

»Könnte hier vielleicht ein Motiv für einen Mord zu finden sein?«, fragte Lott und wollte, kaum, dass er sie ausgesprochen hatte, die Frage schon wieder zurückziehen.

Der Sitzungspräsident lachte bitter. »Es liegt nicht an den Donauhexen. Sie markierten nur früh den Wandel im lokalen Faschingstreiben hin zur alemannischen Fasnet. Die Jugend ist nicht mehr für den Saalfasching zu gewinnen. Nicht mehr für den Karneval unserer Couleur. Die Narrenzünfte, Bettelhexen, Hollhexen und GaugaMa, da ziehts die Jugend hin. Nachtumzüge! Und der Höhepunkt jedes Jahr, der Große Narrensprung.«

»Herr Weihnacht, das Prinzenpaar ist mit Zyankali vergiftet worden, das im Kaviar versteckt war. Haben Sie irgendetwas bemerkt, was uns weiterhelfen könnte? Eine Person in der Nähe des Büfetts? Versuchen Sie sich zu erinnern.«

Wendelin Weihnacht schüttelte den Kopf: »Ich fürchte, ich war zu sehr mit mir selber beschäftigt. Tut mir leid.«

»Herr Weihnacht, ich habe mich die ganze Zeit gefragt, warum das Gift im Kaviar versteckt war. Gibt uns der Täter damit einen Hinweis? Hat Kaviar in ihrer Karnevalsgesellschaft vielleicht eine besondere Bedeutung?«

Der Sitzungspräsident seufzte: »Ich weiß nur, dass ich in meinem ganzen Leben keinen mehr anrühren werde.«

Lott bedankte sich, Petra brachte ihn zur Tür.

»Wir bleiben doch in Verbindung?«

Lott nickte ihm zu: »Wir halten Sie auf dem Laufenden, Herr Weihnacht.«

»Sehr viel weiter sind wir nicht gekommen«, meinte Petra, als der Expräsident schon draußen war.

»An der Methode der Befragung hat das aber nicht gelegen«, verteidigte sich Lott.

»Wenn es sich um eine Beziehungstat handelt, müssen wir uns die Mädchen vornehmen«, schlug Petra vor.

Lina Bausch kicherte. Dann zog sie sich mit dem Protokoll zurück.

15

Er stand am Fenster. Er schaute in die Richtung, in der die Herzklinik lag, und beobachtete die Autos, die durch die schmale Einfahrt zu dem viel zu kleinen Parkplatz geschleust wurden. Die enge Straße ließ nur eine Fahrtrichtung zu. Entweder mussten die warten, die kamen, oder diejenigen, die ihre Untersuchung bereits hinter sich gebracht hatten.

Er dachte an seinen Vater. Als der sich dort hatte untersuchen lassen, war bereits alles zu spät gewesen.

Direkt am Fenster stand noch immer der Nähtisch seiner Mutter. Er hatte ihn zu einem Schreibtisch umfunktioniert. Die Nähmaschine ließ sich versenken und die Fußpedale störten ihn nicht. Manchmal nahm er sich Arbeit mit nach Hause. Doch jetzt hatte er Urlaub, Urlaub bis Aschermittwoch. Danach würde auch der Karneval vorbei sein, auch wenn es in dieser Stadt keinen Karneval mehr gab.

Doch wenn alles glückt und der Krieg gewonnen ist, wird es wieder einen Karneval geben. Einen richtigen Karneval. Mit großer Prunksitzung in der ausverkauften Donauhalle. Und mit einem Umzug am Rosenmontag durch die Stadt. *Mariele flieg! Mariele flieg*! Die Prinzengarde gleich hinter dem Fanfarenkorps und den Karnevalssoldaten. Und er, als Prinz Carnevale, oben auf dem festlich geschmückten Wagen, Bonbons verteilend, um damit und mit den Ulau-Rufen das am Straßenrand gaffende Publikum zu gewinnen.

Er stellte sich das vor, und er fühlte, wie das sein würde: da oben auf dem Wagen zu stehen und durch die Stadt zu ziehen. Wie damals würde es sein, als der Vater ihn mit auf den Festwagen des Elferrats mitgenommen hatte. Wie hatten die anderen Kinder ihn beneidet. Und im Jahr darauf erst, als er der Kinderprinz-Carnevale war, mit einer Prinzessin an der Seite, die so blond und schön war, wie es nur Prinzessinnen sein können.

Er hatte sich das alles richtig ausgerechnet. Aber jetzt war das Prinzenpaar tot und alles war anders gekommen.

Und im nächsten Jahr wird es kein Prinzenpaar mehr geben, und es wird keinen Saalfasching und keine Prunksitzung mehr geben. Keinen Elferrat und keine Gardemädchen mehr. Und ihr Präsident wird eine Donauhexe sein! Ach, Gott Carnevale! Der Pöbel ist wieder an der Macht! Und die Hexen am Ziel!

Mit einem lächerlichen Nachtumzug hatte alles angefangen, vor etlichen Jahren, als er noch ein Kind und der Vater Präsident war. Da hatten die Donauhexen die Bevölkerung aufgefordert, in Schlafanzügen zum Nachtumzug zu erscheinen. Sein Vater hatte darüber gespottet. *Wer macht schon so etwas mit*, hatte er die Donauhexen verhöhnt und ihnen einen Reinfall prophezeit, wie es ihn im Karneval bis dahin noch nicht gegeben hatte.

Aber dann kamen mehr als vierhundert Menschen in Schlafanzügen daher und zogen mit den Donauhexen durch die Altstadt. Und im nächsten Jahr wurden es noch mehr und ihre Bedeutung wuchs von Jahr zu Jahr. Ein Farbtupfer sollten sie sein in der Großen Ulmer Karnevalsgesellschaft, nicht mehr als eine Geste an die alemannische Fasnet.

Er schlug das Photoalbum auf, das auf dem umfunktionierten Nähtisch lag. Er blätterte darin: *Till Eulenspiegel beim Prolog. Der Vater begrüßt die Gäste zur Großen Prunksitzung. Der Elferrat.* Und dann er selbst mit seiner Prinzessin: *Das Kinderprinzenpaar.* Eine glückliche Regentschaft war das! Nun wird es kein Prinzenpaar mehr geben. Es ist tot. Und mit ihm der Karneval in dieser Stadt.

Er starrte aus dem Fenster. Er spürte, wie die Tränen über seine Wangen in seine Mundwinkel liefen.

Mit einem toten Prinzenpaar hatte niemand rechnen können. Das war eine verlorene Schlacht.

Er wischte sich die Tränen aus dem Gesicht und setzte sich an den Nähtisch, an dem seine Mutter einst die Karnevalskostüme geschneidert oder ausgebessert hatte. Jetzt war sie tot. Sie war dem Vater gefolgt, kaum dass der unter der Erde war. Aus ihrem Nähtisch war sein Schreibtisch geworden.

Er fächerte die Seiten des Photoalbums durch seine Finger. Ganz hinten lag eine Postkarte mit der Ansicht des Kölner Karnevalsmuseums. Im vergangenen Sommer hatte er es besucht. Mit einem Wochenend-Sonderticket der Bahn. Und war dann doch enttäuscht gewesen. Weil selbst dort die holzgeschnitzten Fasnetmasken in erschreckender Weise überhand genommen hatten.

Die Elf als Symbol für die Gleichheit der Narren! Es gibt keine Gleichheit der Narren. Und die Elf so zu deuten ist falsch. Denn die Elf ist die Zahl der Sünde. Wir missachten Gott und seine Gebote. Die heilige Zahl 12, die Zahl der Apostel, erreichen wir nie. Wir leben in der Zeit, ohne Gott und seine Gebote. Die Elf, das ist unsere Zahl. Unser Gott ist Prinz Carnevale. Und nur seine Gebote sind von Bedeutung.

Und dann dachte er: *Eine verlorene Schlacht ist noch kein verlorener Krieg.*

16

Die Bildung von kriminalistischen Versionen ist eine bewährte Methode der Kriminalistik, um bei Untersuchungen zu neuen Erkenntnissen über ungeklärte Sachfragen zu gelangen.

Lott saß an seinem Schreibtisch und notierte sich diesen, wie er glaubte, guten Einstieg in seine nächste Vorlesung über Versionsbildung. Als er den Satz dann noch einmal las, verwarf er ihn wieder. Was sollte er sich auch jetzt um eine Vorlesung sorgen oder um Hilbingers »Opferschutz ist Prävention«-Vortrag? Er hatte einen Mord aufzuklären. Einen Doppelmord. Begangen an einem Faschingsprinzenpaar. Aber im Augenblick kam er nicht weiter. Vielleicht waren die Befragungen der Kollegen aufschlussreicher gewesen als Petras und seine.

Lott stand auf und ging zum Fenster. Es hatte zu schneien begonnen. Einzelne Flocken nur, die, kaum dass sie die Erde berührten, bereits wieder verlorengingen. Ein Bild, das zum Stand ihrer Ermittlung passte.

Für die kommende Stunde hatte er eine Dienstbesprechung anberaumt. Lina Bausch hatte einen Zahnarzttermin, Evelyn Kamm musste sie beim Protokoll ersetzen.

Die Zeugenbefragung der Göppinger Kommissare war der erste Tagesordnungspunkt. »Wir haben alle zehn Ratsmitglieder befragen können«, begann der älteste aus dem Göppinger Kleeblatt den Bericht.

»Müssten es nicht elf sein?«, unterbrach Petra.

»Der elfte ist der Sitzungspräsident«, klärte Lohner sie auf.

»Ich kann nur sagen«, fuhr einer der Göppinger fort, »dieser Elferrat ist ein Haufen seniler Rentner. Der eine hört schlecht, der andere sieht nicht mehr gut. Die sind als Zeugen unbrauchbar und kommen als Täter nicht in Frage.«

»Aber eine Sache ist doch allen aufgefallen«, fiel sein Kollege ihm ins Wort. »Dass zwischen dem Prinzenpaar mehr war als nur das gemeinsame Regieren.«

»Wenn ich hierzu gleich etwas sagen darf.« Es war Bobo, der sich zu Wort gemeldet hatte. Er überflog kurz das Protokoll und berichtete: »Manuela Schleicher, eine von den Gardemädchen, hat das Paar knutschen sehen. Und nicht nur einmal. Und einmal, so das Gardemädchen wörtlich, sind die gemeinsam im Frauenklo verschwunden. Im Kornhaus. Beim ersten Narrenball.«

Kurfeß ergänzte das mit dem Ergebnis seiner Befragung: »Die sind früher anders miteinander umgegangen, hat Martina Wenger, die älteste der Gardemädchen, ausgesagt. Sie hat mir außerdem geraten, Anita Stölzle zu befragen, die soll Ingrids beste Freundin gewesen sein.«

»War sie nicht vorgeladen?« Lotts Frage war an Evelyn Kamm gerichtet, die erschrocken aufblickte, dann aber mit einem entwaffnenden Lächeln kundtat: »Das hat Lina gemacht. Und sie hat mich nicht darüber informiert.« Lott nickte.

Einer der Göppinger lenkte das Thema wieder auf den Karneval als mögliches Motiv: »Ein Herr Sälzle, noch der Rüstigste in der Runde, hat ausgesagt: ›Es hat immer schon welche gegeben, denen es nicht gepasst hat, dass die Donauhexen unsere Große Ulmer Karnevalsgesellschaft, die immerhin seit 102 Jahren existiert, mehr oder weniger übernommen haben. Die haben uns regelrecht unterwandert! Karneval, das war einmal. Jetzt ist Fasnet angesagt.‹ So seine Aussage. Und jetzt, da das Prinzenpaar tot ist, ist auch der Karneval in Ulm endgültig gestorben.«

Der dritte der Göppinger fügte hinzu: »Ich habe hier noch eine Aussage, die in diesem Zusammenhang doch interessant sein könnte. Sie stammt von Manfred Richter, fünfundsiebzigjährig, meiner Einschätzung nach nicht mehr ganz auf seiner geistigen Höhe. Noch bevor ich ihn nach den Ereignissen im Roncalli-Haus befragt konnte, hat Herr Richter Folgendes von sich gegeben ...« Er kramte kurz in seinen Ermittlungsunterlagen und las dann vor. »Jetzt sind Danubius und die schöne Lau an der Reihe. Das war der Gnadenstoß des Herrn Schnallenberger. Und der sagt bloß *Zong-raus, und nicht mehr Ulau*.«

Lott schmunzelte und zuckte mit den Achseln.

»Wenn ich etwas sagen darf«, meldete sich Evelyn schüchtern.

»Nur zu«, ermunterte sie Lohner und fügte in gespieltem Schwäbisch hinzu. »Solangs koine Sauereia send.«

Evelyn überhörte diese Anmerkung und sagte: »Jede Narrenzunft hat einen Narrenruf, mit dem man sich untereinander und mit dem man andere Narrenzünfte begrüßt. *Zongraus*, das ist der Narrenruf der Ulmer Narrenzunft. So wie man in Wurmlingen und Muhwiesen sich mit *Narri-Narro* begrüßt. Oder in Oberelchingen sagt man *Bobbele hupf*.«

Alle schmunzelten über Evelyns Aufklärung. Und Bobo äußerte sich anerkennend: »Sie scheinen vom Fach zu sein.«

Evelyns Antwortgeste war ein so vages Ja, dass man das Gegenteil nicht ausschließen konnte.

»Wir brauchen eine Liste aller Vereinsmitglieder«, sagte Lott schließlich und blickte zu Lohner. Und Kurfeß fragte in die gleiche Richtung: »Wer von den Donauhexen war eigentlich zur Tatzeit noch im Roncalli-Haus?«

Lohner schlug die Liste der am Tatort anwesenden Personen auf: »Die Gruppe, die ihren Auftritt hatte, der 1. Vorsitzende Markus Schnallenberger. Bei manchen Angaben ist allerdings nicht klar, ob es sich dabei um Donauhexen oder Karnevalisten handelt.«

»Markus Schnallenberger haben wir noch nicht befragt. Bobo und Karl, den übernehmt ihr. Und versucht außerdem noch mehr über die finanziellen Verhältnisse der Felgenhauers und von Ingrid Hühn und Raimund Nüssle rauszukriegen. Petra und Ilona übernehmen das Gardemädchen Anita Stölzle. Frauen gegenüber ist sie bestimmt offener. Und Harald, du findest mir den Nüssle, und wenn du eine Fahndung rausgeben musst.«

Lohner nickte zustimmend, und Petra fragte: »Was machst du so lange?«

»Ich lass mich von Evelyn in die Welt des Karnevals und der Fasnet einführen«, antwortete Lott.

Evelyn errötete. Lott verbuchte es als Erfolg, wie ein Feldherr, der seine Stadt nun endgültig zurückerobert hatte.

17

Noch bevor Lott von Evelyn in die Geheimnisse der fünften Jahreszeit eingeführt werden konnte, wartete Thürheimer, der Chef der Lokalredaktion, an der Pforte des Polizeipräsidiums und bat um ein Interview.

Lina, die von ihrer Zahnbehandlung zurück war, teilte ihm das mit geschwollener Backe, in der noch die Betäubung hartnäckig jedes Wort zu blockieren schien, mit.

»Schicken Sie ihn hoch«, ordnete Lott an.

Als Thürheimer eintrat, erinnerte sich Lott daran, wie der Journalist ihn im Mordfall Kathrin Freudenberg ins Vertrauen gezogen und ihm erzählt hatte, dass die Vereinspräsidentin ihm, quasi als Geburtstagsgeschenk, einen geblasen hatte. Lott wusste, so oft ihm Thürheimer auch begegnen würde, er würde beim Anblick des Journalisten jedes Mal an das und an nichts anderes denken müssen.

Der Lokalredakteur drückte Lott die Hand und nahm den ihm angebotenen Platz ein. Nach dem üblichen Vorgeplänkel kam Thürheimer zur Sache.

»Herr Lott, ich weiß, über den Stand der Ermittlung dürfen Sie nichts verraten. Ich komme mit einer Sache zu ihnen, die nur ganz am Rande mit Ihrer Ermittlung zu tun hat. In Altenstadt haben Jugendliche beim Faschingsumzug einen Polizisten und mehrere Festgäste mit Baseballschlägern verletzt. Einem 21-Jährigen wurde eine Bierflasche auf den Kopf geschlagen. Betrunkene Maskierte prügeln sich so heftig, dass einige ins Krankenhaus eingeliefert werden mussten. Von den sexuellen Übergriffen an zum Teil minderjährigen Mädchen ganz zu schweigen. Und bei uns, inmitten der Stadt, werden zwei Kinder im Fasnetshäs brutal niedergeschlagen. Einer der Buben liegt mit einem Schädel-Hirn-Trauma auf der Intensivstation. Und um dem Ganzen die Krone aufzusetzen, wird das Faschingsprinzenpaar des Ulmer Karnevalsvereins ermordet. Sie wissen, worauf ich anspiele. Gewalt im Fasching. Ist der Fasching so überhaupt noch tragbar und zu verantworten? Das ist meine Umfrage bei Politikern, bei der Kirche, an Schulen und eben auch bei denen, die damit zur Zeit jede Menge Arbeit haben, bei der Polizei. Herr Lott, Ihr Verhältnis zum Fasching, zur Fasnet, zum Karneval, wie immer Sie wollen?«

Lott dachte an das, was er im Fernsehen an Peinlichkeiten über sich hatte ergehen lassen, egal, ob die Sitzungen nun aus Mainz, Franken oder Memmingen gesendet wurden. Peinlich waren sie allemal. Sich das anschauen zu müssen wären haftverschärfende Maßnahmen im Strafvollzug, dachte er und schmunzelte dabei.

»Sie lächeln?«, hakte Thürheimer nach.

Das, was er dachte, konnte Lott ihm nicht sagen. Aber was dann?

»Ich muss gestehen, ich bin ein Faschingsmuffel. Schon immer gewesen. Wegen mir müsste es keinen Fasching geben. In dieser Hinsicht war das Jahr 1991 ein schönes Jahr. Golfkrieg statt Fasching. Herr Thürheimer, ich feiere den Aschermittwoch. Mit einem Fischessen und einem guten Weißwein. Und dafür ertrage ich dann tapfer die vorangegangene närrische Zeit.«

Thürheimer hatte das alles fleißig notiert. Und grinste bei jedem Satz, den er da schrieb.

»Aber das bleibt unter uns, wie Ihr Geburtstagsgeschenk von Kathrin Freudenberg.«

Thürheimer erstarrte vor Enttäuschung und ein wenig auch vor Entsetzen. Doch er spürte, dass Lott wohl keinen Widerspruch duldete.

»Wenn Sie das schreiben, hätte ich sämtliche Karnevalisten und Fasnetsleute gegen mich. Und das würde die Ermittlung wirklich erschweren«, erklärte ihm Lott.

»Das heißt, Sie glauben, dass die Gründe für den Doppelmord und für die Körperverletzung an den beiden Jungen irgendwo in der Fasnet zu suchen sind?«

»Es ist zumindest nicht auszuschließen«, räumte Lott ein.

Thürheimer wurde ein wenig aggressiv: »Als Faschingsmuffel verstehen Sie doch nicht, was Fasnet und Karneval manchen Leuten bedeutet. Wie wollen Sie da den Fall lösen?«

Lott konterte: »Ich habe auch nicht behauptet, etwas vom Fußball zu verstehen, und habe den Fall Freudenberg-Nass doch aufklären können.«

»Sie glauben also nicht an ein Faschingsmotiv?«

»Für Glaubensfragen ist die Kirche zuständig. Aber ich schlage Ihnen einen Deal vor. Sie lassen mich aus Ihrer Umfrage draußen, fragen stattdessen unseren Lander, und ich halte Sie im Gegenzug bei unseren Ermittlungen auf dem Laufenden, soweit ich es verantworten kann.«

Thürheimer nickte zögerlich, bevor er sich mit Lotts Angebot einverstanden zeigte.

»Vielleicht können Sie mir ja in Sachen Fasching eine Lehrstunde erteilen«, versuchte Lott das dünne Eis, das zwischen ihnen entstanden war, wieder zu brechen.

Thürheimer dachte einen Moment nach, dann antwortete er: »Der Fasching ist nicht gerade mein Ressort, aber ich habe in dieser Saison über den Elchinger Fasching berichten müssen, weil meine Kollegin Claudia Reicherter, die eigentlich dafür zuständig ist, erkrankt war. Eine freie Mitarbeiterin konnte ich als Ersatz nicht schicken, sonst wäre man da beleidigt gewesen, und einige hätten vielleicht ihr Zeitungsabo gekündigt. Also habe ich das selber in die Hand genommen.«

Thürheimer verschnaufte nach dieser ausführlichen Einleitung, dann fuhr er fort: »Also, die Unterelchinger sind die Karnevalisten und nennen sich *Storchaneascht,* dagegen sind die Oberelchinger der traditionellen Fasnet verschrieben und nennen sich *Greane Krapfa*. Dass beide um die Gunst der Elchinger konkurrieren, liegt auf der Hand. Der Prinz hat aber bei seiner Inthronisation durch ihren Storchenpräsidenten verkündet, sie seien darum bemüht, die Annäherung an die *Greane Krapfa* zu stärken, weil die närrische Zeit doch für alle Elchinger gelte. Eine geradezu kulturpolitische Nuss, welche die beiden da knacken wollen. Aber das Beste kommt noch: Das Prinzenpaar hat ferner verkündet, als *Prinzenpaar der Herzen* in die Geschichte der Elchinger Fasnacht eingehen zu wollen, wie einst die Sissi und ihr Kaiser Franz Josef.«

Thürheimer schnaufte noch einmal tief durch, dann holte er erneut aus: »Man stelle sich vor, die vergleichen sich mit einem real existiert habenden Kaiserpaar, und das mit vollem Ernst!«

Lott schaute den Lokalredakteur staunend an. Und sagte: »Diese Welt ist bisher einfach so an mir vorbeigegangen. Vielleicht habe ich doch etwas versäumt.«

Thürheimer lächelte und Lott lächelte mit.

»Ich höre von Ihnen«, sagte der Redakteur und verabschiedete sich.

Lott ging an seinen Schreibtisch zurück und nahm sich der noch dürftigen Ermittlungsberichte an. Für einen Teilermittlungsplan, den er Mollenkopf vorlegen konnte, reichten sie allemal. Damit würde er die nächsten Stunden verbringen müssen. Nebenher begann er eine Matrix zu erstellen. Er zog ein leeres Blatt aus der Schublade und notierte sich Namen und Orte, die er ohne eine gewisse Zuordnung auf dem Blatt verteilte. Ihre Computer waren zwar mit dem Mind-Mapping-Verfahren ausgerüstet, mit dem mittels grafischer Tools Fakten vernetzt dargestellt und ihre Einflussmöglichkeiten nachvollzogen werden. Doch er kam mit dieser Landkarte einfach nicht zurecht. Seine Aufmerksamkeit richtete sich dann mehr auf den Computer als auf seine Fallanalyse.

Nachdem Lott zum wiederholten Male die Protokolle seiner Kollegen durchgelesen hatte, stand er auf und ging zum Fenster. Draußen herrschte nun richtiges Schneetreiben. Er fasste in seine Jackentasche und prüfte, ob sich Brauchles Hausschlüssel noch darin befand.

18

»Die Straßen sind dicht, ich muss wohl oder übel in Ulm übernachten«, setzte Lott seine Frau über das Schneetreiben, das hier tobte, in Kenntnis.

»Hier schneit es auch kräftig«, sagte Elli. »Lisa bleibt über Nacht in Stuttgart. Übernachtet bei einer zukünftigen Kollegin. Und du?«

»Brauchle hat mir seinen Wohnungsschlüssel gegeben.«

»Ach, das ist gut«, seufzte Elli, »dann störst du niemanden.«

Lott lachte. Er dachte an sein Schnarchen.

»Ich ruf dich später noch einmal an!« Lott legte auf, zog sich die gefütterte Lederjacke an und überlegte, ob er Brauchle anrufen sollte, um ihm Bescheid zu sagen, dass er sein Angebot heute annehmen musste. Aber dann ließ er es und schaute noch bei der Datenstation vorbei, die nun wieder von Lina Bausch regiert wurde. Sie zog ihre Augenbrauen hoch, als sie Lott sah. Und schwärzte, mit beleidigter Miene, die Kollegin Kamm an, dass deren Dienstbesprechungsprotokoll so lausig gewesen sei, dass sie eine gute Stunde habe anhängen müssen, um es so zu bearbeiten, dass noch irgendjemand schlau daraus würde.

Lott strich ihr übers Haar und sagte: »Machen Sie sich keinen Kopf.«

»Sie haben gut reden«, seufzte Lina. »Erst die Dürr und jetzt die da. Es kommt halt nie etwas Besseres nach.« Sie öffnete noch einmal ihre Jammerventile und ließ heraus, was sich bei ihr die Woche über angestaut hatte. Und sie tat, als müsse sie die schüttere Existenz, die sie sich da ergattert hatte, mit allen Mitteln verteidigen.

Dann blickte sie zu Lott hoch, fordernd und mit den Augen fragend, wo der nächste Kopfstreichler bleibe.

Lott betrachtete ihre dunklen Locken, die Brille, hinter der ein flehender Blick ihren Rückzug signalisierte, und dachte einmal mehr, dass sie eine vergilbte Version von Bärbel Röser, einer Freundin aus Grundschulzeiten, war.

»Schönen Abend noch«, sagte er und ging.

An der Pforte wartete Frieda Rampf.

»Hallo«, sagte sie.

»Hallo«, sagte Lott und versuchte, seine Verblüffung, sie hier zu sehen, herunterzuspielen.

»Wie kommen Sie denn nach Ulm?«

»Das ist es ja, mit dem Auto«, antwortete Frieda. »Und deshalb warte ich hier auf Sie. Bei dem Wetter traue ich mich nicht zurück. Könnte ich vielleicht mit Ihnen fahren ...?«

»Ich traue mich selber nicht«, gestand Lott. Und erklärte ihr, dass er beschlossen hatte, in Ulm zu übernachten.

»Haben Sie eine freie Zelle hier?«, fragte Frieda.

»Mehrere«, lachte Lott.

»Ich werde mir wohl besser ein Hotel suchen. Können Sie eines empfehlen?«

»*Hotel Roter Löwe, Ulmer Spatz, Die spanische Weinstube.* Es gibt jede Menge Hotels.«

»Oder sollten wir zuerst etwas essen?«, fragte Frieda.

»Wie?« Lott starrte Frieda fragend an.

»Bevor ich mir ein Hotelzimmer suche, meine ich.«

Lott nickte. »*Die spanische Weinstube* kann ich empfehlen. Die haben auch Zimmer.«

»Dann wollen wir mal«, sagte Frieda und hängte sich bei ihm ein.

Sie trotzten jetzt dem Schnee und gingen quer über den Münsterplatz. Lott fiel auf, dass sie Freizeitlook trug. Jeans und eine Sportjacke mit Kapuze. So hatte er sie noch nie gesehen. Wie sie durch den frischen Schnee stapften, merkte er, dass sie sich auch freizeitmäßig bewegte. Mit weit ausholenden Schritten, als hätte sie Nordic-Walking-Stöcke, die sie vorantrieben.

In der *Spanischen Weinstube* fanden sie einen Platz nahe der Theke. Lott kannte die Wirtin. Sie hieß Josefa und schmiss fast allein den ganzen Laden. Sie freute sich, ihn zu sehen.

Frieda fragte nach einem Zimmer.

»Tut mir leid. Alles belegt, leider«, sagte Josefa und nahm die Bestellung auf. Fischteller und Salat. Dazu einen Riesling.

»Was macht unser Hilbinger?«, fragte Lott.

»Nervös wie immer«, teilte Frieda ihm mit, um sich dann gleich nach dem Stand seiner Ermittlung zu erkundigen.

»Wir machen Babyschritte«, sagte Lott.

»Ein Prinzenpaar zu ermorden. Bei aller Tragik hat das schon etwas Kurioses.«

»Ein Fressen für die Medien! Zum Glück haben wir einen Herrn Olms, der uns vieles vom Hals hält.«

Frieda lächelte, dann wurde das Essen serviert. Josefa hatte es, wie immer, zu gut gemeint. Die Fische fanden kaum Platz auf der Platte und hätten für eine Speisung der Zehntausend gereicht. Mit dem Salat übertrieb sie es genauso. Lott war schon satt, bevor er überhaupt richtig angefangen hatte zu essen.

Frieda sagte etwas Heiteres. Sie prosteten sich zu und machten sich über den Fischteller her.

Draußen schneite es noch immer. Frieda kramte ihr Handy aus der Tasche und ging damit hinaus. Als sie zurückkam, informierte sie ihn, dass in der ganzen Stadt nicht ein einziges Hotelzimmer mehr frei sei.

»Eine Tagung irgendwelcher Psychologen«, sagte sie.

Sie aßen den Fisch zu Ende.

»Haben Sie nicht doch eine freie Zelle?«, fragte Frieda.

»Ich übernachte in der Wohnung eines Kollegen, der mit Bandscheibenvorfall im Krankenhaus liegt«, klärte Lott sie auf.

»Ist das ein Angebot?«, fragte Frieda.

»Ich kann auf der Couch schlafen«, sagte Lott.

»Trinken wir noch ein Gläschen?«

Lott nickte und winkte Josefa her. »Dann müssen wir aber die Straßenbahn nehmen.«

19

Sie fielen nicht gerade übereinander her. Aber sie duzten sich plötzlich. Und als Lott ihr aus der Sportjacke half, war ein Kuss unumgänglich.

Sie machte überall Licht und inspizierte die Zimmer.

»Wo werden wir schlafen?«, fragte sie dann.

Lott zuckte die Achseln. Aber ihm war klar, dass er diese Nacht nicht allein auf der Couch verbringen würde.

»Ist mir egal«, sagte er deshalb.

»Dann im Schlafzimmer, wie es sich gehört«, sagte sie.

Aus dem Schrank kramte sie Bettwäsche und überzog alles frisch, legte noch ein Badetuch über das Laken.

»Im Fall, dass wir dreckeln«, erklärte sie. Danach verschwand sie im Bad.

Lott schaute ihr ernüchtert hinterher, als sein Handy sich plötzlich, mit dem ihm vertrauten Klingelton *You're Beautiful*, rührte. Es war Elli.

»Du wolltest doch anrufen?«, erinnerte sie ihn.

»Ich war noch mit einem Kollegen bei Josefa. Hat etwas länger gedauert. Du kennst ja Josefa. Muss immer alles selber machen. Jetzt bin ich bei Max und lass mir gerade ein Bad ein. Danach hätte ich dich angerufen.«

»Du klingst genervt. War dein Tag schlimm?«

»Anstrengend«, sagte Lott.

»Dann entspann dich jetzt und ruf morgen früh kurz an. Gute Nacht und schlaf gut.«

»Schlaf du auch gut, und gute Nacht.«

Lott legte auf. Frieda kam aus dem Bad, in Brauchles Frotteemantel. Und begab sich ins Schlafzimmer.

»Ich muss auch noch«, sagte Lott und verschwand.

Er stellte sich unter die Dusche und dachte an Elli. Er konnte ihr nicht die Wahrheit sagen. Aber er tröstete sich damit, dass er zu ihren Gunsten log. So konnte doch alles beim Alten bleiben, harmonisch und ohne schmerzendes Wissen.

Plötzlich hörte er Frieda schimpfen: »Du Bummelant!«

Da war er gerührt. Den Ausdruck hatte er zuletzt gehört, als das Schicksal der Welt gerade von der Kuba-Krise zernagt wurde. Damals hatte er Angst gehabt, er würde nicht rechtzeitig, also vor dem Beginn des neuen Weltkriegs, zu Hause sein, weil er, nach Ansicht von Tante Paula, ein Bummelant war.

Er zog sich die Unterhose an und ging zu Frieda.

Im Schlafzimmer brannte eine Kerze. Sie saß, noch immer im Bademantel, auf der Bettkante.

Als Lott sich ihr näherte, positionierte sie sich auf der Bettmitte, exakt da, wo sie das Badetuch ausgelegt hatte, weil sie befürchtete, er oder sie oder alle beide würden dreckeln. Sie öffnete einladend ihre Schenkel und hauchte: »Je t'aime.«

Diesem Tempo war er nicht gewachsen. Er legte sich neben sie und spielte ein wenig in ihren Haaren. Dann küsste er sie.

Draußen schneite es noch immer. Lott hoffte, dass sein Handy nie mehr klingeln würde. Und als Frieda ihm aus seiner Hose half, hoffte er noch mehr. Wenn das, was da hing, so bleiben würde, war diese Nacht zum Scheitern verurteilt.

Frieda ergriff Lotts Glied, als helfe sie einem Behinderten über die Straße. Und er stöhnte. Grundlos eigentlich. Allenfalls prophylaktisch. Als würde er einen phonetischen Selbstversuch praktizieren. Auf welcher Wellenlänge konnte denn seine auf ihre Lust treffen? Er strebte ein Stöhnen in der Tonlage eines Baritons an. Und dachte dabei: Wenn daraus nur kein Grunzen wird. Denn Grunzen war, wenn überhaupt, nur ganz zum Schluss, unmittelbar vor der Erholungsphase, erlaubt.

Frieda hauchte noch einmal: »Je t'aime.«

Dass sie damit eine Jane-Birkin-Parodie ablieferte, wusste sie nicht. Und dann sagte sie, sie wolle nun vaginal mit ihm verkehren.

»Vaginal verkehren« – das klang kompliziert; zumindest nach einem Eingriff, der Komplikationen nicht ausschloss. Kompliziert, aber machbar, wie das Zusammenbauen eines IKEA-Schranks.

Während Lott versuchte, in sie einzudringen, zeigte Frieda ein Gesicht, als stände sie unter einer angenehm warmen Dusche. Und dann wurde sie doch, irgendwann und viel später, auf die Situation reagierend, ziemlich ungeduldig.

Doch mit der Spur einer noch immer fast sinnlichen Erregung sagte sie: »Einen Versuch hast du noch.«

Lott hörte, wie draußen ein Nachtvogel schrie. Es hörte sich an wie Gelächter.

20

»Die Ehefrau hat ein klares Motiv. Ihre Ehe stand vor dem Aus, und das wusste sie. Ihr Mann wollte sich scheiden lassen. Noch einmal ganz von vorne anfangen. Mit Ingrid Hühn, seiner Faschingsprinzessin. Dazu kommt die Lebensversicherung. 250 000 Euro zu ihren Gunsten. Und zu guter Letzt hat Frau Felgenhauer, bevor sie Frau Felgenhauer wurde, in Pforzheim bei Degussa gearbeitet.«

»Degussa?« Lott wurde hellhörig.

»Die Firma Degussa ist eine Gold- und Silber-Scheideanstalt. Und die verwenden Kaliumzyanid. Frau Felgenhauer hat dort als Werksgehilfin gearbeitet.«

»Bis wann?«

»Bis zu ihrer Hochzeit im Jahre 1994.«

»Mein Gott, das ist dreizehn Jahre her. Glaubst du wirklich, sie hat damals ein wenig Kaliumzyanid mitgehen lassen, sozusagen für alle Fälle?«

»Vielleicht hat sie ja noch Kontakte zu Degussa-Mitarbeiterinnen?«

Petra hatte sich festgelegt. Für sie war Gudrun Felgenhauer, die Witwe des ermordeten Faschingsprinzen, dringend tatverdächtig Ilona tendierte in dieselbe Richtung, obwohl ihrer Meinung nach auch Raimund Nüssle ganz ähnliche Beweggründe gehabt hätte. Sie waren zu diesem Ergebnis gekommen, nachdem sie die Freundin der Toten, Anita Stölzle, vernommen hatten.

»Anita und Ingrid waren dicke Freundinnen, die kaum Geheimnisse voreinander hatten. Das festigt die Glaubwürdigkeit ihrer Aussage.«

Ilona fügte hinzu: »Bis auf die Lebensversicherung hätte auch Raimund Nüssle dasselbe Motiv gehabt. Ingrid wollte sich nach Anitas Aussage ja auch von ihm trennen.«

»Aber er hätte seine Ingrid doch so oder so verloren«, erwiderte Lott.

»Gekränkter männlicher Stolz«, warf Ilona ein. »Da kommen Männer schon mal auf solche Gedanken.«

»Aber ein Giftmord passt nicht zu Nüssle«, zweifelte Petra.

»Weshalb denn nicht? Außerdem arbeitet er in einer Firma, die Kaliumzyanid bei der Herstellung von Metallveredelungen verwendet«, warf Lohner ein. »Und zwar ganz aktuell und nicht wie die Felgenhauer vor dreizehn Jahren.«

»Wo steckt er überhaupt?« Lotts Frage war an Lohner gerichtet.

»Ich habe die Fahndung in die Wege geleitet. Seit der ersten Vernehmung ist er spurlos verschwunden.«

Lott nickte zustimmend.

»Seit ihr in Sachen Fasching weitergekommen?«

Die Frage war an die Göppinger gerichtet.

»Nein«, antworteten sie, fast im Chor. Und dann einzeln, einer nach dem anderen: »Die Aussagen sind immer wieder dieselben. Wir haben die Liste der Vereinsmitglieder aber noch nicht vollständig durch. Etliche davon, so haben wir uns sagen lassen, sind nur noch passive Mitglieder.«

Lina Bausch, die wieder das Protokoll der Dienstbesprechung führte, meldete sich zu Wort.

»Bevor ich es vergesse, Herr Lott, der Vater des Jungen, der niedergeschlagen wurde, hat angerufen und um einen Rückruf gebeten.«

»Stellen Sie ihn mir nachher durch«, bat Lott und fragte, bevor er mit der Dienstbesprechung fortfuhr, in die Runde: »Wer bearbeitet eigentlich den Fall mit den beiden Jungen?«

Die Antwort war ein allgemeines Schulterzucken.

Die nächsten Schritte in der Ermittlung waren klar. Als Erstes galt es nun, Gudrun Felgenhauer zu vernehmen. Diesmal nicht als Zeugin, sondern als Tatverdächtige. Außerdem hoffte Lott, dass der Aufenthaltsort von Raimund Nüssle bald ausfindig gemacht würde. Alle Anzeichen sprachen dafür, dass er sich auf der Flucht befand.

Lott verteilte die Aufgaben, ging an seinen Schreibtisch und wartete, bis Lina ihn mit dem Vater des kleinen Hästrägers verband.

»Er ist noch immer nicht aufgewacht!« Die Stimme des Vaters vibrierte. »Die sagen uns da oben nicht die Wahrheit, bitte reden Sie mit dem Arzt. Sie wird man nicht anlügen. Und wenn der Junge stirbt, dann ist es doch Mord, oder nicht?«

»Zumindest Totschlag«, stellte Lott die Rechtslage richtig und ärgerte sich im nächsten Moment darüber. Was half es denn dem Vater, dass ihm das Tötungsdelikt juristisch differenziert wurde? Wenn der Junge starb, dann hatten sie einen Sohn verloren. Ob durch Mord oder Totschlag, würde den Eltern schließlich gleichgültig sein.

»Ich werde mit dem Arzt reden«, versprach Lott.

Der Vater bedankte sich und legte auf. Lott bat gleich darauf Lina Bausch, sie möge sich mit der Klinik in Verbindung setzen, er müsse dringend mit dem behandelnden Arzt des Jungen sprechen.

»Wie heißt der Junge?«, fragte Lina.

Lott musste überlegen, dann fiel es ihm wieder ein. »Bastian, und sein Freund Patrick. Den Namen des behandelnden Arztes habe ich mir leider nicht notiert.«

»Bleiben Sie im Büro?«, fragte Lina.

»Bis auf weiteres, ja.«

Er fuhr den Computer hoch und schrieb:

- *Ziel der Ermittlungs- und Untersuchungshandlungen:*
- *Zu klärende Umstände, festzustellende Sachverhalte, wichtige Detailfragen:*
- *zu schließende Beweislücken:*
- *taktische Varianten:*
- *Einsatzmittel:*
- *Koordinationsfragen:*

Er las durch, auf welche Probleme sich der Inhalt seines Ermittlungsplans konzentrieren sollte und dachte, dass er schon wieder dazu neigte, bereits von vornherein dogmatische Vorentscheidungen treffen zu wollen.

Noch bevor er auch nur einen der Punkte konkretisieren konnte, läutete das Telefon. Lina hatte Dr. Karrer in der Leitung.

»Vielen Dank, dass Sie gleich Zeit für uns haben«, begann Lott das Gespräch. »Es geht um Bastian.«

»Was kann ich für Sie tun?«, forschte der Arzt.

»Dem Bastian ist etwas Schreckliches widerfahren. Er hat unser ganzes Mitgefühl. Aber er ist, aus kriminalistischer

Sicht, nicht nur Opfer, sondern auch ein wichtiger Zeuge in diesem Fall. Können Sie mir etwas über den Zustand des Jungen sagen und wann wir mit ihm sprechen können?«

»Vorerst gar nicht. Aber er wird diese schwere Verletzung, so wie es derzeit aussieht, wohl ohne bleibende Schäden überleben. Die neurologischen Untersuchungen sind gut verlaufen. Wir konnten inzwischen auch die Dosis verringern, mit der Bastian in ein künstliches Koma versetzt wurde. Er könnte heute noch aufwachen. Aber er ist weder transport- noch vernehmungsfähig.«

Lott hakte nach: »Keine bleibenden Schäden, sagen Sie?«

»Mediziner unterscheiden verschiedene Schweregrade eines Schädel-Hirn-Traumas sowie das primäre und sekundäre Trauma. Das Primärtrauma umfasst die unmittelbaren Folgen des Schlags. Bei Bastian ist der Schädel nicht gebrochen, das Gehirn selbst ist nicht verletzt worden, so dass wir bei ihm ein indirektes Primärtrauma ausschließen können. Der Junge bleibt in jedem Falle die nächsten zehn Tage noch hier. Wenn Sie mich dann noch einmal anrufen möchten?«

Lott bedankte sich. Und spürte die Erleichterung, die diese Nachricht bei ihm bewirkt hatte. Er nahm den Hörer zur Hand, um die Neuigkeiten umgehend an Bastians Eltern weiterzugeben.

Als er wenig später den Schneeflocken draußen zuschaute, dachte er an Frieda und daran, was in der vergangenen Nacht geschehen oder besser, nein – schlechter: nicht geschehen war. Am Morgen hatten sie noch miteinander gefrühstückt, fast wie ein Ehepaar. Danach war er mit der Straßenbahn in die Stadt gefahren. Frieda hatte noch etwas Ordnung schaffen, den Hausschlüssel unter die Matte legen und dann zurück nach Tübingen fahren wollen.

Lott ging zurück an seinen Schreibtisch und rief noch einmal Lina an. »Erkundigen Sie sich bei Lander, wer den Fall mit den beiden Jungen bearbeitet.«

»Erledige ich sofort«, sagte Lina, hörbar stolz darauf, heute morgen immer wieder gebraucht zu werden.

Lott starrte auf den Bildschirm seines Computers. Was er notiert hatte, brachte die Ermittlung keinen Schritt weiter. Das wusste er. Er musste den Ermittlungsplan vergessen und irgendwo anders ansetzen. *Täterversion*, dachte er. Und revidierte sich dann gleich. Eine Täterversion ohne jeden Anhaltspunkt ist reine Illusion. Er holte seine begonnene Matrix hervor und stieß auf das notierte Wort *Kaliumzyanid*. Er nahm einen Rotstift und kreiste das Wort ein. Vielleicht sagte das Gift ja etwas über den Täter aus. Er schrieb über das Wort, das er rot eingekreist hatte, das Wort *Täterprofil*. Auch das kreiste er nun rot ein und verband dann die beiden Kreise miteinander. Der Täter hatte nicht willkürlich dieses Gift gewählt; es musste eine Bedeutung haben. *Es ist nicht allein deshalb, weil der Täter Zugang zu diesem Gift hat*. Aber allein konnte er diese Frage nicht lösen. Er brauchte Hilfe.

Lott verließ den Neuen Bau, stieg in seinen Wagen und fuhr in die Prittwitzstraße 6, wo die Rechtsmedizin ihre Räumlichkeiten hat. Dr. Erich Banzhaf hatte Dienst. Lott kannte ihn, solange er in seinem Berufsleben zurückdenken konnte. Für manchen gelösten Fall, bei denen die Kommissare die Anerkennung einheimsten, gab Banzhaf den entscheidenden Hinweis. So auch im Falle des Hammermörders vor mehr als zwanzig Jahren.

Lott fand ihn im Labor vor, wo er gerade am Mikroskop arbeitete. Ein Mann im gleichen Alter, nur schien er frischer, kräftiger und auf eine beneidenswerte Weise gesund zu sein. In seinem Umfeld wirkte er geradezu widerlich lebendig.

»Klaus! Was führt dich hierher?« Banzhaf war sichtlich erfreut darüber, seinen Bekannten von der Kripo zu sehen.

Sie tauschten sich erst über ihre privaten Lebensumstände aus, ehe Lott mit dem Anlass seines Besuches herausrückte.

»Du hast das Prinzenpaar ja auf dem Tisch gehabt. Meine Frage: Wie lässt sich auf Grund des verwendeten Mordgiftes eine Täterversion erstellen?«

Dr. Banzhaf dachte eine Weile nach. »Dass es kein Selbstmord sein konnte, habt ihr ja in meinem Bericht. Und jetzt soll ich euch noch den Mörder liefern, stimmts?«

Beide lachten. Dann fuhr Banzhaf fort: »Die Gifte, die heute verwendet werden, sind andere als vor fünfzig Jahren. Zum Beispiel Kohlenmonoxid: Der Klassiker per Gasleitung ist längst von gestern, denn das heutige Erdgas ist so zusammengesetzt, dass das tödliche Kohlenmonoxid als Abbauprodukt nicht mehr entsteht. Oder Arsen. Der Stoff riecht verdächtig und ist leicht nachweisbar.«

Lott nickte. Gleichzeitig dachte er daran, dass Banzhaf aus dem gleichen Holz geschnitzt war wie er selber. Auch er verfiel gerne ins Dozieren. Aber Lott war das, im Augenblick zumindest, sehr recht. Schließlich war er, was Giftmorde betraf, längst nicht mehr auf dem Laufenden.

»Stattdessen tauchen folgende Stoffe auf den Listen der Rechtsmedizin auf: Acrylamid, Alkaloide, natürlich die Herz-Kreislauf-Medikamente. Am beliebtesten aber sind Metallverbindungen. Kein Wunder, dass das gängigste Gift der Gegenwart ein metallisches Element ist.«

»Und welches?«, fragte Lott nach.

»Thallium. Der Stoff befindet sich im Periodensystem nah bei Polonium. Als silberweißes Metallpulver ist es geruch- und geschmacklos und lässt sich unbemerkt in jede Nahrung mischen. Ein Gramm Thallium genügt, um einen Erwachsenen zu töten.«

»Mein Mörder oder meine Mörderin hat Zyankali verwendet.«

Dr. Banzhaf schien Lotts Einhaken zu überhören. Unbeirrt fuhr er fort: »Kennst du den Fall Welsch?«, fragte er.

Lott zuckte mit den Achseln.

»1981 verübte ein Stasi-Mitarbeiter in Israel ein Attentat auf den DDR-Flüchtling Wolfgang Welsch. Welsch, der später durch den Film ›Der Stich des Skorpion‹ berühmt wurde, aß eine präparierte Frikadelle. Er überlebte knapp. Eine Thallium-Vergiftung ist tückisch, weil die deutlichen

Symptome erst nach 13 Tagen auftauchen. Die Haare fallen aus, Leber und Nieren versagen und Nervenstörungen können schließlich zum Tod führen. Thallium und Polonium sind grausam, das Gift wirkt langsam und quält. Viel giftiger, weil in viel kleineren Dosen tödlich, aber ist ein anderer Stoff: Ricin. Das Gift stammt aus Rizinussamen. Ein tausendstel Gramm ist tödlich. Ein Gegenmittel gibt es nicht.«

Banzhaf ging an seinen Computer, suchte darin die entsprechende Seite, die er Lott zeigen wollte, und winkte ihn her. »Hier, Klaus, lies das, das ist der erste und prägnanteste Fall eines Giftmordes mit Ricin.«

Lott setzte sich vor den Bildschirm und las: *Am 7. September 1978 stand der bulgarische Schriftsteller Georgi Markov an einer Haltestelle in der Nähe der Waterloo Bridge in London und wartete auf den Bus. Plötzlich spürte er einen Stich im Bein. Er drehte sich um und blickte in den Regenschirm seines Nachbarn. Drei Tage später war Markov tot. In seinem Oberschenkel fanden die Ärzte ein Platinkügelchen, so klein wie eine Zecke. Es war mit Ricin präpariert.*

Lott drehte sich Banzhaf zu und fragte: »Was soll ich aus deinen Ausführungen schließen?«

»Dass dein Mörder nicht auf dem neuesten Giftmord-Stand ist. Sonst hätte er Ricin oder etwas Ähnliches angewendet. Wer heutzutage noch Zyankali verwendet, ist ein Amateur oder er legt es darauf an, dass die Wirkung sichtbar wird.«

Lott drückte dem Kollegen die Hand. Er bedankte und verabschiedete sich.

Vielleicht war seine Frage nach der Täterversion eher eine für den Psychologen, dachte er.

21

Er fuhr in Brauchles Wohnung. Der Schlüssel lag nicht unter der Matte. Noch bevor er irgendwelche Überlegungen anstellen konnte, öffnete ihm Frieda die Tür.

»Du bist noch da?«

»Wie du siehst.«

»Aber du wolltest doch ...?«

»Der Wetterbericht hat gewarnt, es soll noch mehr Schnee geben.«

Lott ging an ihr vorbei in die Wohnung, zog Jacke und Schuhe aus. Dann schaute er hinaus in den Garten, den Schneeflocken zu, die erst das Hüttendach und dann nach und nach alles in Beschlag nahmen. Frieda jetzt in die Augen schauen, das konnte er nicht. Er ging ins Bad, wusch sich Gesicht und Hände, und als er zurückkam, sah er, dass sie, wie es schien, in Windeseile, den Tisch für sie beide gedeckt hatte.

Sie selbst saß schon bereit, mit gezücktem Essbesteck.

»Iss doch«, sagte Frieda.

Lott schaute auf den Teller, ausgelegt mit blasser Wurst, genormten Käsescheiben, geschlitzten Radieschen und einem winzigen Sträußchen Petersilie, welches zwischen den beiden Hälften eines hartgekochten Eies steckte. Das war zweifellos Friedas Handschrift.

Während Lott zugriff und aß und mitten unterm Essen in die Küche ging, um für beide Bier zu holen, fürchtete er, ein Desaster wie das der gestrigen Nacht könnte sich wiederholen.

»Ich muss noch mal ins Büro«, sagte er deshalb, kaum dass er wieder am Tisch saß. Und ihm fiel auf, dass er das sagte, als wäre er mit dieser Frau seit Jahrzehnten verheiratet.

»Wann kommst du?«, fragte sie.

»Es kann dauern«, sagte er. »Wir haben eine heiße Spur.«

Er gab sich geschäftiger, als es nötig war. Frieda hielt ihn nicht. Sie küsste ihn flüchtig auf die Wange und schaltete danach den Fernseher ein.

Lott bekam noch mit, dass sie sich für eine Faschingssendung entschieden hatte. Ein Büttenredner wurde mit Klatschmarsch verabschiedet.

Vom Büro aus rief er Elli an. Als sie abnahm, hörte er im Hintergrund Flaubert bellen.

Elli ahnte gleich, dass ihr Mann auch heute nicht heimkommen würde. Angesichts der Wetterkapriolen war es ihr recht. Ihre Sorge wurde dadurch überschaubar.

»Gehst du wieder mit irgendjemand essen?«, fragte sie.

»Ich werde arbeiten«, antwortete Lott, »und geh vielleicht später ins Kino. Ich ruf dich noch an.«

Er legte auf. Und dachte nach. An den Mann mit der Maske, der, ohne ersichtlichen Grund, zwei Kinder fast totgeschlagen hätte. Dann dachte er an Frieda und daran, wie dieser Abend und diese Nacht wohl verlaufen würden. Er konnte nicht den ganzen Abend mit ihr verbringen. Wo führte das hin? Der Mann mit der Maske nahm ihn wieder in Beschlag und ihm fiel ein, dass Evelyn Kamm ihn in Sachen Fasching unterrichten wollte. Er rief in der Datenstation an. Dort nahm niemand mehr ab. Er schlug die Gesprächsprotokolle der Göppinger auf, doch er spürte bald, dass er sich nicht mehr darauf konzentrieren konnte. Mit seiner gefütterten Lederjacke unter dem Arm verließ er den Neuen Bau.

Es schneite noch vereinzelte Flocken. Er schlug den Kragen hoch. Im Mephisto lief *Das wilde Leben*, ein Film von Achim Bornhak über das Leben der Uschi Obermaier.

Das war doch auch seine und Ellis Zeit. Die wilden Achtundsechziger. Und Uschi Obermaier das Sexsymbol. Lott wunderte sich, dass der Film ab 12 Jahren freigegeben war, denn Obermaiers Leben war bestimmt nicht jugendfrei. Das Kino war gut gefüllt. Ganz anders als beim letzten Mal, als er hier Luc Bessons Film *Angel-A* gesehen hatte. Damals war er der einzige Kinobesucher gewesen, weil auf der Großleinwand auf dem Münsterplatz das WM-Spiel Polen gegen Deutschland übertragen wurde. Jetzt saß er in der fünften Reihe und rechts und links von ihm knabberten wesentlich jüngere Leute Popcorn. Von der sexuellen Revolution war auf der Leinwand allerdings nicht viel zu spüren. Das exzessive Leben mit Mick Jagger und Keith Richards wirkte weichgezeichnet, und Rainer Langhans kam als verklemmter Lockenkopf daher. Dass der Uschi Obermaier fasziniert und in die freie Liebe eingeführt haben soll, konnte Lott ihm nicht abnehmen. Und schon gar nicht, dass die beiden das schönste Paar der APO darstellen sollten.

Während Lott das Filmgeschehen verfolgte, lief ein anderer Film in ihm ab. Es waren Erinnerungsbilder aus jener Zeit, die ersten Jahre mit Elli und ihre eigene sexuelle Revolution. Damals führte er ein Leben im Spagat. Zwischen dem Ordnungshüter, zu dem er ausgebildet wurde, und der Revolution, die da draußen ablief und auch vor seinem Kopf nicht Halt machte. Er dachte an Elli und daran, dass er die kommende Nacht mit einer anderen Frau verbringen würde. Ihm war nicht wohl dabei. Gleichzeitig erinnerte er sich daran, dass es einmal eine Zeit gegeben hatte, in der sie gerade diesen Zustand anstrebten. Freie Liebe, wie Uschi Obermaier und Rainer Langhans es ihnen vorgelebt hatten.

Lott ging zum Neuen Bau zurück, stieg in seinen Wagen und fuhr zu Brauchles Wohnung. Als er spät dort ankam und klingelte, war niemand mehr da, der ihm hätte öffnen können. Der Schlüssel lag unter der Matte.

22

Bin ich nun Mann oder Frau? Ich weiß es nicht. Nicht wenn ich die Maske trage. Dann bin ich Prinz Carnevale. Und für ihn ist ein einziges Geschlecht nicht genug. Es reicht nicht aus für den Herrscher, der über allen anderen Herrschern steht. Eine Regentschaft der Wiederkehr. Immer aufs Neue geboren. Wie der Frühling, der Sommer, der Herbst und der

Winter. Geboren in einer eigenen Jahreszeit. Mit der Endlichkeit, die ihn täglich mahnt: *Lebe jetzt*!

Meine Erscheinung ist feminin, die feinen Züge meiner venezianischen Maske. Die Hände in weißen Handschuhen, so zartgliedrige Finger wie die eines Mädchens. Doch der Rücken so breit, und so kräftig die Schultern, damit sie die Welt tragen und davontragen können.

Ich bin Mann, ich bin Frau. Ich bin Prinz Carnevale. Ich trage die Welt und breite den Mantel darüber ...

Die Augen hinter der venezianischen Maske funkelten. Er spürte das Feuer, das ihn antrieb, es zu tun. Heute und morgen und an allen Tagen und in allen Nächten, die ihm noch blieben, ehe seine Regentschaft wieder zu Ende ging.

Er legte die Zeitungsseite mit dem Narrenkalender auf den Tisch. Nach ihm würde sich sein Schlachtplan richten: Narrenmesse. Gombiger Donnerstag und Ruaßiger Freitag. Hemdglonkerumzug und Hemdglonkerball. GaugaMa-Spiel und Narrensprung. Ein Scharmützel das eine oder andere nur. Die Narrenmesse ein Hohn. Der Narrensprung dagegen das finale Ereignis, die entscheidende Schlacht. Er legte den Stadtplan daneben, zeichnete die Route ein. Rennt nur, ihr Tölpel, ihr Narren, schlurft durch die Gassen und zeigt her eure Fratzen, damit ich sie euch herunterreißen und dem Feuer übergeben kann!

Zunftmeisterempfang im Kornhaus, danach der große Narrensprung. Die Route: Hafenbad, Herrenkellergasse, Pfauengasse, Dreikönigsgasse, Ulmer Gasse, Hirschstraße. Lautenberg. *An den jeweiligen Ecken wird der Narrensprung kommentiert*. Redet ihr nur, es wird keiner zuhören.

Er lachte und sang und ihm wurde ganz feierlich zumute. Und er seufzte zufrieden: Bis zum Rathaussturm ist es nicht lang. Und wenn auf dem Münsterplatz der Narrenbaum versteigert wird, dann wird es zum letzten Mal einen Narrenbaum gegeben haben.

Er legte den Narrenkalender und die Geschichte des Prinzen Carnevale zurück in die Mappe. Er stellte sich vor den Spiegel, und heraus schauten die Augen von Prinz Carnevale.

Fremd und vertraut zugleich war ihm dieser Anblick des Herrschers der fünften Jahreszeit. Prinz Carnevale. Das war er. Solange seine Regentschaft nicht endete, war er für den heiligen Krieg des Karneval bereit.

Er warf den Mantel um seine Schultern und schaute aus dem Fenster. Es dämmerte, die Straßenlaternen waren eingeschaltet. Er griff nach dem Weinglas auf dem Tisch und rief laut: »Füll mir noch einmal den Pokal. Karneval! Karneval!«

Dann ließ er die Tür hinter sich ins Schloss fallen und stürmte davon, hinaus in die Nacht, die auch heute seine Verbündete war.

23

Gudrun Felgenhauer wartete bereits im *Verhörzimmer*. Sie saß mit dem Rücken zur Tür. Lotts Erfahrung nach zeigte dies eine ablehnende Haltung gegen all das, was ihr in der nächsten Stunde begegnen würde.

»Guten Morgen«, sagte Lott.

Frau Felgenhauer drehte sich zu ihm und erwiderte zögernd den Gruß. Lott setzte sich ihr gegenüber. Auf dem Tisch stand ein Tonbandgerät bereit. Lott teilte der Tatverdächtigen mit, dass er das Gespräch aufzeichnen würde. Frau Felgenhauer nickte.

»Beginn der Vernehmung von Gudrun Felgenhauer, Freitag, 9. Februar 2007, 11 Uhr. Ich erkläre Frau Felgenhauer, dass gegen sie wegen des Verdachts der Tötung an ihrem Ehemann Peter Felgenhauer sowie dessen mutmaßlicher Geliebten Ingrid Hühn ermittelt wird. Ich belehre sie darüber, dass sie das Recht hat, die Aussage zu verweigern, einen Rechtsanwalt zu beauftragen oder Beweiserhebungen zu beantragen.«

Frau Felgenhauer nickte wieder. Ihr Gesicht zeigte keinerlei Ausdruck. Als ginge das, was hier ablief, sie im Grunde genommen nichts an.

»Sind Sie aussagebereit?«, fragte Lott.

»Ja«, sagte sie. Ihr Kinn fiel dabei bis fast an den Halsansatz, ehe sie sich wieder aufrichtete und sagte: »Ein Gutes hat Ihr Verdacht gegen mich ja. Er lenkt mich ab von der Trauer und vom Verlust, den ich erlitten habe.«

»Sie haben bestritten, vom Verhältnis Ihres Mannes mit Frau Hühn gewusst zu haben.«

»Eine unbedeutende Faschingsgeschichte, wie ich Ihnen schon gesagt habe, die am Aschermittwoch wieder vorbei gewesen wäre.«

»Uns liegt eine andere Aussage vor«, parierte Lott. »Nach der wussten Sie wohl, dass Ihr Mann die Absicht hatte, sich von Ihnen zu trennen.«

»Wer behauptet das? Ach Gott, bestimmt eins von diesen Gardemädchen, die nichts anderes im Hirn haben als ihre zeitlich begrenzten Liebschaften?!«

»Die Aussage stammt von Ingrid Hühns bester Freundin.«

»Ein kurzer zweiter Frühling während der fünften Jahreszeit, das kann ich noch einräumen. Aber dass mein Mann wegen einer Faschingsprinzessin seine Ehe und seine Familie geopfert hätte, das glauben Sie doch wohl selber nicht.«

»Glauben tu ich gar nichts, Frau Felgenhauer, ich prüfe die Fakten. Und dass die beiden ein Liebespaar waren, das haben doch eine ganze Reihe von Leuten so gesehen.«

»Weil das in ihre Faschings-Kitschwelt passt. Die große Liebe. Ein Prinzenpaar, das sich über den Tod hinaus liebt. Und mit Tod meine ich den Aschermittwoch.«

»Sie haben ausgesagt, an dem besagten Abend daheim, bei Ihren Töchtern gewesen zu sein.«

»Das ist richtig.«

»Haben Ihre Töchter zur Mordzeit nicht bereits geschlafen?«

»Ich denke, sie hätten es gemerkt, wenn ich plötzlich weg gewesen wäre.«

»Haben Ihre Töchter einen so leichten Schlaf?«

»Wenn ich mich ins Auto gesetzt hätte, um nach Ulm zu fahren, das hätten meine Mädchen gespürt. Davon bin ich überzeugt.«

Lott schwieg eine Weile. Er musste jetzt aufpassen, keine spitzfindigen Bemerkungen zu machen, die das Aussageverhalten negativ beeinflussen würden. Suggestive Fragestellungen galt es ohnehin zu vermeiden. Stattdessen sollte er Frau Felgenhauer mit der einen oder anderen Kontrollfrage konfrontieren.

»Frau Felgenhauer, Sie haben in Pforzheim bei Degussa gearbeitet. Was war da genau Ihre Aufgabe?«

»Was soll das? Ich habe vor – Gott, wie lange ist das her ...«

»Dreizehn Jahre«, half ihr Lott auf die Sprünge.

»Exakt! Vor dreizehn Jahren bin ich von Pforzheim weggezogen.«

»Sie hatten dort Zugang zu Kaliumzyanid?«

»Nein, als Werksgehilfin hat man das nicht.«

»Aber Sie hätten es sich irgendwie beschaffen können.«

»Nein, wirklich nicht!«

»Haben Sie noch Kontakte zu früheren Mitarbeitern oder Mitarbeiterinnen?«

»Nein, ich habe überhaupt keinen Kontakt mehr zu Pforzheim, seit meine Eltern auch hierhergezogen sind.«

»Kannten Sie eigentlich Ingrid Hühn?«

»Natürlich.«

»Wie gut?«

»Nicht sehr gut. Sie hatte Peter manchmal abgeholt, damit er nicht fahren musste und auf seinen Veranstaltungen ein wenig mehr trinken durfte als ein Gläschen Sekt.«

»Waren Sie an diesen Abenden eifersüchtig?«

»Jede Frau ist bis zu einem gewissen Grad eifersüchtig, das ist irgendwie ihre Natur. Meine Eifersucht hielt sich aber durchaus in Grenzen.«

Ausdrucksgeschehen beobachten. Nicht versuchen, erkennbare Widersprüche sofort aufzuklären. Vertrauen der zu vernehmenden Person gewinnen. Frageformulierung so, dass nur eindeutige Antworten gegeben werden können.

Lott spulte alle Vernehmungstaktiken herunter und hatte doch das Gefühl, dass keine davon greifen würde. Er dachte daran, die Töchter der Felgenhauers zu befragen, verwarf den Gedanken aber auch gleich wieder, weil er wusste, wie schwer es ist, Kinder, die strafrechtlich nicht verantwortlich sind, in eine Zeugenvernehmung mit einzubinden. Er hatte überhaupt das Gefühl, diese Vernehmung jetzt beenden zu müssen, obwohl sie ihm viel zu kurz erschien. Er kam bei Gudrun Felgenhauer einfach nicht weiter. Gegen ihr Lächeln kam er nicht an.

»Frau Felgenhauer, ich habe im Augenblick keine Fragen mehr, muss Sie aber bitten, sich für weitere Befragungen zur Verfügung zu halten. Sie zählen auf Grund von Motiven, die Sie zu dieser Tat veranlasst haben könnten, zum Kreis der Verdächtigen. Doch liegt ein dringender Tatverdacht nicht vor. Dazu bedarf es Beweise, die wir nicht oder noch nicht haben.«

Lächelnd reichte sie ihm ihre Hand. Und irgendwie war Lott froh, dass ihr Lächeln noch funktionierte.

24

Lott nahm den Aktenstapel. Sein Blick blieb auf der Aufschrift des obersten Aktendeckels hängen: *Soko 11.11.*

Dieser absurde Zahlenschlüssel, dachte er. Die Symbolzahl des Karnevals. Elferrat und Elfuhrelf. Und die Eins neben der Eins. Die Gleichheit der Narren, wie er sich hatte sagen lassen. Und er dachte, dass die Ursache des Mordes an dem Prinzenpaar oder das Motiv oder was auch immer im Bannkreis dieser fünften Jahreszeit begründet lag und dass der Mörder oder die Mörderin unter diesen sogenannten Narren zu suchen war.

Es war Freitagmittag. Für viele begann jetzt das Wochenende. Lott dachte, wenn dieser kleine Impuls, den seine Intuition soeben freigelegt hatte, ihn auch nur ein Stück weit auf den Kurs brachte, dann musste er auch heute und morgen seine Zeit in Ulm verbringen. Am Wochenende blühte der Fasching doch auf. Da tanzte und amüsierte man sich auf den diversen Faschingsbällen; und wenn es auch unwahrscheinlich schien, dass der Mörder ihm dabei über den Weg lief, möglichst mit einem Geständnis unterm Arm, fand sich ja vielleicht wenigstens irgendeine Spur, die der Täter hinterlassen hatte, ganz unwissentlich, oder er oder sie machten Fehler, weil Mörder und Mörderinnen irgendwann einfach immer Fehler machen. Vielleicht hing Lott aber ganz einfach nur einer romantischen Vorstellung nach oder er wollte sich freiwillig dem Faschingstreiben stellen, quasi als Mutprobe.

Er rief Petra an.

»Du bekommst mich auf keine Faschingsveranstaltung«, reagierte sie empört auf Lotts Vorhaben. »Es gibt derzeit überhaupt keine Verdachtsmomente gegen irgendjemand aus dem Karnevalsverein. Also was soll das?!«

Lott versuchte ihr zu erklären: »Das Prinzenpaar ist hinter der Bühne vergiftet worden. Also müsste doch jeder Unbefugte sofort auffallen. Wie hätten Frau Felgenhauer oder Raimund Nüssle unentdeckt bleiben sollen? Der Mörder muss dazugehören, in irgendeiner Form.«

Seine Erklärung stand auf keinem festen Fundament und ließ Petras Empörung zu neuer Form auflaufen: »Keine zehn Pferde bringen mich auch nur auf eine einzige Faschingsveranstaltung«, trotzte sie. »Schon gar nicht, wenn du nicht einen einzigen Hinweis hast. Wir haben doch beschlossen, dass wir am Montag mit den Ermittlungen weitermachen. Da lass uns dann alles auswerten. Und vielleicht haben die Fahnder dann auch den Nüssle geschnappt.«

Petras Rage schlug Kapriolen. Lott kannte das ja. Eigentlich durfte er ihr das nicht durchgehen lassen. Immerhin war er ihr Chef. Und so etwas konnte seine Autorität leicht in Frage stellen. Aber Lott kannte seine Kollegin. Und er schätzte sie und wusste ihre Eigenheiten zu nehmen. Was Petra auch immer sagte, man durfte es nicht dramatisieren. Und vielleicht hatte Petra ja auch recht. Wenn es darauf ankam, war auf sie in jedem Falle Verlass. Immerhin hatte sie ihm im letzten Jahr das Leben gerettet, als Hermann Törner die Waffe auf ihn gerichtet hatte.

»Ist gut, also sehen wir uns Montag«, sagte Lott und legte auf. Er klopfte mit den Fingern auf die Akten. Ermittlung der Soko 11.11. Petra hatte ihn verunsichert. Sein Impuls drohte sich in nichts aufzulösen. Er dachte an Dr. Banzhaf von der Rechtsmedizin. Das Gift lässt auf den Täter schließen, hatte der behauptet. War das vielleicht der entscheidende Schritt zu einer Täterversion? War Gudrun Felgenhauer daran festzumachen, oder fiel sie durch dieses Raster? Ein Täter, der keine Geduld aufbringt, dreizehn Tage darauf zu warten, damit das Gift zum Tode führt. War Gudrun Felgenhauer dieser Tätertyp?

Lotts Impuls wagte sich wieder langsam auf den Plan...

Er ging zur Datenstation. Dass nicht Lina, sondern Evelyn Kamm am Computer saß, kam ihm entgegen.

»Sie wollten mir in punkto Fasching Nachhilfe geben«, sagte Lott, anbiedernd, wie er selbst fand. Aber da war er schon raus, dieser Satz, den er noch in der Luft flattern sah, ehe Evelyn Kamm ihm antwortete: »Jederzeit, Herr Lott. Sagen Sie mir nur, wo und wann.«

Da hatte Lott plötzlich wieder das Lied im Ohr: *Wenn nicht jetzt, wann dann, wenn nicht hier, sag mir wo und wann.*

Aber mit dem Singen hielt er sich zum Glück zurück, nicht einmal ein Summen kam ihm über die Lippen. Stattdessen platzte er, in Haudegenmanier, heraus. »Sie fragen mich, wo? Ich denke, ganz vorne, wo es wehtut.«

Als Evelyn ihn daraufhin leicht konsterniert anstarrte, korrigierte Lott sich: »Ich meine, wo etwas los ist.«

»Ich habe in einer halben Stunde Dienstschluss. Da könnten wir dann gleich los, in Söflingen gibt es heute den GaugaMa.«

»GaugaMa?« Lott schaute die Kollegin ungläubig an.

Er erinnerte sich zwar dunkel an die Sage des Wasserunholds, der kleine Kinder in die Blau zieht, um sie zu ersäufen.

Aber er fragte sich, wie weit ihm dieser GaugaMa bei seiner Ermittlung dienlich sein konnte.

»Der *GaugaMa* ist eine Narrengruppe, die der Ulmer Narrenzunft angehört, wie die *Holl-Hexen*, die *Sevelinger Bautza* und die *Schemadeifel*«, klärte ihn Evelyn auf.

»Ich sehe schon, Sie sind wirklich vom Fach«, lächelte Lott und versprach, sie in einer halben Stunde abzuholen.

Dann ging er in sein Büro zurück und rief Elli an. Die ahnte, was Lott ihr gleich sagen würde. Und Elli hatte Verständnis. Schließlich hielten sich Lotts abweichende Arbeitszeiten in Grenzen. Anders als bei den Kollegen vom Rauschgiftdezernat, deren Einsätze vorwiegend auf die Wochenenden fielen. Und bei denen gut und gerne siebenhundert Überstunden im Jahr zusammenkamen. So häufig wurde nicht gemordet, zumindest nicht in Ulm und auch nicht in Tübingen.

»Vielleicht hat das Ganze doch viel mehr mit Fasching zu tun, als wir das wahrhaben wollen«, gab Lott sich geheimnisvoll.

Dann fragte er nach Lisa und wie es Flaubert gehe.

»Lisa sehe ich so oft wie dich, nämlich fast gar nicht. Die ist aus dem Verlag nicht mehr wegzubringen.«

Man hört Elli an, dass Lisa ihr fehlte. Kaum wohnte sie wieder bei ihnen, fehlte sie Elli auch schon, und sei es nur, wenn sie eine Nacht wegblieb. Von Flaubert gab es anscheinend nichts zu berichten. Sein Alltag unterlag nach wie vor einem strengen Stundenplan. Fressen, Gassi gehen und schlafen auf wechselnden Plätzen.

Kaum hatte Lott aufgelegt, rief Mollenkopf an. »Herr Lott, so leid es mir tut, aber Lander und ich müssen Kurfeß und Bobo Müller zurück in ihre Dezernate beordern.«

»Warum das?«, fragte Lott ungehalten.

»Ich sage nur so viel: Es geht um den Ulmer Fußballverein. Ein vermutlich ganz dickes Wirtschaftsdelikt.«

Lott schnaubte. Wenn er an Fußball dachte, sträubte sich ihm noch immer das Fell. Die Entscheidung des Staatsanwalts aber musste er akzeptieren, ob er nun wollte oder nicht.

Dass Mollenkopf sie in ihr Dezernat zurückbeorderte und nicht, wie es neuerdings hieß, in die entsprechende Inspektion, amüsierte Lott. War es doch ein Zeichen dafür, dass Begriffe, die Jahrzehnte lang ihre Geltung hatten, sich nicht von heute auf morgen aus der Welt schaffen ließen.

Er nahm aus den Ermittlungsunterlagen die Berichte der beiden Kollegen und las sie noch einmal durch. Sie hatten als Erste die Gardemädchen befragt, ohne nennenswerte Ergebnisse. Erst als Ilona und Petra, zu denen die Mädchen mehr Vertrauen gefasst hatten, die Befragung übernommen hatten, wurden neue Erkenntnisse gewonnen. Lott legte die Protokolle in die Mappe zurück. Seine Enttäuschung darüber, dass von seiner Soko Leute abgezogen wurden, wollte er damit flach halten, dass er sie in diesem Mordfall für entbehrlich hielt. Allerdings glaubte er, dass ein Wirtschaftsdelikt größeren Ausmaßes wohl besser beim Dezernat für Sonderfälle aufgehoben wäre.

Die Münsterglocken schlugen die volle Stunde. Das bedeutete, dass Evelyn jetzt dienstfrei hatte. Als er nach seiner Jacke griff, klingelte sein Telefon wieder. Er zauderte, das Gespräch anzunehmen. Es schien heute kein Tag für gute Nachrichten zu sein. Schließlich nahm er doch ab. Evelyn Kamm war am Apparat.

»Bei der Polizeidienststelle Söflinger Straße ist eine ganz unheimliche Morddrohung eingegangen.«

»Wie lautet die?«, fragte Lott.

Evelyns Stimme vibrierte: »Gang net näh ans Wasser nah, denn heut stirbt noch dr GaugaMa.«

Lott wusste nicht, ob er lachen oder weinen sollte.

»Was soll das?«, fragte er Evelyn.

»Es ist eine Abwandlung des Spruches: 'Gang net näh ans Wasser nah, sonst holt dich dr GaugaMa. So endet das Fastnachtsspiel, das wir uns doch gemeinsam anschauen wollten.«

»Tun wir auch«, sagte Lott, »aber wir müssen auf die Drohung reagieren.«

Er rief Ilona und Lohner auf ihren Handys an und instruierte sie für einen Einsatz in Söflingen. Dann informierte er

Lander und Mollenkopf und forderte ein Dutzend Streifenbeamte an, die am Rande des Fastnachtsspiels eingesetzt werden sollten. Sollte die Drohung ernst gemeint sein, würde man rechtzeitig eingreifen.

Lott ging zur Datenstation, wo Evelyn bereits wartete. Im Lodenmantel, der sie älter machte, als sie vermutlich war. Sie bot an zu fahren. Lott war es recht.

»Haben Sie das Fastnachtsspiel schon einmal gesehen?«, fragte er.

»Ja, letztes Jahr. Es ist phantastisch. Allein die Kulisse an der Blau.«

Lott überlegte, wo an der Blau die Vorführung stattfinden könnte.

Evelyn schien Lotts Gedanken zu erraten. »An der Pferdetränke, im Klosterhof. Sie kennen sich doch da aus.«

Lott überlegte und äußerte, dass es in seiner Kindheit diese Pferdetränke noch gar nicht gegeben habe.

»Es ist aber nicht allein die Kulisse, es ist das Spiel selber, das mich so fasziniert hat.« Evelyn geriet ins Schwärmen.

»Gänsehaut hab ich gekriegt. Ein Schauer nach dem anderen ist mir den Rücken runtergerieselt. Ach Gott, Sie werden ja gleich selber sehen, dass ich nicht zu viel versprochen habe.« Aber dann verfinsterte sich plötzlich ihr Ausdruck.

»Was halten Sie von dieser obskuren Morddrohung?«, fragte Lott, dem ihr verändertes Gesicht nicht entgangen war. *Gang net näh ans Wasser nah, denn heute stirbt dr GaugaMa.*

»Unheimlich und zum Fürchten«, antwortete Evelyn. »Ich hatte das jetzt schon wieder vergessen oder verdrängt vielleicht. Weil es schade ist, wenn so ein wunderbarer Brauch kaputt gemacht wird.«

Sie schwieg. Als sie an der Leonhardskapelle abbogen, fragte sie: »Muss man die Drohung ernst nehmen?«

»Seit dem Prinzenpaarmord nehme ich alles ernst«, antwortete Lott. »Jedes einzelne Narrenwort.«

Evelyn parkte beim Pfarrheim. Den restlichen Weg mussten sie zu Fuß unternehmen.

25

»Vor vielen, vielen Jahren trieb eine geisterhafte Figur in und um Söflingen ihr Unwesen, doch niemand Lebender konnte von ihr berichten. Es war um die Zeit, als sich wegen dem Klosterbau zu Söflingen viele Handwerker und Tagelöhner hier niederließen.«

Auf der Mauerböschung saß der Erzähler, links und rechts von ihm ein Kind, als er mit der Sage begann.

Von mittelalterlichen Klängen begleitet, erschienen Wanderer und Klosterfrauen auf der Naturbühne, führten einen stummen Dialog miteinander, während der Erzähler das Geschehen kommentierte:

»Sie hofften eine Arbeit im Dienste der Klosterfrauen zu finden. Denn den Nonnen fehlte schon die Zeit, sie hatten nicht die Kraft zu schlachten, zu backen, zu zimmern, zu weben, den Boden zu bestellen und das Vieh zu hüten.«

Metzger, Bäcker, Zimmermann, Weber, Bauer und Hirte betraten jetzt die Bühne und demonstrierten ihr jeweiliges Handwerk.

»Deshalb waren die Klosterfrauen froh, Meister, Gesellen und Taglöhner um sich zu wissen, die sich so ihr notwendiges Brot verdienen konnten. Weit um das Kloster gab es damals nur Felder, Wälder und Wiesen. Und es gab das Flüsschen Blau; dieses, das im Blautopf im entfernten Blaubeuren entspringt, schlängelt sich lieblich durch Söflingen nach Ulm und der Donau entgegen.«

Lott schaute sich um. Hatten sich die Polizeibeamten richtig postiert? Wo waren Ilona und Lohner? Sein Blick wanderte über die Zuschauer, blieb auf der Anhöhe, wo der Erzähler und die Kinder saßen, hängen. Und als er Ilona Raab erblickte, deren Aufmerksamkeit ganz auf die Komparsen gerichtet schien, und dann Lohner, der nahe der Brücke das Geschehen beobachtete, war er zufrieden, da sie strategisch wichtige Punkte markierten. Er schaute zur Bank mit den beiden Kindern und dachte an Patrick, der noch immer im künstlichen Koma in der Klinik lag.

»Weil die Männer und Frauen tagsüber ihre Arbeit verrichten mussten, erledigte man meist noch zu später Stunde die persönlichen Geschäfte. Man wusch die schmutzige Wäsche in der Blau und besorgte sich dort auch sein Abendbrot. Auch manch Schwätzchen wurde hier gehalten, denn die Pferdetränke diente den Leuten auch als Treffpunkt.«

Die sanften Klänge mittelalterlicher Musik waren verstummt, und statt ihrer ertönte plötzlich ein wildes Geläute.

Evelyn hielt sich an Lott fest, als unter der Brücke plötzlich der GaugaMa mit Schellengeläute auftauchte und, so schnell wie er kam, auch wieder verschwand.

»In den Gauga, den so genannten Niederungen der Blau, herrschte ein böser Geist, der verachtete die gutgläubigen Leut, die beteten und frömmig waren, und er hasste das arbeitende Volk, das ehrlich und redlich war, aber seinen Boden verbaute und seine Wälder rodete. Und er mochte schon gar nicht die Kleinen, die die Menschen Kinder nennen, weil sie beim Spielen Lärm machten und ihn so in seiner Ruhe störten.«

Lott hielt jetzt Evelyns Hand. Einen Moment lang schauten sie sich an wie pubertäre Verliebte. Dann war es Lott peinlich und er reagierte auf Lohners Zeichen, der ihm signalisierte, dass alles in Ordnung sei.

Ilona, auf der anderen Seite, schnitt eine Grimasse. Lott war sich nicht sicher, ob sie damit das Fastnachtsspiel kommentierte oder ob sie den Einsatz für so lächerlich hielt.

Das Spiel ging indessen weiter. Und der GaugaMa, in seinem weißblauen Schellenkostüm, kam wieder unter der Brücke hervor, fing im Wasser an zu kreiseln, während der Zimmermann an der Pferdetränke erschrocken zum Wasser taumelte.

»Nacht für Nacht zog es ihn aus seinen Gefilden hinein ins Kloster. Er kam durch die Blau, immer bei Mondenschein, um mit Schellenklang sein Opfer zu verzaubern und ins Wasser zu locken. War man einmal von seiner Zauberkraft gepackt und mit ihm verschwunden, so wurde man niemals mehr gesehen.«

Der GaugaMa zog im nächsten Moment den Zimmermann ins Wasser, kämpfte und verschwand mit ihm unter der Brücke. Und Evelyns Hand krallte sich in Lotts Hand fest und ihr Kopf schmiegte sich, Schutz suchend, an seine Schulter. Aus den Lautsprechern dröhnte jetzt eine etwas zu heroische Musik.

»So kam es, dass immer mehr Geister in den Gauga flossen, und es geschah nicht selten, dass sie hier alle zusammentrafen, wenn es galt, den Pakt von Neuem zu schließen.«

Das war das Stichwort für eine ganze GaugaMa-Schar, die sich nun zum Gaugatanz versammelte. Die Musik blieb so heroisch, wie sie begonnen hatte, und der Tanz, ein dilettantisches Stampfen, zog sich nicht enden wollend hin.

Lott wurde unruhig. Alles schmerzte ihn plötzlich. Auch die Hüfte. Und das linke Bein wurde pelzig. Er wusste nicht warum. Es war doch alles in Ordnung. Er schaute zu Ilona, die schnaubte und dabei die Augen verdrehte. Lohner sah er nicht. Er hatte seinen Platz verlassen. Die uniformierten Polizisten dagegen standen noch immer in derselben Formation, in der sie das ganze Geschehen hier überblicken konnten.

Evelyn schaute zu Lott. Sie schien seine Unruhe zu spüren.

»Ist was?«, fragte sie.

»Ich weiß nicht«, antwortete Lott. »Aber irgendetwas stimmt hier nicht. Ich spüre das, und ich sehe Lohner nicht mehr.«

»Vielleicht zieht es in manch dunkler, von Nebel durchzogener Nacht diesen oder jenen GaugaMa wieder hierher, hierher, wo vor langer, langer Zeit alles begann. Hierher, wo aus dem Menschensohn ein GaugaMa ward. Verzaubert, entbunden aus seinem Menschendasein, hinangezogen in eine unheimliche Welt, die Welt des GaugaMa.«

Plötzlich stand Ilona neben ihm. Dass sie eigentlich die Stellung halten sollte, empfand sie sichtlich als überflüssig, was sie dann auch gestenreich kundtat.

»Dieser Tanz und die Musik erinnern mich an die Eröffnungsfeier einer Olympiade«, meckerte sie. Sie, die sich in den bedeutenden Theaterhäusern dieser Welt zuhause fühlte, hatte für Laientheater nichts übrig. Dass ihr heute diese Truppe zugemutet wurde, empfand sie als Strafe. Aber dann sagte sie nichts mehr, litt still oder fast still und suchte dabei Lotts Körpernähe. Denn Lott sollte zumindest Dankbarkeit zeigen für das schweigende Ertragen dieser Zumutung, für die er ganz allein verantwortlich war.

Lott, von zwei Frauen flankiert, hatte seine Gedanken aber ganz woanders. Etwas stimmte hier nicht. Er sehnte das Ende des Spektakels herbei. Irgendetwas war passiert, er spürte es bei jedem Atemzug, den er aus dieser nebligen Februarluft nahm. Und wo war Lohner? Er schaute zur Brücke, unter der jetzt der Zimmermann hervortapste und schrie, irgendetwas schrie, was keiner verstand. Und von dem keiner recht wusste, ob es zum Spiel gehörte. Gleich wurde er von der GaugaMa-Truppe umringt und in Beschlag genommen. Chaotisch war das, und Lott wusste im selben Augenblick, dass es nicht zum Spiel gehörte.

Unter der Brücke entfernte sich plötzlich der GaugaMa. Lott sah zur Brücke, und mit einem Male wusste er, was da nicht stimmte. Der GaugaMa, der den Zimmermann ins Wasser gezogen hatte, war ein anderer als der zu Beginn des Spiels. Es war weniger die Statur, die ihn vom ersten unterschied. Es waren die Bewegungen, die Lott nun geschmeidiger schienen. Er machte sich von den Kolleginnen los und zwängte sich durch die Zuschauer zur Brücke vor, während der Erzähler unbeirrt seinen Text zu Ende brachte:

»Aufgenommen durch all seine neuen Gesellen und verschwunden. Und noch heute kann man im tiefgrünen Grund der Blau manch weißblau schimmernde Gestalt vermuten. Drom gang net näh ans Wasser nah, sonscht holt di dr GaugaMa.«

Ein schriller, markerschütternder Schrei durchschnitt die Nacht.

Lott traute seinen Augen nicht. Im Wasser trieb der leblose Körper eines Menschen. Es war der GaugaMa.

26

»Der Tote heißt Ulrich Scheller, ist 23 Jahre alt, in Söflingen geboren, ledig, keine feste Beziehung, bei der Firma Kreisser im Verkauf beschäftigt. Seit drei Jahren Mitglied der GaugaMa-Maskengruppe der Ulmer Narrenzunft. Wohnte bis zuletzt bei seinen Eltern.«

Ilona hatte recherchiert, die Polizeibeamten in Uniform den Tatort nach Lotts Instruktionen weiträumig gesichert. Notarzt und Spurensicherung waren gerufen worden, die Kriminaltechnik war vor Ort. Es wurden Aufnahmen von den gaffenden Zuschauern gemacht, die schaulustig der Ermittlungsarbeit folgten.

Lohner hatten sie, kurz nachdem sie den toten GaugaMa im Wasser hatten treiben sehen, bewusstlos hinter der Brücke vorgefunden. Er war mit einem harten Gegenstand niedergeschlagen worden. Die Tatwaffe aber war bis zu diesem Zeitpunkt noch nicht gefunden worden. Die Rettungssanitäter kümmerten sich um den bewusstlosen Polizisten. Als der wieder zu sich kam, informierte einer der Sanitäter Lott, der gleich zu dem verletzten Kollegen eilte.

Mittlerweile lief auch die Alarmfahndung nach einem Mann, der sich, als GaugaMa maskiert, auf der Flucht befand. Passanten hatten beobachtet, dass eine solche Gestalt zur Straßenbahn gelaufen war, und andere, die in der Straßenbahn gesessen hatten, hatten beobachtet, wie einer im GaugaMa-Kostüm am Westplatz wieder ausstieg. Dort aber verlor sich seine Spur.

Die Untersuchung des Notarztes am Tatort war eindeutig. Tod durch Ertrinken, wie Dr. Laepple es vorsichtig ausgedrückt hatte. Denn es bestand überhaupt kein Zweifel, dass der Mann, für den er einen Totenschein ausstellen musste, ermordet worden war. Die genauen Umstände sollten die Rechtsmediziner feststellen.

»Irgendetwas war da nicht ganz koscher«, stammelte Lohner plötzlich.

»Streng dich jetzt nicht an«, sagte Lott und drückte die Hand des Kollegen. »Lass dir ruhig Zeit.«

»Ich bekam von hinten einen Schlag«, lallte Lohner und riss einen Moment lang die Augen weit auf.

»Wir bringen ihn in die Klinik«, unterbrach der Sanitäter das Gespräch.

Lott nickte. »Wir sehen uns später«, sagte er, dem Kollegen zugewandt, der jetzt wieder mit geschlossenen Augen dalag.

Lott verließ den Krankenwagen. Draußen nahm ihn Evelyn in Empfang. »Wie geht es ihm?«, fragte sie besorgt.

Da konnte Lott nur mit den Schultern zucken. Und sagte dann doch: »Ich hoffe, sein Schädel ist heil geblieben.«

Evelyn wirkte verstört und aufgekratzt. Fahrig suchte sie in ihren Manteltaschen nach irgendetwas. Als Lott ihr sagte, dass er ins Büro müsse, stellte sie ihre Suche ein. Sie war froh, dass sie nun auch eine Aufgabe hatte.

Beide eilten zum Pfarrheim, wo Evelyn ihren Wagen abgestellt hatte. Ein paar Minuten später waren sie bereits im Neuen Bau.

»Bitte rufen Sie Petra Mai und die Göppinger an. Die sollen auf schnellstem Wege hier erscheinen. Und verständigen sie Mollenkopf und Lander. Und kommen Sie dann fürs Protokoll ins Konferenzzimmer.«

Evelyn nickte. Während sie ihre Telefonate von der Datenstation aus führte, ging Lott ins Büro der K1 und rief Elli an. In wenigen Worten erzählte er ihr, was vorgefallen war. Als er wieder aufgelegt hatte, fragte er sich aber doch, warum er in dieser Situation an Elli gedacht hatte. Er konnte sich nicht helfen, aber er musste sich eingestehen, dass ihn ein schlechtes Gewissen plagte.

Nach geraumer Zeit waren alle im Konferenzraum versammelt. Auch Peter Olms, der Pressesprecher. Schließlich lag es an ihm, das Vorgefallene morgen an die Presse weiterzugeben.

Lott erläuterte, wie die Fahndungsmaßnahmen im ersten Angriff verlaufen waren. Da es sich um eine Ad-hoc-Fahndung handelte, wurden alle vorhandenen polizeilichen Einsatzkräfte in die Fahndung mit einbezogen. Die fahndungsrelevanten Erkenntnisse waren, da der Täter durch seine Maskierung ganz eindeutig zu beschreiben war, günstig. Durch den Hinweis der Straßenbahninsassen, dass der im Kostüm des GaugaMa Flüchtige am Westplatz ausgestiegen war, wurde die Ringfahndung als eine besondere Art der Alarmfahndung veranlasst. Darüber wurden zur Fahndungsunterstützung die Taxibetriebe und Rettungsdienste sowie die öffentlichen Verkehrsbetriebe alarmiert, in der Hoffnung, durch sie fahndungsrelevante Beobachtungen zu erhalten.

»Ist der Flüchtige, nachdem er die Straßenbahn verlassen hat, noch einmal gesehen worden?« Die Frage kam von Lander, dem Polizeichef.

»Bisher gibt es keine weiteren Hinweise«, bedauerte Lott, »wir müssen aber überlegen, ob wir morgen bei der Pressekonferenz die Bevölkerung um ihre Mithilfe bitten.«

Sein Blick fiel bei diesem letzten Satz auf Peter Olms, der Lott zunickte.

Lott fuhr fort: »Für das Täterfluchtverhalten ist anzunehmen, dass die Flucht, genau wie die Tat, genau geplant war. Die erste Fluchtphase war der Weg von der Blau zur Endhaltestelle der Straßenbahn, die zweite endete am Westplatz. Eine dritte können wir nur rekonstruieren.«

»Der Täter muss entweder um den Westplatz herum wohnen, oder er muss einen Platz kennen, an dem er sich ungesehen umziehen und das Narrenkostüm verschwinden lassen kann.« Petra Mai hatte diese Schlussfolgerung zu bieten.

»Es ist aber nicht auszuschließen, dass er die zweite Fluchtphase vorzeitig, aus Angst, gefasst zu werden, abgebrochen hat. Vielleicht führte ihn seine Flucht über Umwege zu Fuß in die eigene Wohnung«, erwiderte Ilona.

»Ist es denn sicher, dass es sich um einen und nicht um mehrere Täter handelt?«, fragte einer der Göppinger.

»Wir gehen davon aus, dass es sich um einen Einzeltäter handelt«, antwortete Lott. »Für Spekulationen ist es aber noch zu früh.«

Während Lott Evelyn nun Zeit ließ, das Protokoll zu erstellen, erinnerte er sich an Thürheimer und daran, dass der ihm gesagt hatte, dass zwischen den Karnevalisten und der Narrenzunft ein Konkurrenzkampf herrsche. Und er fragte sich, ob daraus jetzt ein Krieg geworden war, den sie gegeneinander führten? Die eine Seite tötet das Prinzenpaar, die andere den GaugaMa. Und dann dachte Lott: Kriege haben viele Schlachten. Und hier ist die letzte noch nicht geschlagen. Aber Lott wollte Thürheimers Theorie für sich behalten. Dem betretenen Schweigen in der Runde nicht noch zusätzlichen Stoff geben. Zumal Evelyn mit dem Protokoll nicht nachkam. Da sie nur immer wieder kopfschüttelnd flüsterte: »Das gibt es doch nicht«, vergaß sie ganz das Schreiben.

Petra riss Lott aus seinen Gedanken: »Und was ist mit Raimund Nüssle?«

Ilona antwortete: »Von dem fehlt nach wie vor jede Spur.«

Mollenkopf schaute auf die Uhr und sagte: »Es ist jetzt bald Mitternacht. Ich schlage vor, wir finden uns morgen um acht Uhr wieder hier zusammen. Die Fahndung läuft ja und vielleicht haben wir bis dahin schon Ergebnisse.«

Die Soko 11.11., die ihrem Namen immer gerechter zu werden schien, ging auseinander. Nur Evelyn Kamm blieb noch sitzen.

Als Lott sie zum Gehen aufforderte, hielt sie seine Hand.

»Ich kann jetzt nicht allein sein«, hauchte sie.

27

Wie Ballonfahrer über dem Abgrund der Welt zu schweben – das war die Distanz, die Lott, wenn er über den Zustand der Welt nachdachte, für sich einforderte.

Er lag in einem fremden Bett, neben einer halbfremden Frau, und dachte an Elli. *Die Moral fällt auf immer weichere*

Kissen. Mit einer solchen Weisheit, wie sie Stanisław Lec in seinen *Unfrisierten Gedanken* festgehalten hatte, hätte jetzt Elli aufwarten können. Und das, obwohl Lott dachte, wie wenig nah er Evelyn eigentlich gekommen war. Vielleicht hatte er sie zu sehr mit Geständnissen über seine mangelnde Gesundheit geplagt. Oder er war ihr nicht mehr als eine schützende Höhle gewesen, in der sie sich die Nacht über hatte verkriechen können. Jetzt drehte sie sich auf seine Seite und tastete zaghaft nach seiner Hand. Draußen war es noch dunkel. Lott griff ihre Hand und hielt sie fest. Und musste zugeben, dass Evelyns Scheu ihn jetzt erregte. Er lag auf dem Rücken und wollte nicht wieder einschlafen, tat es dann aber doch.

Um sieben Uhr klingelte der Wecker. Evelyn stand gleich auf und verschwand im Bad. Danach zeigte sie Lott, wo er in ihrer Wohnung alles Notwendige finden würde. Während er im Bad war, kochte sie Kaffee und sorgte für ein mageres Frühstück, das im Wesentlichen aus Kaffee, Toastscheiben und Butter bestand. Sie saßen sich gegenüber wie zwei Schauspieler in einem Theaterstück, dessen Inszenierung ihnen peinlich war. Dass sie pünktlich um acht Uhr im Neuen Bau sein mussten, kam ihnen deshalb nur zu sehr gelegen.

Zur Dienstbesprechung am Samstag hatten sich neben Lohner, der zum Glück nur eine leichte Gehirnerschütterung davongetragen hatte und es sich nicht nehmen ließ, weiterhin der Ermittlungsgruppe anzugehören, Ilona und den Göppinger Ermittlern auch Chef Lander und Staatsanwalt Mollenkopf eingefunden. Evelyn sollte das Protokoll der Dienstbesprechung führen. Petra kam dazu, als die Besprechung gerade begonnen hatte. Ihr Gesicht war noch bleicher als sonst. Und ihre Haare sahen aus, als hätten Kamm und Bürste einen aussichtslosen Kampf geführt. Denn das, was auf Petras Kopf wucherte, konnte unmöglich als Frisur durchgehen.

Sie setzte sich neben Lott. Mollenkopf, der an Lotts Stelle die Dienstbesprechung eröffnet hatte, weil eine Anfrage des LKA vorlag, fuhr in seiner Rede fort: »Langer Rede kurzer

Sinn, das LKA bietet uns einen ausgebildeten Profiler an, der, unter Lotts Regie freilich, die Soko durch die speziellen Methoden eines Profilers unterstützen soll. Das LKA erwartet meinen Rückruf, den ich im Anschluss an diese Dienstbesprechung auch tätigen werde. Was ich denen mitteilen werde, hängt allerdings vom Ergebnis dieser Besprechung ab.«

Eine geraume Zeit war es mucksmäuschenstill im Raum. Jeder dachte darüber nach, was eine Einmischung des LKA in ihre Ermittlung im konkreten Fall bedeuten konnte.

Lott ergriff als Erster das Wort: »Was geschieht bei der Erstellung eines Täterprofils in unserem konkreten Fall?«, fragte er suggestiv in die Runde. »Der Profiler geht von Daten der bisherigen Ermittlung nach dem unbekannten Täter aus und leitet aus ihnen aufgrund kriminologischer, psychiatrischer, psychologischer und statistischer Erkenntnisse, freilich auch aufgrund ähnlicher Fälle und eigener Erfahrungen Wahrheiten und Wahrscheinlichkeiten ab, die er zu einem hypothetischen Täterbild zusammenfügt.«

Evelyn schaute ihn flatternd an. Dann bat sie Lott darum, das zu wiederholen, was er eben gesagt hatte. Lohner prustete los. Auch die anderen lachten oder belächelten Evelyns Bitte, ehe Lott sie beschwichtigen konnte, dass seine Aussage fürs Protokoll wenig relevant wäre.

»Nach den Anschlägen vom 11. September 2001 galten zeitweise in den USA, aber zum Teil auch in Europa, alle strenggläubigen Moslems aus Afghanistan, dem Iran und dem Irak grundsätzlich als verdächtig, die meisten von ihnen waren es aber offensichtlich nicht. In unserem konkreten Fall wären das alle Karnevalisten, im Falle des ermordeten Prinzenpaars alle Hästräger und Mitglieder von Narrenzünften. Vorausgesetzt, es handelt sich in beiden Fällen nicht um Beziehungstaten.«

»Täterprofile sind nur dann nützlich, wenn sie die mögliche Täterschaft einschränken«, resultierte Petra.

»Und zwar genug einschränken«, unterstrich Lott. »Der Modus operandi, ein Verhalten, das für die Begehung der Tat erforderlich ist, bringt uns allein nicht weiter. Selbst wenn wir die *bedürfnisorientierte Handschrift*, die den wahren Beweggrund der Tat repräsentiert, mit einbeziehen, ist der Kreis der Verdächtigen noch immer zu groß.«

»Tatsächlich sind in Fahndungsfällen Täterprofile erstellt und sogar publiziert worden, die für die Arbeit der Polizei und jedenfalls für die Mithilfe der Bevölkerung viel zu allgemein und praktisch nutzlos waren«, stimmte ihm Lander zu.

»Ich glaube, allgemein gehaltene Profile mögen in günstigen Fällen den Fahndungsorganen helfen, die Zahl der zu überprüfenden Personen zu verkleinern. Aber damit ist niemandem wirklich gedient, weil immer noch viel zu viele mögliche Täter verbleiben.«

Lohner meldete sich zu Wort: »Das bedeutet doch, dass wir die Persönlichkeitsmerkmale erst genau feststellen müssen.«

Lott nickte und fuhr fort: »Die andere Problematik besteht darin, Täterprofile viel zu konkret auszugestalten, so dass man Gefahr läuft, am wirklichen Täter vorbei zu mutmaßen. Man verfehlt dann nicht nur den Fahndungserfolg, sondern erschwert auch Mitarbeitern den Blick auf andere Fahndungsmöglichkeiten.«

Lotts so ausführliche Beurteilung nahm Mollenkopf zum Anlass, das Kind nun beim Namen zu nennen: »Ich soll also, wenn ich das richtig verstanden habe, dem LKA mitteilen, dass wir auf die Hilfe eines Profilers vorerst verzichten können?«

Alle nickten zustimmend, und Lander sagte: »Dann kommen wir jetzt hoffentlich zum Wesentlichen«, und schaute erwartungsvoll in die Richtung, in der Lott saß.

Lott dachte wieder an Thürheimer und dessen Aussage über den eifersüchtigen Konkurrenzkampf der beiden Narrentraditionen. Dass der so weit führen sollte, dass deswegen gemordet wurde, schien ihm aber noch immer zu absurd, um es laut auszusprechen. Er schlug deshalb, während er Landers Blick auffing, nur vor, dass die Soko ganz erheblich aufgestockt werden müsse. Schließlich hatte die Spurensicherung bereits 180 Spuren registriert, dazu kamen 44 Hinweise aus der Bevölkerung. Das hohe Spurenaufkommen, das einerseits ja erwünscht sei, erfordere anderseits eben einen großen Personaleinsatz.

Lander schluckte, versprach aber, sich umgehend mit Tübingen und mit dem LKA in Stuttgart in Verbindung zu setzen.

»Wir brauchen also keinen Profiler, sondern Fußvolk«, resümierte Mollenkopf lächelnd.

Pressesprecher Olms schlug vor, in einer sofortigen Pressekonferenz die Bevölkerung noch mehr mit einzubeziehen.

Mollenkopf nickte zustimmend. Dann teilte er den anderen mit, dass er bereits Gschwendner, den Vorsitzenden der Narrenzunft, gebeten habe, sämtliche öffentliche Fasnetsveranstaltungen abzusagen.

»Und?«, hakte Lott nach.

»Gschwendners Aussage war klar. Sie hätten schon einmal alles absagen müssen, sagte er, damals beim ersten Golfkrieg. Und was hat es gebracht? Irgendwann einen zweiten Golfkrieg!«

»Ganz unrecht hat er da nicht«, warf Lott ein, »aber diesmal verhält sich die Sachlage doch anders. Die Veranstaltungen sollen ja nicht aus Pietätsgründen abgesagt werden, sondern aus Sicherheitsgründen, damit nicht noch ein Mord passiert.«

Betretenes Schweigen füllte eine Zeit lang den Raum, ehe Olms in die Runde fragte: »Kann ich für 13 Uhr die Pressekonferenz festsetzen?«

Alle nickten zustimmend. Lott wandte sich an den Staatsanwalt: »Wir brauchen dringend einen Durchsuchungsbeschluss für die Wohnung von Gudrun Felgenhauer und für die Wohnung von Raimund Nüssle. Warum liegt der uns noch immer nicht vor?«

Mollenkopf wand sich: »In Nüssles Wohnung müssten wir gewaltsam einbrechen, und im Fall der Frau Felgenhauer – was hoffen Sie denn da zu finden?«

»Kaliumzyanid vielleicht. Wer weiß? Bei aller Aktualität, was das neue Gewaltverbrechen betrifft, wenn wir im Prinzenpaarmord vorankommen wollen, müssen wir einfach alle

Register ziehen. Schließlich haben beide ein Motiv. Und beide hätten indirekt Zugang zu Kaliumzyanid. Nüssle arbeitet bei der EHT, Frau Felgenhauer war vor ihrer Heirat bei der Degussa. Eine Firma, die Kaliumzyanid zur Goldgewinnung verwendet. Nüssle wurde zudem zur Fahndung ausgeschrieben. Also reicht in diesem Fall Paragraph 102 der StPO, Durchsuchung bei Verdächtigen, doch aus!«

Mollenkopf lenkte ein: »Ich kümmere mich darum.«

Dann standen er und Lander als Erste auf und verließen den Konferenzraum. Sie wussten, was sie zu tun hatten. Die anderen blieben und warteten darauf, welche Schritte Lott außerdem in die Wege leiten würde.

28

Lott fühlte sich, als wäre er aus diesem Tag herausgerutscht, und wollte gleich mit dem nächsten beginnen, aus dem er sich auch nicht wieder vertreiben lassen wollte wie Adam aus dem Paradies oder wie die Geldwechsler aus dem Tempel. Auch Geldwechsler haben schließlich einen Anspruch auf Glück.

Doch der Tag war noch zu jung, um ihn schon ad acta legen zu können.

Er hatte einen weiteren Fall zu lösen und musste den Mord an dem Prinzenpaar, ob er nun wollte oder nicht, erst einmal hinten anstellen. Vielleicht würde ja die Durchsuchung der beiden Wohnungen die Ermittlung voranbringen. Das Ergebnis musste man abwarten, auch, ob die Fahndung nach Raimund Nüssle endlich erfolgreich sein würde. Jetzt hatte der GaugaMa Priorität.

Der erste Angriff war fehlgeschlagen, die Sofortfahndung hatte nicht dazu geführt, den Täter unmittelbar nach seiner Tat zu fassen. Jetzt galt es, den zweiten Angriff zu starten.

Die versammelte Soko 11.11. wartete darauf, dass Lott ihnen die weiteren Schritte vorlegte.

Ulrich Scheller, das Opfer, wurde derzeit erkennungsdienstlich behandelt. Man hatte die Kleidung der Leiche gesichert. Seine DNA musste festgestellt und mit eventuell vorhandenen Spuren auf seinem Körper und seiner Kleidung abgeglichen werden. Auch Lohners Kleidung wurde zur KTU gebracht, man hoffte auf Faserspuren und Hautschuppen. Darüber hinaus wurden als mögliche Tatwerkzeuge eine Metallstange und mehrere knüppelartige Holzstücke, die man in der Nähe des Tatorts entdeckt hatte, sichergestellt.

»Der nächste Schritt«, so begann Lott, »ist der, diesen ganzen Verein auseinanderzunehmen. Dazu müssen wir zunächst wissen, wie groß diese GaugaMa-Narrenzunft ist. Alle Mitglieder müssen befragt werden. Wer hat an diesem Abend gefehlt? Und warum? Entschuldigt oder unentschuldigt? Wessen Maske, wessen Kostüm hat gefehlt? Wo wurden Kostüme und Masken aufbewahrt? All das müssen wir zunächst in Erfahrung bringen.«

Evelyn meldete sich zu Wort: »Jede Maske muss eine Nummer haben, das ist Vorschrift, schon um sexuellen Übergriffen vorzubeugen. Es dürfte also einfach sein, die fehlende Maske zuzuordnen.«

»Weißt du, wer Vorstand in diesem Verein ist?«, fragte Lott.

»Er heißt Uwe Eichner«, antwortete Evelyn. »Ich habe seine Handynummer.«

Dass Lott Evelyn jetzt duzte, nahmen die Kollegen staunend und, soweit es die Männer in der Runde betraf, neidisch, wenn auch amüsiert zur Kenntnis. Lott dagegen stutzte, wie weit Evelyn in diese Welt der Fasnet involviert war. Dann bat er sie, sie möge doch den GaugaMa-Vorstand gleich anrufen.

Das Gespräch kam sofort zustande und dauerte nicht länger als eine halbe Minute. Als sie den Hörer wieder auflegte, schaute sie eine Weile lang gedankenverloren zum Fenster. Dann teilte sie der Soko mit: »Um elf Uhr findet eine Gedenkstunde in Mariä Himmelfahrt in Söflingen statt, da ist die ganze Maskengruppe versammelt.«

»Dann haben wir sie ja alle auf einem Haufen«, sagte Petra in der ihr eigenen charmanten Art.

Lott schaute auf die Uhr. »Wir haben noch eine Stunde Zeit. Es ist besser, wir treffen noch alle vor dem Gottesdienst an.«

Damit rief er zum Aufbruch.

»Kann ich mitkommen?«, fragte Evelyn.

»Nein«, sagte Petra scharf, noch bevor Lott antworten konnte. »Sie werden hier dringender gebraucht.«

Lott zuckte mit den Achseln, als bedauere er es. Aber die Kollegin Mai hatte natürlich recht. Evelyn war schließlich keine Ermittlerin, obwohl sie ihnen, was den Bannkreis der Fasnet betraf, auch bei der Ermittlung nützlich sein konnte.

Lott nahm die Treppe, ging an der Wache vorbei und stieg in Petras Wagen. Ilona, Lohner und die Göppinger verteilten sich auf die bereitstehenden Dienstfahrzeuge.

Vor der Söflinger Kirche wartete Uwe Eichner. Lott hatte ihn noch während der Fahrt darum gebeten.

»Ich bin sowieso hier, das Ganze zu organisieren«, hatte er geantwortet. Nun stand er am Eingang der Kirche, genau unter dem monumentalen Kruzifix, das Lott aus seinen Kindertagen noch kannte.

»Danke, dass Sie es möglich gemacht haben«, begrüßte Lott den Vorstand.

»Ich denke noch immer, ich bin im falschen Film«, antwortete Uwe Eichner, »der Ulrich, der hat doch keinem was getan.«

Tränen rannen ihm über die Wangen, die er hastig abwischte. Und schier wütend orakelte er: »Vielleicht galt der Anschlag ja dem GaugaMa und nicht der Person, die ihn dargestellt hat.«

Lott horchte auf: »Sie meinen, es war ein Anschlag auf ihre Maskengruppe?«

»Neider gibt es immer und überall. Und es gibt einige, die auf uns eifersüchtig sind. Auch in der Ulmer Narrenzunft, weil wir mehr Aufsehen erregen und erfolgreicher sind als zum Beispiel andere Maskengruppen.«

»An wen denken Sie?«

»Ich will keine Namen nennen. Aber so viel steht fest, wir sind nicht bei allen beliebt.«

»Ulrich Scheller wurde von einer Person, die selbst als GaugaMa verkleidet war, getötet. Wir müssen wissen, wem dieses Kostüm gehört, wem es vielleicht gestohlen wurde.«

»Dem Frido Sauter gehört die Maske. Sie hat die Nummer 29. Alle Masken müssen Nummern haben, damit bei eventuellen sexuellen Übergriffen, was bei uns nicht ...«

»Ich weiß«, unterbrach Lott ihn.

»Wann hat Herr Sauter denn gemerkt, dass seine Maske fehlt?«

»Am Nachmittag, vor der Generalprobe. Er hat mich darauf angesprochen und nur gesagt: ›Mei Mask isch weg!‹«

»Und dann?«

»Ich frage ihn: ›Ist sie dir gestohlen worden? Oder hast du sie mit nach Hause genommen und dort vergessen?‹ Und er: ›Sag du's mir.‹ – ›Was soll das?‹, frage ich ihn. Und da läuft er einfach weg.«

»Haben Sie den Verlust der Maske der Polizei gemeldet?«

»Nein. Der Frido hat sich ja nicht näher darüber geäußert. Er hat wohl uns beschuldigt. Wir hätten ihm die Maske weggenommen und ihn aus der Gruppe gemobbt. So ein Blödsinn!«

»Wann haben Sie ihn danach noch einmal gesehen?«

»Er ist dann nicht zur Aufführung gekommen.«

»Wo werden die Masken und Kostüme aufbewahrt?«

»Das Jahr über, bis es wieder ans *Häsabstauba* geht, wird alles im Vereinsheim eingeschlossen. Und auch während der Fasnet. Es sei denn, man nimmt nach einem Narrensprung, wenn es spät geworden ist, auch schon mal die Maske mit heim.«

»Und vor der Aufführung?«

»Vor der Aufführung und bei den Proben ziehen wir uns in der Meinloh-Turnhalle um.«

»Von den Mitgliedern hätte also jeder die Möglichkeit gehabt, Frido Sauters Maske zu stehlen.«

»Warum sollte das einer denn tun?«

Lott zuckte die Schultern.

»Der Frido war schwierig, aber er hat zu uns gehört.«

»Gab es Eifersüchteleien innerhalb der Gruppe?«

»Die gibt es doch in jedem Verein. Und wo Theater gespielt wird, da gehört das einfach dazu. Jeder will die Hauptrolle spielen, oder zumindest eine wichtige Nebenrolle. Aber dieser Neid hält sich bei uns doch sehr in Grenzen.«

»War Frido eifersüchtig?«

Herr Eichner druckste herum, ehe er die Katze aus dem Sack ließ: »Er wollte in diesem Jahr den GaugaMa spielen. Ich hätte es ihm im letzten Jahr versprochen, hat er behauptet. Aber das habe ich nie und nimmer. Ich kann darüber auch nicht allein entscheiden. Wir machen das im Gremium, und das hat sich einstimmig für den Ulrich entschieden. Der Frido ist ja auch erst seit zwei Jahren bei uns, der Ulrich aber, seit er sechzehn ist.«

Während Lott mit seiner Befragung zugange war, beobachtete er, wie immer mehr von der GaugaMa-Maskengruppe zur Kirche strömten. Sie kamen alle in ihren Kostümen. Petra, Ilona, Lohner und die Göppinger hielten sie an, um auch sie zu befragen. Lott sah, wie seine Soko sich eifrig Notizen machte.

»Herr Eichner, wir bräuchten eine Liste aller Mitglieder, und wir müssen wissen, wer am Freitag davon in welcher Funktion in Söflingen tätig war. Ist das möglich?«

Uwe Eichner nickte. »Ich schicke ihnen eine Mail.«

Dann ging er zu seinen Leuten und mit ihnen in die Kirche, denn die Glocken hatten soeben die Andacht eingeläutet.

Lott und die Soko warteten, bis die letzten Kirchgänger an ihnen vorbeigezogen waren. Frido Sauter war nicht unter ihnen.

29

Uwe Eichners E-Mail traf um 14.32 Uhr ein und enthielt alle Daten, um die Lott den Vorstand der GaugaMa-Maskengruppe gebeten hatte. Um diese auszuwerten und abzuklären, hatte er die Göppinger abgestellt.

Ilona und Lohner waren bereits unterwegs, um den ersten hier eingegangenen Hinweisen aus der Bevölkerung nachzugehen. Petra leitete die Durchsuchung in Frau Felgenhauers Eigenheim. Lott brachte Eichners Aussage auf Papier, in seiner typischen, winzigen, dahineilenden Schrift, wie sie in früheren Jahrhunderten Kaufleute beherrscht haben mussten. Dann rief er Elli an. Sie klagte ein wenig über Einsamkeit, weil nun auch Lisa so gut wie nicht mehr zu Hause war. Und ihrem Lesekreis hatte sie endgültig den Rücken gekehrt, nachdem dieser ihren Vorschlag, Walsers *Angstblüte* zu lesen, entrüstet abgelehnt hatte.

»Morgen bin ich daheim«, versprach Lott, obwohl, wie er sich ausdrückte, der Teufel los sei. Er legte auf und schaute aus dem Fenster. Der Wochenmarkt war noch in vollem Gange.

Er spürte, dass er in Unterzucker geriet und entschloss sich deshalb, ins Stadthaus zu gehen.

»Ich bin in einer Stunde wieder da«, sagte er Evelyn, die im Fernschreibraum recherchierte.

Dann ging er die wenigen Schritte zum Stadthaus, nahm sich an der Garderobe gleich die Tageszeitung mit, setzte sich ans Fenster und bestellte Tee und einen Gaisburger Marsch.

Babyboom nach WM-Euphorie lautete die Schlagzeile eines Artikels, an dem Lott beim Durchblättern der Zeitung hängenblieb, und wo es weiter hieß:

Die Euphorie während der Fußball-WM hat in Deutschland Spuren hinterlassen, die sich erst allmählich abzeichnen. Für März und April wird ein Babyboom erwartet.

Und dann gestand Jennifer aus Nordhessen: *Wir waren nach dem Schweden-Spiel so euphorisiert, das musste sich ir-*

gendwie fortsetzen. Und sie erinnerte sich an jene Nacht, in der ihr erstes Kind gezeugt wurde, vielleicht unterschwellig hoffend, ein kleiner Nationalspieler könnte daraus entstehen.

Lott dachte nun ebenfalls an die Zeit der Fußball-WM, an diesen Sommer, den er aus seinem Gedächtnis streichen wollte und von dem allein Hermann Törner übrig geblieben war, der ihn seither so manche Nacht noch mit gezückter Waffe heimsuchte.

Der Kellner brachte Tee und Essen. Lott legte die Zeitung zur Seite. Während er den Eintopf löffelte, dachte er daran, wie schnell und gleichzeitig langsam die Zeit doch verging. So sehr die Zeit aber auch mit ihm spielte, eines war klar, seine Endlichkeit rückte näher.

Er dachte an die Endlichkeit, als müsste er jetzt gleich alles addieren, was er von seinem Leben behalten hatte. Und was ihm noch zustand. Er dachte an Elli und an einen Satz aus Walsers Angstblüte, den sie ihm zuletzt vorgelesen hatte: *Die Liebe dauert, auch wenn niemand mehr da ist zum Lieben.*

An dieser Liebe aber würde ich zerbrechen, dachte Lott. Und er schwelgte einen Augenblick lang, wie in manchen Nächten vor dem Einschlafen, in Erinnerungen an ein Leben, das glühte und immer ein wenig haltlos war.

Er nahm den letzten Schluck Tee, bezahlte und ging zum Neuen Bau zurück. Auf seinem Schreibtisch lagen bereits die ersten Berichte der laufenden Ermittlung im GaugaMa-Tötungsdelikt. Er setzte sich und las die Aussagen, die Ulrich Scheller betrafen. Wie Peter Felgenhauer schien auch er ein Mann gewesen zu sein, der nie Anlass dazu gegeben hatte, ihm Feind zu sein. Kollegial im Betrieb, keiner, der die Ellenbogen rausstreckt. Immer freundlich, nie aggressiv. Als Pfundskumpel bezeichneten ihn einige seiner GaugaMa-Freunde.

Aus der Dienstbesprechung, zu der die Soko wenige Stunden später zusammenfand, wurden keine Erkenntnisse gewonnen, die der Ermittlung zu einem Durchbruch hätte verhelfen können. So war Frido Sauter der letzte Strohhalm, an dem sie sich, soweit es die Maskengruppe betraf, festhalten konnten. Unter seiner Maske hatte der Mörder sich versteckt. Wenn Frido Sauter nicht selbst der Mörder war.

In diese Überlegungen platzte Petra herein. So sehen Sieger aus, dachte Lott, während er das selbstbewusste Grinsen der Kollegin zu deuten versuchte.

»Jetzt sag nicht, ihr habt bei Frau Felgenhauer Kaliumzyanid gefunden?!«, kam ihr Lott zuvor.

»Das nicht, aber etwas anderes«, triumphierte die Kommissarin und reichte Lott eine Verwarnung der Stadt Neu-Ulm.

»Dieser Verwarnung wegen zu schnellen Fahrens nach war Frau Felgenhauer am Samstag, dem 3. Februar um 22.15 auf dem Weg nach Ulm. Eine Stunde, bevor das Prinzenpaar ermordet wurde. Das muss sie uns erst mal erklären.«

Lott stimmte ihr zu. »Mach du das jetzt«, instruierte er die Kollegin. »Und nimm Ilona mit!«

Denn Lott wollte sich um Frido kümmern. Und das möglichst sofort. Den anderen, die am GaugaMa-Mord ermittelten, gab er frei bis zum Mittag des nächsten Tages; da würden die Ergebnisse der KTU vorliegen.

Als alle, Evelyn ausgenommen, gegangen waren, rückte die ihren Stuhl nahe an ihn heran. Ihr Mund war kleiner geworden, als sie Lott beichtete, sie wisse, wo Frido Sauter heute zu finden sei. Lott horchte.

»Beim Saalfasching in der Blautalhalle«, flüsterte Evelyn.

»Willst du mich dorthin begleiten?«, fragte Lott.

»Gerne«, hauchte Evelyn, und ihr klein gewordener Mund war plötzlich ganz nahe an Lotts Lippen.

»Zong-raus«, sagte Lott mit gedämpfter Stimme.

Beide lachten. Dann küssten sie sich.

30

»*Mama guck, Mama guck, guck guck – scho wieder hockt dr Babba auf dr Gummipupp.*«

Die Geistergruppe der Katzastrecker, in kleinkarierten Hosen, geringelten Strümpfen und mit Fliege am Kragen versuchten, mit der letzten Strophe ihrer Hymne die Stimmung in der spärlich gefüllten Blautalhalle etwas anzuheizen. Doch ihr Versuch schlug fehl. Niemand war zum Schunkeln, geschweige denn zum Mitsingen bereit. Die Jüngeren hingen an der Bar, die älteren Semester waren vielleicht schon wieder zu Hause oder waren erst gar nicht erschienen.

»Welcher Narr ist jetzt noch in Faschingslaune, nach allem, was passiert ist«, brummte Lott, als er die trostlose Gesellschaft betrachtete.

»So ähnlich würde es auch ohne die Morde aussehen«, sagte Evelyn. »Der Saalfasching ist so tot wie das Prinzenpaar und der GaugaMa.«

Aber ihr launischer Kommentar zur Stimmungslage hier ging noch weiter: »Das hat nichts mit den aktuellen Vorfällen zu tun. In Unterkirchberg letzte Woche war es noch schlimmer, da verloren sich gerade mal zwanzig Leute im großen Saal. Ich glaube, kein Mensch will heute mehr schunkeln, und ehrlich gesagt, ich kann es ihnen nicht verdenken.«

Lott dachte, dass auch er, hätte man hier jetzt zu schunkeln angefangen, das Weite gesucht hätte. Und er war deshalb froh, dass Evelyn auch so dachte und seine Fluchtgedanken damit überflüssig machte.

»Nur die Sitzungen des Kuhbergvereins und die im Barfüßer sind noch ausverkauft. Aber da mischen mittlerweile auch schon die Fasnetsgruppen kräftig mit.«

»Und du glaubst wirklich, dass wir den Frido Sauter hier finden?«, fragte Lott, während er Ausschau nach einem günstigen Sitzplatz hielt, von denen eine ganze Reihe zur Auswahl standen. »Bei der Stimmung hier nimmt selbst ein Mörder Reißaus«, meinte er und schob die Kollegin in eine Richtung, in der er einen günstigen Platz ausgemacht hatte. Nicht zu nahe am Geschehen, aber auch nicht so weit entfernt, dass es hätte auffallen können, warum sie hier waren.

Es war Evelyns Idee gewesen, dass sie sich beide dezent maskiert hatten. Sie hatte für Lott eine rote Clownnase bei *Wicky* erstanden. Dazu ein rotes Halstuch und ein Ringelhemd. Alles zusammen für nicht einmal zehn Euro. Sie selbst hatte sich mit Flitterzeug im Haar begnügt und mit einer auffallend roten Gesichtsbemalung.

»Was jetzt?«, fragte Evelyn.

»Wir bestellen erst mal was zu trinken«, schlug Lott vor, während die Geistertruppe in ihren Ringelstrümpfen noch immer zu Gange war.

Die Kellnerin, in einem Kostüm, das entfernt an ein Karnickel erinnerte, kam an den Tisch. Evelyn bestellte Sekt, Lott ein Mineralwasser.

»Ich trinke sonst keinen Alkohol«, sagte Evelyn, als müsste sie sich für ihre Sektbestellung verantworten.

»Ich schon, aber nicht, wenn ich mit dem Wagen unterwegs bin, sonst hätte ich mich dem Sekt angeschlossen«, entschuldigte sich Lott nun seinerseits.

Als die Kellnerin die Getränke brachte, fragte Lott sie nach Frido Sauter.

»Der steht auf der Bühne, der dritte von links«, antwortete sie und zeigte mit dem Finger auf Frido.

»Könntest du ihn an unseren Tisch bitten?«

»Sobald er fertig ist, gerne.«

Unter Beifallklatschen, zumindest soweit das spärliche Publikum dazu fähig war, trat die Geistertruppe ab. Lott beobachtete, wie die Kellnerin einen aus der Truppe ansprach, der darauf hin schnurstracks dem Tisch, an dem Lott und Evelyn saßen, zustrebte.

»Hallo Evelyn«, begrüßte er zuerst Lotts Kollegin.

Lott warf Evelyn einen fragenden Blick zu.

»Wir kennen uns von der Fasnet«, klärte sie Lott auf und grüßte dann zurück: »Hallo Frido.«

Dann stellte sie Lott als ihren Vorgesetzten von der Landespolizei in Tübingen vor.

Frido nickte Lott zu, dann gab er ihm die Hand.

»Sind Sie wegen dem Ulrich hier?«, fragte er in gestelztem Deutsch.

»Es geht um die GaugaMa-Maske, die Ihnen gestohlen wurde.«

Frido starrte vor sich hin. »Zerscht han i denkt, es wärad meine Kumpel vom GaugaMa gwea. Aber henderher dann ...«

»Wann haben Sie denn bemerkt, dass Ihr Kostüm und die Maske weg waren?«

»Vor dr letschta Prob. I war a bissle später dra, komm en d'Omkleidekabine, will me gschwend omzieh, war koi Mask do. Was soll des, frog i da Eichner, weil der so domm grinst hot. Ond was secht der Seggel? Du wirsch se mit hoim gnomma han. Ond lässt me standa. Do denk i doch, die wellat 's Michele mit mir treiba. I war narrad wiead Sau. Di kennat mir am Arsch lecka, han i zu meiner Freindin dann drhoim gsagt.«

»Sie sind also noch vor der Probe nach Hause?«

»Die sollad ihren Scheißdreck alloi macha, han i mir denkt.«

»Und sind auch nicht zur Vorstellung erschienen?«

»I war narrad wie d'Sau. Di kennat mi Fönferla, sag i no zu meiner Freindin. Ond sie: Send halt Seflinger Bautza, denkat emmer se send was Bessers. Ond recht hot se drmit, des war scho früher so. Drbei ben i selber a Söflinger, en dr Wanne hemmer gwohnt, direkt gegenüber vom Söflinger Bahhof.«

Lott erinnerte sich daran, dass in der Gegend um den Bahnhof herum die ärmeren Leute wohnten. Wer dort geboren wurde, durfte nicht allzu hohe Forderungen ans Leben stellen.

»Und jetzt sind Sie hier aktiv?«, fragte Lott weiter.

»Bei de Katzastrecker war i von Afang a. Do han i ao mei Freindin kenna g'lernt. Sie isch ao do, hilft heit en dr Küche mit. Die kennad se froga, Sie wellat doch sicher a Alibi von mir wissa.«

»Richtig«, sagte Lott, »wir nehmen die Aussage Ihrer Freundin hier auf, das erspart ihr den Weg ins Präsidium.«

»Mei Freindin hot später, wie mir's erfahra hend ...«

»Von wem haben Sie es denn erfahren?«

»Mei Kumpel, dr Karlheinz, hot me a'grufa, der war ja drbei ond hot alles mitkriegt, Polizei ond Krankawaga. Also mei Freindin hot zu mir gsagt: Ich derf mr gar net vorstella, du wärsch dr GaugaMa gewea. I scho, han ra i gsagt, dem Kerle hädd i oina butzt, dass er d'Blau naufwärts trieba wär. Aber dr Uli, mei, des war halt a Häspele.«

»Wir müssen Ihre Aussage noch zu Protokoll nehmen. Kommen Sie doch bitte am Montag zu uns ins Präsidium. Geht zehn Uhr am Vormittag?«

»I han Urlaub bis Aschermittwoch.«

Lott schmunzelte. Dass es auch im Ländle eine ganze Reihe von Leuten zu geben schien, die ihren Urlaub in die Faschingszeit legten, nahm er ebenso erheitert wie auch verwundert zur Kenntnis. Er hatte angenommen, das wäre allein im Rheinländischen eine verbreitete Lebensart.

»Dann um zehn Uhr am Montag.« Lott notierte sich den Termin.

»Aber bloß, wenn mr jetzt no ois zamma drenkat.«

»Also gut«, stimmte Lott zu, während Frido die Kellnerin im Karnickellook herwinkte.

Sie brachte umgehend eine Flasche Sekt an den Tisch. Frido öffnete sie, mit einem Ausdruck von Weltgewandtheit im Gesicht, und füllte die bereitstehenden Gläser.

»Auf da Uli«, sagte Frido und stieß mit Evelyn und dann mit Lott an. »Ond dass ihr den Saukerle, der an ombrocht hot, fendat.«

Während Evelyn und Lott den Sekt mehr nippten als tranken, trank Frido sein Glas leer. Dann wurde er von seinen Kollegen der Geistergruppe wieder auf die Bühne gerufen.

Frido entschuldigte sich in einem schwäbischen Englisch, aber äußerst gewichtig: »The show must go on.«

Evelyn trank ihr Glas jetzt auch zu Ende und ließ sich von Lott gleich nachschenken. Wenig später kam Fridos Freundin an den Tisch, um die Aussage ihres Freundes zu bestätigen, während es gleichzeitig von der Bühne herunterschallte:

»Mama guck, Mama guck, guck guck – scho wieder hockt dr Babba auf dr Gummipupp.«

31

Diese sonntäglichen Kaffeestunden. Das traute Beisammensein im Familienkreis. Torten, die einen flauen Magen verursachten. Nein, das war nicht die Idylle, die Lott sich wünschte. Und jetzt auch noch ein bettelnder Hund am Tisch, der jeden Bissen in der Hoffnung verfolgte, er könnte von der Kuchengabel plumpsen. Warum hatte man dem Hund nur keine Manieren beigebracht. Eine Hundeschule wäre ratsam gewesen, aber dazu war es jetzt zu spät. Jetzt half nur noch, dass man den Tisch im Auge behielt und ihn dann rechtzeitig leerräumte.

Lott schaute auf die Uhr. Es war halb fünf. Er signalisierte den Frauen, dass er noch zu arbeiten hätte. Flaubert deutete das Signal falsch, rannte schwanzwedelnd zur Tür und bellte die Hundeleine an, die von der Garderobe herunterhing. Lott griff ihm ins Nackenfell und ließ es sich gefallen, dass der Hund sein Gesicht leckte. Die Hundeleine aber blieb an der Garderobe. Flaubert legte den Kopf schief. Verstehe einer die Menschen!

Lott ging in sein Arbeitszimmer. Er dachte an Evelyn. Als er sie letzte Nacht nach Hause gebracht hatte, war er bereit für einen Seitensprung gewesen, oder zumindest für eine weitere Nacht mit ihr. Dafür hätte er auch ein Versagen in Kauf genommen. Aber dann hatte Evelyn sich übergeben müssen. »Ich bin keinen Alkohol gewöhnt«, hatte sie gesagt, als ihr Magen die wenigen Kelche Sekt, die sie intus hatte, nicht länger beherbergen konnte.

Sie entschuldigte sich und bedauerte, dass sie Lott in diesem Zustand nicht bei sich haben wollte: »Ich werde bestimmt die ganze Nacht kotzen.«

Da lag der Geruch schon beharrlich in der Luft. Er hatte sie dennoch geküsst und gesagt, nach Tübingen zu fahren sei nicht die Welt.

Lott setzte sich an den Schreibtisch und fuhr den Computer hoch. Er hatte drei E-Mails bekommen. Die erste war von Hilbinger, der ihn an seinen »Opferschutz ist Prävention«-Vortrag erinnerte. Die zweite kam von Evelyn. Er öffnete sie mit einem unruhigen Blick zur Tür. Die Nachricht bestand aus einer einzigen Zeile: *Mein Lieber, die Holl-Hexe, das bin ich. Evelyn.*

Lott erstarrte. Er spürte, wie sein Herz zu klopfen begann. Was sollte diese Nachricht?! Sollte er sich Sorgen machen? Hinter dieser Nachricht lauerte eine Gefahr, die er nicht wegstecken konnte. Evelyn war ein geeignetes Opfer, sofern es denn eine Serie gab, die nach dem GaugaMa fortgesetzt werden sollte. Trotz seiner Sorgengedanken aber galt es, einen klaren Kopf zu behalten. Er musste alle nur denkbaren Maßnahmen gegeneinander abwägen. Geistesabwesend öffnete er noch die dritte E-Mail. Sie war von einem *guten Freund* aus Südafrika, der ihn an einer Erbschaft mit rund 12 Millionen Dollar teilhaben lassen wollte. Wenigstens das. Es war nicht das erste Mal, dass sich ein Freund von weither mit so einem Angebot bei ihm meldete. Hätte er die alle angenommen, er würde zu den reichsten Männern des Landes zählen.

Opferschutz ist Prävention, dachte Lott. Und sprang zur ersten E-Mail zurück. Was bildete sich Hilbinger denn ein? Dass er alles stehen und liegen ließ, um an seinem Vortrag zu arbeiten? Rasch waren Lotts Gedanken wieder bei Evelyn. Warum hatte sie ihm verschwiegen, welche Rolle sie in der Ulmer Fasnet einnahm? Hatte sie nachträglich Angst bekommen und suchte jetzt nach seiner Hand, die er schützend auf ihre Schultern legen sollte?

Der Narrensprung war für den nächsten Sonntag angesetzt. Und im Augenblick sah es so aus, dass der auch stattfinden würde.

Lott griff nach einem Kugelschreiber und nahm den Ulmer Narrenkalender zur Hand. Aus dem notierte er:

- *Donnerstag, 15. Februar: Gombiger Donnerstag*
- *Freitag, 16. Februar: Ruassiger und Hemdglonkerball*
- *Samstag, 17. Februar: Bürgerball im Kornhaus*
- *Sonntag, 18. Februar: Großer Narrensprung*
- *Montag, 19. Februar: Rosenmontag, diverse Faschingsbälle*
- *Dienstag, 20. Februar: 14 Uhr, Umzug der Narren von Neu-Ulm nach Ulm; 15 Uhr, Narrenbaumversteigerung auf dem Münsterplatz. Abends Kehraus der Narrenzunft im Zunftheim.*

Das einzig Gute an diesem Narren-Alptraum war, dass er sich zeitlich eingrenzen ließ. Am Aschermittwoch ist alles vorbei. Schön wär's, dachte Lott. Ein ermordetes Prinzenpaar, halb totgeschlagene Narrenkinder, ein ertränkter GaugaMa. Und er saß in Tübingen und trank mit der Familie Kaffee.

Jetzt mussten erst einmal die KTU und die Spurensicherung ihre Arbeit tun. Zusätzlich hatte man die Hilfe der Reutlinger KTU in Anspruch genommen. Auch aus Biberach hatte Lander Leute abgezogen. Zählte man alle Kräfte zusammen, standen Lott jetzt mehr als fünfzig Beamte zur Verfügung. Vor allem aber war kriminaltechnische Feinarbeit gefragt. Sollte der Irrsinn weitergehen, war auch Evelyn in Gefahr. Und der Zunftmeister der Ulmer Narrenzunft sowie der 1. Vorsitzende des Karnevalvereins, aber möglicherweise auch Mädchen aus der Prinzengarde. Irgendein Hansel oder Narro, eine Donauhexe oder ein Schemadeifel. Wer eigentlich nicht?!

Lott wurde es schwindlig. Er hatte in den vielen Jahren seiner kriminalistischen Arbeit viel erlebt. Dass eine Sache aber dermaßen verworren war und gleich an allen Fronten aus dem Ruder zu laufen schien, das war nur sehr selten vorgekommen. Er dachte an einen Fall, den ein Tübinger Kollege bearbeitet hatte. Damals war im Schönbuch ein Junge misshandelt und getötet worden. Stundenlange Regenfälle hatten bei dem Opfer so ziemlich alle Spuren beseitigt. Ein kleiner Blutfleck auf seiner Unterhose war der einzige Anhaltspunkt gewesen und sollte weiterhelfen. Aber mehr als hundert entnommene Speichelproben bei Verwandten und Bekannten des Opfers brachten die Ermittlung nicht weiter. Der Fall blieb unaufgeklärt. Der Kollege nahm sich Monate später das Leben.

Lott holte seine Notizen her, seine Matrix, in der er alle ihm notwendig erscheinenden Daten vermerkt hatte, und grübelte über ihnen. Aber keine Verbindung war stichhaltig genug, um darauf aufbauen zu können. Kein Impuls hob sein Haupt, der ihn hätte spüren lassen, dass er etwas spürte. Dann dachte er wieder an Evelyn. Er legte seine Notizen beiseite und gab bei Google Holl-Hexen ein. Auf Anhieb fand er die gesuchte Website.

Holl-Hexa

Die 1986 aus der Taufe gehobenen Holl-Hexa gehen auf die Geschichte der Ulmer Bürgerin Maria Holl zurück. Die Tochter des Ulmer Amtmannes Jerg Löhlin wurde 1549 in Altenstadt bei Geislingen geboren und heiratete am 20. Mai 1586 im Ulmer Münster Michael Holl. Nach ihrem Umzug nach Nördlingen eröffneten sie die Wirtschaft »Zur goldenen Krone«, wo sie am 30. Mai 1587 Bürger der Stadt wurden. Den bis dato schlechten Namen der »Goldenen Krone« ließ die geschäftstüchtige Maria Holl bald vergessen und zog sich deshalb viel Neid und Hass bei der Konkurrenz zu. Schon bald wurde sie als Hexe benannt und musste vor die Richter treten. Sie wurde angeklagt und überstand 56 Folterungen, doch bekannte sie sich stets zu Gott. Keine Folterung konnte sie zum Geständnis bringen, mit dem Teufel im Bunde zu sein. Daraufhin setzten sich viele Fürsprecher und der Ulmer

Rat für die Unglückliche ein und so wurde sie am 11. Oktober 1594 freigesprochen. Sie hatte alle Folterungen überstanden, hatte niemanden durch Falschaussagen belastet und war deshalb Unzähligen zur Nothelferin geworden, da es seitdem keine Hexenverbrennungen in Nördlingen mehr gab.

Neben den Holl-Hexa gibt es in der Gruppe drei Einzelfiguren, die Maria Holl, den Teufel und den Folterknecht.

Maria Holl stellt die Frau so dar, wie sie damals eventuell ausgesehen hat. Die Holzmaske mit lieblichem Gesicht hat eine für diese Zeit typische Stoffhaube auf. Über einer Rüschenbluse trägt sie einen schwarzen Kittel. Weißer Unterrock, moosgrüner Überrock und eine grünblau gemusterte Schürze, schwarze Lederstiefeletten und Handschuhe vervollständigen das Häs der Amtmannstocher mit dem Weidenkorb auf dem Rücken.

Lott schaute auf. Draußen war es dunkel geworden. Nur die Straßenlaterne warf ihren begrenzten Lichtschein in den Garten. Gleichzeitig riefen Abendglocken zur Andacht. Idylle pur, dachte er. Dann stand er auf und schaute hinaus in dieses trügerische und durch Glockenklang untermalte Stimmungsbild eines beginnenden Sonntagabends.

Er tapste durch sein Arbeitszimmer. Die einzige Lichtquelle darin spendete der Bildschirm seines Computers. Er ging zurück an den Schreibtisch und wollte Petra Mai anrufen. Aber dann fiel sein Blick auf den Bildschirm, der ihn gleich wieder gefangen nahm:

Die Hexengruppe stellt Maria Holl so dar, wie sie die Ankläger gerne gesehen hätten. Ihre Masken haben angedeutete Hörner unter dem roten Maskentuch versteckt, rotes Hexengesicht, doch mit herausgestreckter Zunge. Daher der Narrenruf »Zong-raus«, zum Possen der Obrigkeit und dem Hexenwahn. Eine blaue Bluse mit weißem Muster, ein schwarzer Oberrock sowie eine mit Flecken benähte Schürze lassen unschwer die Hexe erkennen.

Der Teufel wurde immer wieder mit der Maria Holl in Verbindung gebracht. So entwarf man 1995 eine typische Teufelsfratze. Schwarzgelocktes Haar umrandet die Maske. Das Häs besteht aus einem dunkelgrauen, mit Zotteln eingefassten Oberteil, einer rotgelben, flammenartigen knielangen Hose mit Zottelfell, schwarzen Schnürstiefeln und Handschuhen. Ein Schellengurt und ein mit Schellen behängter Wurzelstock sorgen für den richtigen Ton.

Die Maske des Folterknechts zeigt ein sehr grimmiges Gesicht mit schwarzem Bart. Ein knielanger, roter Umhang mit Zipfelkapuze, eine schwarze Jacke, eine eng anliegende Hose in den Ulmer Farben, schwarze Schnürstiefel, schwarze Stulpen und Handschuhe sind die Hästeile der Figur. Um seine Hüfte trägt er einen breiten, braunen Gürtel.

Lott drückte die Outlook-Taste, holte Evelyns E-Mail her und antwortete: »Liebe Evelyn, bleib daheim. Unternehme nichts, was dich in Gefahr bringen könnte. Sei vorerst keine Holl-Hexe.«

Er schickte seine Antwort ab und griff zum Telefon. Bei Petra Mai meldete sich nur die Mailbox. Er legte auf und rief danach direkt in der Zentrale an. Dort hinterließ er den Auftrag, man möge im Stundentakt die Wohnung von Evelyn Kamm observieren. Er nannte die Adresse und legte auf.

32

Die Fahrt nach Ulm erschien ihm heute länger. Bereits in Bad Urach überfiel ihn eine Ungeduld, die so vehement daherkam, dass seine Beine zu kribbeln begannen. Ein Himmel im Anzuggrau tat ein Übriges. Er dachte an Brauchle, der im Krankenhaus lag. Er dachte an ihn, weil er nicht an Evelyn denken wollte. Und noch weniger an den toten GaugaMa und das ermordete Prinzenpaar. Dann schon lieber an Max

Brauchle, der ihn ein halbes Leben lang schon mit Witzen drangsalierte. Und dessen monogames Bett er mit Frieda Rampf entweiht hatte.

Manchmal erschien es Lott, als hätte Brauchle sein Leben aus Schrottteilen zusammengebastelt. Ein ungelenker Heimwerker, der sich durchs Leben grinst. Über die Jahre aber war er sein liebster Kollege und vielleicht bester Freund geworden. Doch was hieß das schon bei einem einsamen Wolf, dessen Nase stets an der Blutspur eines Verbrechens haftete. Was hieß das schon bei einem Eigenbrötler, wie Lott einer war.

Die Ampel sprang auf Grün. Gleich würde er Bad Urach hinter sich lassen. Und Ulm würde immer näher rücken. Und vielleicht würde er kurz vor Ulm eine Kehrtwendung machen, um ein neues Leben zu beginnen. Aber weil er nicht wusste, wie sein neues Leben denn aussehen sollte, konnte er auch gleich zum Neuen Bau weiterfahren.

Als Lott die Steige genommen hatte und die freie Landstraße vor sich sah, schaltete er das Radio an. Es war acht Uhr: SWR 4 Baden-Württemberg. Die Nachrichten.

Die Meldung kam an dritter Stelle. *Die Fahndung nach dem GaugaMa-Mörder ist bislang ohne Ergebnis geblieben. Dennoch halten sowohl Narrenzunft wie Karnevalisten an ihren geplanten Aktivitäten fest. Man wolle sich nicht, so der Zunftmeister der Ulmer Narrenzunft, durch die Tat eines Wahnsinnigen erpressen lassen und den Schwanz einziehen. »Deshalb soll unser Narrengruß Zong-raus ganz aktuell auch unser Schlachtruf sein, mit dem wir dem Verbrecher die Stirn bieten.«*

Lott dachte an Evelyn und daran, dass sie die Holl-Hexe war. Nicht irgendeine Holl-Hexe, sondern Maria Holl, die wichtigste Einzelfigur innerhalb der Gruppe. Und dass sie in Gefahr war, solange der Mörder des GaugaMa frei herumlief. Er dachte an Evelyn und an ihre gemeinsame Nacht, während das Schlagerkarussell des SWR sich zu drehen begann.

Andrea Berg sang *Weil du ein zärtlicher Mann bist*. Lott schmunzelte, als wäre er gemeint.

Als irgendwann das Münster aus dem Nebel hervorkam, spürte er aber eine zunehmende Mutlosigkeit, die schon bereit für ein nächstes Misslingen war.

Er parkte seinen Wagen neben Mollenkopfs BMW. Dann ging er an der Wache vorbei, eilte die Treppe hoch in den ersten Stock, wo die K1 untergebracht war. Er schaute auf die Uhr. Es war Viertel vor neun. Die Dienstbesprechung war auf neun Uhr anberaumt worden. Lott staunte, als er die Kollegen der Soko im großen Konferenzraum schon fast vollzählig vorfand. Unter ihnen etliche neue Gesichter. Dass Petra Mai sich wieder verspäten würde, war direkt beruhigend. Beinahe stumm saßen die einen rund um den langen Tisch, andere, vor allem die Neuen, hatten sich in zweiter und dritter Reihe dahinter platziert. Einige schienen fahrig, weil nur scheinbar mit irgendwelchen Aufzeichnungen beschäftigt, andere lauschten, ob irgendwer etwas von sich zu geben beabsichtigte. Peter Olms saß zum Fenster gewandt, wie ausgestopft oder wie ein Steifftier in einer Polizeiuniform. Als Lott den Konferenzraum betrat, wurde Olms wieder lebendig.

»Herr Lott, ich habe die Pressekonferenz nach Absprache mit Herrn Lander auf 11 Uhr festgelegt«, sagte er, noch ehe Lott die neuen Mitarbeiter der Soko begrüßen konnte. So nickte er nur in die Runde und nahm den freigehaltenen Platz an der Stirnseite des Tisches ein.

»Die Frage ist, wie weit wir die Öffentlichkeit über den Stand der Ermittlungen in der Sache Uli Scheller informieren«, sagte Lander und schaute dabei in Lotts Richtung.

Bevor Lott jedoch antworten konnte, äußerte sich Mollenkopf: »Die werden uns in der Luft zerreißen. Wie die Deppen stehen wir jetzt da. Da teilt uns der Mörder Ort und Stunde mit und wir lassen es einfach geschehen, dass irgendein Durchgeknallter einen Mord begehen kann.«

Lott verteidigte sich: »Dann hätten wir die Veranstaltung absagen müssen, oder zumindest eine Hundertschaft rund ums Gelände postieren lassen. Zwei Streifenwagen und drei Beamte in Zivil, das war zu wenig. Aber hätten wir die Veranstaltung verbieten lassen, wie hätte da die Öffentlichkeit reagiert?«

»Wichtiger scheint mir, wie weit wir die Öffentlichkeit jetzt mit in die Ermittlung einbeziehen«, hakte Lander nach.

»Der Öffentlichkeit müssen gewisse Informationen gegeben werden. Darüber besteht kein Zweifel. Die Veröffentlichung gewisser Daten in den Medien und die Aufforderung an die Bürger, allfällige bedeutsame Beobachtungen oder Kenntnisse den Strafbehörden mitzuteilen, verbunden mit einer in Aussicht gestellten Belohnung, scheint mir im Augenblick ein probates Mittel zu sein, um die Ermittlung voranzutreiben.«

Als Lott skeptisch dreinblickte, sprach ihn Mollenkopf direkt an: »Oder sind Sie anderer Meinung?«

»Mir scheint dies zumindest taktisch bedenklich«, begann Lott, seine Skepsis zu begründen. »Immerhin erfährt dadurch auch der Täter den Stand der Ermittlung. Im Weiteren lassen sich Geständnisse von Tatverdächtigen je schlechter überprüfen, je mehr Details über die Tat in der Öffentlichkeit bekannt werden.«

»Man kann aber doch hoffen, dass jemand, der sich bisher noch nicht gemeldet hat, sich nachträglich doch zur Aussage entscheidet« erwiderte Mollenkopf.

»Bei einer solchen Konstellation rate ich doch zur Vorsicht, denn wer ohne sachfremde Motive an der Aufklärung der Straftat ein Interesse hätte, würde sich wahrscheinlich auch ohne öffentlichen Aufruf melden, und wer sich dann erst aufgrund eines Fahndungsaufrufes und insbesondere aufgrund der damit verbundenen Belohnung meldet, dessen Aussagen werden möglicherweise nur eine eingeschränkte Glaubhaftigkeit für sich beanspruchen dürfen.« Lott spürte, dass seine Wortwahl wieder ins Gestelzte verfiel, und war froh, dass Lohner ihn unterbrach.

»Keine Belohnung«, warf der ein. »Sonst stehen die Telefone hier nicht still und jeder tippt blind einen Hinweis, als wär's eine Lotterie.«

»Aber wir könnten um Hinweise bitten, ob jemand eine GaugaMa-Maskierung zur fraglichen Zeit in der Nähe des Westplatzes gesehen hat, damit grenzen wir den Fahndungsaufruf zumindest ein«, schlug Ilona Raab vor.

Mollenkopf wiegte den Kopf und schien mit Ilonas Vorschlag einverstanden zu sein.

»Da wäre noch etwas«, fuhr er fort. »Ich habe Herrn Gschwendner von der Narrenzunft und Herrn Weihnacht vom Karnevalsverein gebeten, an der Pressekonferenz teilzunehmen.« Der Staatsanwalt wartete auf eine Reaktion. Als diese ausblieb, fügte er lächelnd hinzu: »Damit wir nicht die Einzigen sind, die in der Schusslinie stehen.«

Damit erteilte er Lott das Wort. Der stand auf, was schon an sich ungewöhnlich für eine Dienstbesprechung war, und schaute eine Weile in die Runde, wobei er jeden Einzelnen zu fixieren schien. Plötzlich zitierte er Descartes, so, wie er an der Polizeihochschule in Villingen-Schwenningen Descartes zitiert hatte. Aus den *Regeln zur Leitung des Geistes*, quasi als Einstieg in die Methode kriminalistischen Denkens.

Manchmal hatte Lott auch eine mathematische Aufgabe in seinem Vortragsgepäck. Mit einer Lösung, zu der man durch Raten oder aufgrund des bekannten Verfahrens, die Unbekannte auf einer Seite der Gleichung zu isolieren, gelangt. Aber heute schien Descartes besser zu passen oder überhaupt nicht. Und es war Lott plötzlich gleichgültig, dass da keine Studenten vor ihm saßen, sondern ausgebildete Ermittler.

»Wenngleich nun bei jedem Problem etwas Unbekanntes vorhanden sein muss – denn sonst hätte es keinen Sinn zu fragen –, so muss doch eben dies durch bestimmte Bedingungen derart bezeichnet sein, dass man sich angewiesen sieht, eins eher als das andere zu erforschen. Diese Bedingungen sind es, mit deren Untersuchung man sich, wie gesagt, sogleich von Anfang an beschäftigen muss. Und das geschieht, wenn wir den Geist darauf richten, das Einzelne in distinkter Intuition zu erfassen und sorgfältig zu untersuchen, inwieweit deren jede das von uns gesuchte Unbekannte einschränkt.«

Danach war es still im großen Konferenzraum. Vielleicht dachte der eine oder andere Neue, ihr Soko-Leiter sei verrückt geworden. Andererseits wussten sie, wer da vor ihnen stand, ein Ermittler alter Schule, dem man anscheinend noch immer mehr zutraute als jedem übermotivierten Hochschulabgänger.

Dennoch fühlte sich Lott jetzt unbehaglich. Den Descartes hätte er wohl besser für sich behalten, ihn für seine Studenten in Villingen-Schwenningen aufgehoben, anstatt ihn über den Köpfen der Ermittler wie Seifenblasen platzen zu lassen.

Petra Mai, die inzwischen gekommen war und sich leise in eine der hinteren Reihen verzogen hatte, stand jetzt auf und meldete sich: »Was willst du uns konkret sagen?«

Lott antwortete ihr, für Petra einen Tick zu philosophisch: »Eben das ist die Aufgabe.«

Die Kollegin verdrehte die Augen, was Lott ignorierte. Stattdessen fuhr er fort: »Im Augenblick müssen wir uns mit unvollständigem Material begnügen. Hätten wir das Tötungsopfer zum Beispiel in einem Gummianzug gefunden, was auf gewisse sexuelle Praktiken hätte schließen lassen, würde sich die Fahndung nach dem unbekannten Täter vor allem auf die Sado-Maso-Szene richten. Wir haben ein Opfer im Narrenkostüm, und wir haben zwei Opfer in Karnevalskostümen. Nehmen wir die beiden Kinder dazu, so haben wir fünf Opfer, die allesamt der närrischen Jahreszeit zuzurechnen sind.«

»Schlägst du eine Rasterfahndung vor?«, fragte Petra Mai.

Lott zuckte mit den Achseln. »Die Tat wurde bereits weitgehend rekonstruiert, bleibt die Frage nach dem Täterziel und danach, welches Verhalten zwingend zur Tat gehört. Wo beginnt die eigentliche Handschrift des Täters? Was hat er getan, was er nicht hätte tun müssen? Was hat er nicht getan, was er hätte tun können?«

»Du sprichst vom Tod des GaugaMa?«, warf Lohner ein.

»Eigentlich trifft es auch auf die anderen Fälle zu.«

»Das heißt, unser Täter ist entweder in einer Narrenzunft oder in einem Karnevalsverein engagiert«, hakte Ilona nach.

»Das wäre zumindest eine Hypothese«, sagte Lott und fuhr fort:

»Für eine Rasterfahndung brauchen wir eine richterliche Bewilligung. Das Gleiche gilt für die Schleppnetzfahndung. Ich schlage vor, beide Bewilligungen in die Wege zu leiten.«

»Gibt es Neues von der KTU?«, fragte einer der Göppinger.

»Bis jetzt sind keine neuen Erkenntnisse aufgetaucht. Aber es sind auch über hundert Spuren, die zu bearbeiten sind, und wir müssen rund 50 Hinweisen aus der Bevölkerung nachgehen, nach der Pressekonferenz werden da sicher noch etliche dazukommen. Es gibt also jede Menge Arbeit. Quantitativ haben wir mächtig zugelegt. Ich darf übrigens – tut mir leid, dass das erst jetzt kommt! – hiermit die Kollegen aus Reutlingen und aus Biberach und selbstverständlich meine Tübinger Kollegen herzlich willkommen heißen. Dennoch gilt vorerst, Urlaub und Wochenenden sind gestrichen und jeder muss immer erreichbar sein.«

Die Soko ging, nachdem Aufgaben und Einsätze verteilt waren, auseinander. Lott blieb an seinem Schreibtisch und machte sich ein paar Notizen. Die Pressekonferenz stand ihm noch bevor. Als er damit fertig war, wollte er zur Datenstation. Auf dem Weg dorthin traf er Evelyn. Sie plauderte übers Wetter. Von ihrer E-Mail und von Lotts Antwort sagte sie nichts.

33

Raimund Nüssle stand auf der Rialtobrücke und schaute auf den Canal Grande herunter. Eigentlich müsste ich auf der Seufzerbrücke stehen, über die einst die Delinquenten in die Verliese geführt wurden, dachte er und belächelte im selben Moment den Gedanken. Er fühlte sich erleichtert. Auf eine ganz ungehörige Art zwar, aber erleichtert; und während die Sterne am Nachthimmel vagabundierten, konnte er einen Anflug von Zufriedenheit nicht von sich weisen,

Schwer genug war alles gewesen. Er hatte erst überlegt, mit dem Zug anzureisen. Die Züge bringen einen bis ins Herz der Stadt, und man kann gleich vom Hauptbahnhof aus einen Vaporetto besteigen, um bis zu seinem Hotel weiterzufahren, hieß es in einem Werbeprospekt der Bahn. Aber dann hatte er sich doch entschlossen, mit dem Wagen zu fahren. Mit dem Wagen konnte er jederzeit umkehren. Alles rückgängig machen. Am Brenner war er nahe dran, es zu tun. Aber dann war er doch, wie in Trance, weitergefahren. Trento–Verona–Modena. Er war den Hinweisschildern gefolgt, bis er sich schließlich auf der Piazzale Roma auf Tronchetto befand.

Es war verrückt gewesen, ohne Hotelbuchung hierherzureisen. Aber dann war er einfach über den Ponte della Libertà bis ins Zentrum gefahren und hatte in einem der beiden großen Parkhäuser seinen Wagen geparkt. Von dort aus hatte er im Best Western angerufen. Dass er gleich ein Zimmer bekommen hatte, hatte ihn überrascht. Schließlich würde morgen, Punkt zwölf Uhr, mit dem Engelsflug auf dem Markusplatz der Carnevale di Venezia eröffnet werden. Der Angelo wird vom Markusturm herab zum Dogenpalast schweben. Bunte Luftballons werden in den Himmel steigen, zu Livemusik und Konfettiregen.

Vermutlich hatte jemand seine Hotelbuchung wieder storniert, anders konnte sich Raimund Nüssle sein Glück nicht erklären. Eine Reihe durchaus glücklicher Umstände, dachte er.

Eine Gondel fuhr unter der Brücke durch, darin ein Maskenpaar. Es werden nicht Pulcinella und Arlecchino sein, sondern eher Japaner oder Amerikaner, vermutete Nüssle. Touristen, die den venezianischen Mummenschanz mittlerweile beherrschten. Er hatte erst gestern noch im Abendblatt gelesen, dass die Venezianer selbst, genervt durch die touristische Masseninvasion, sich ihrem Carnevale mehr und mehr verweigerten. Ihr Bürgermeister Massimo Cacciari hatte deshalb schon angedroht, künftig kein Geld mehr für das bunte Treiben rund um den Markusplatz lockerzumachen.

Nüssle stand jetzt vor einem Plakat, welches für eine venezianische Komödie von Carlo Goldoni warb, dessen Geburtstag sich in diesem Jahr zum 300. Mal jährte. Dann ging er weiter über die Mercerie zum Markusplatz. Für Februar war es erstaunlich mild. Die Winterjacke, die er anhatte, war ihm fast zu warm. Die Menschen drängten sich in den Ristorantes und Bars, andere flanierten draußen, als wäre es Sommer.

Er nahm jetzt den Weg zur Piazzale Roma. Das Hotel lag im Stadtteil Santa Croce. Morgen würde er wieder herkommen. Er hatte schließlich einen Auftrag. Er dachte an Ingrid, die in diesem Jahr Jeanette die Erste und jetzt tot war. Dass er hierhergekommen war, um eine venezianische Maske für sie zu kaufen, das war er ihr schuldig. Eine tote Prinzessin muss man ehren. Dass er eine Maske für ihr Grab kaufte, war das Mindeste.

Er schlenderte jetzt doch wie ein Tourist durch die nächtliche Lagunenstadt. In der Hotelbar trank er eine Grappa, dann ging er in sein Hotelzimmer, nahm eine Dusche und legte sich gleich ins Bett. Auf dem Nachttisch lag eine Broschüre über die Geschichte des Carnevale di Venezia. Man konnte den Text in italienisch, deutsch, englisch, französisch und japanisch lesen. Er nahm sie zur Hand: Zu den Zeiten der Serenissima war der Donnerstag vor Aschermittwoch nicht nur der eigentliche Beginn der Fastnacht. An diesem Tag wurde vor allem auch der Sieg des Dogen Vitale Michiel I. über Ulrich II. von Treven, Patriarch von Aquileia, gefeiert. Auf der Piazzetta wurden Feuerwerke abgebrannt. Jugendliche tanzten die arabische *moresca*, die jungen Burschen diesseits und jenseits des Canal Grande bauten menschliche Pyramiden, und die Metzger schlachteten als Festbeitrag Ochsen und Schweine, die ursprünglich vom Patriarchen von Aquileia jedes Jahr als Tribut gefordert worden waren.

Nüssle fächerte die Seiten weiter, als das Abbild einer Maske ihm ins Auge stach. Es war die sogenannte Moretta, eine Frauenmaske, klein, oval und aus schwarzem Samt. Sofort war ihm klar, dass dies die Maske für Ingrid sein musste.

Er löschte das kleine Licht über seinem Bett und schlief gleich ein.

Am nächsten Morgen weckten ihn die Glocken von San Marco oder die einer anderen der zahlreichen Kirchen Venedigs. Es war noch dunkel draußen. Er knipste das kleine Licht an, griff nach der Broschüre, die neben seinem Bett lag, und riss die Seite mit der Abbildung der Moretta heraus. Als er aus dem Bad kam und aus dem Fenster schaute, hatte die Dämmerung eingesetzt. Er zog sich an, nahm die Treppe, die zum Frühstücksraum führte, und suchte nach dem Tisch, der für ihn reserviert worden war. Man hatte ihm einen Fensterplatz zugedacht, und er schaute hinaus auf den kleinen, typisch venezianischen Kanal. Dann bestellte er Kaffee, Toast und ein weiches Ei. Als der Kellner das Frühstück brachte, zeigte er ihm das Bild der Moretta und fragte ihn, wo man so eine Maske kaufen könne.

»La Moretta!« Der Kellner brachte einen kleinen Schrei des Entzückens hervor. Moretta, er zelebrierte das förmlich. Als wäre es das Schlüsselwort aus einer Verdi-Oper.

»Il venditore ambulante!«

Bei einem Straßenhändler also.

»La ringrazio molto«, bedankte sich Raimund Nüssle.

»Mi e' stato un piacere«, antwortete der Kellner, verbeugte sich und ging.

Nüssle frühstückte zu Ende, dann ging er noch einmal in sein Zimmer, um sich die Winterjacke zu holen, ehe er sich auf den Weg in Richtung Markusplatz machte.

In der Nacht hatte es abgekühlt. Es war jetzt frisch, so früh am Morgen, und für venezianische Verhältnisse herrschte noch wenig Betrieb. Die Abfahrtsstelle des Linienschiffsverkehrs lag nur wenige Meter vom Hotel entfernt. Dort wartete er, bis ein Vaporetto anlegte. Er stieg ein, löste eine

Fahrkarte und blieb, da er auf Anhieb keinen Sitzplatz fand, im Mittelteil des Schiffes stehen. Er genoss die Fahrt und bedauerte, bereits wenige Stationen weiter wieder aussteigen zu müssen. Aber er war ja nicht zum Vergnügen hier. Er musste eine Maske kaufen. Die Maske, die sie La Moretta nannten.

Er schaute auf den Palazzo Ducale, dann stieg er aus und ging über die Piazza San Marco. Dabei dachte er an Ingrid und daran, wie er mit ihr den Campanile, den Markusturm, bestiegen hatte, um von dort aus auf die Stadt zu blicken. Sie hatte dabei Lord Byron zitiert: »Ich sah die Stadt dem Meer entsteigen, gleich einem Schatz von Zauberhand gehoben.« Den Satz hatte sie in einem Stadtführer entdeckt und gleich behalten. Und sie machte ihn zu ihrer eigenen Liebeserklärung an die Stadt.

Raimund Nüssle verließ den Platz und bog in die Mercerie ein. Die Kaufleute waren gerade dabei, einen Teil der Waren vor ihren Geschäften aufzubauen. Als er einige Minuten gesucht hatte, entdeckte er einen Laden mit Karnevalsmasken und fragte dort nach der Moretta. Die Verkäuferin legte ihm zwei zur Auswahl vor. Eine weiße und eine schwarze Moretta. Nüssle entschied sich für schwarz. Schließlich war es eine Trauermaske, eine Maske für den Tod. Er bezahlte 79 Euro. Als er wieder draußen war, klingelte sein Handy. Er schaute aufs Display. Es war die Nummer von Gudrun Felgenhauer. Er nahm ab und meldete sich.

Ohne zu fragen, wo er sich gerade befand, sagte sie: »Bitte komm, so schnell es geht. Ich brauche dich jetzt.«

34

Die Pressekonferenz war, zu Mollenkopfs Überraschung, ohne Vorwürfe, ohne Häme und überhaupt ohne Zwischenfälle über die Bühne gegangen. Die Journalisten hatten keine ärgerlichen Fragen gestellt, waren weitgehend kooperativ gewesen und hatten nur auf die Äußerung des Zunftmeisters der Ulmer Narrenzunft, dass sie nicht wieder wie beim Irak-Krieg ihre Fasnet abblasen würden, etwas brüskiert reagiert.

Als der Zunftmeister aber betonte, ihr »Zong-raus« wäre jetzt neben Gruß auch eine Aufforderung, es den Fasnetsverderbern, allem voran dem GaugaMa-Mörder, zu zeigen, hatte er die Gunst der Medienvertreter wieder im Fluge erobert. Schließlich war zu hoffen, dass der für neue Schlagzeilen sorgen konnte.

Dass man die Mithilfe der Bevölkerung nicht aktiv bewerben und auch von einer Belohnung als Anreiz absehen wollte, stieß auf ein vages Verständnis. Was nicht ist, kann ja noch werden, oder: Nach der Pressekonferenz ist vor der Pressekonferenz.

Lott schlich an seinen Schreibtisch. Ihm war nach einer Quarantäne zumute. Draußen schneite es wieder. Er schlug die aktuelle Zeitung auf und las, dass die Pfuhler Seejockel ihren Präsidenten mit sofortiger Wirkung losgeworden seien. Er sei eine Spaßbremse und außerdem ein Reingschmeckter, der noch nicht einmal in Pfuhl wohne.

Lott blätterte um: Die Prunksitzung des Kuhbergvereins war ein voller Erfolg. Garde und Showtänze vom Feinsten, jede Menge Klamauk, und das fünf Stunden lang. Außerdem waren Großkreuze und Verdienstorden am Bande verliehen worden.

Fünf Stunden Faschingsunterhaltung, das war zweifellos grenzwertig. Und erforderte Ausdauer. Aber der Fasching geht weiter, dachte Lott, so wie ein Krieg nicht beendet wird, nur weil es Tote gab. Der Gedanke ließ ihn nicht los, dass da bei einem etwas aus dem Ruder gelaufen war. Etwas, was so nicht geplant war. Und dass der Mörder des GaugaMa und vielleicht auch der des Prinzenpaares durch jedes nur erdenkliche Raster fallen würden. Nie straffällig geworden, in keiner Kartei registriert. Ein ganz normaler Bürger!

Im Falle des Prinzenpaares konnte es sich freilich um eine Beziehungstat handeln, die nichts, oder nur am Rande mit dem Fasching zu tun hatte.

Aber dann dachte Lott, dass es irgendeinen Punkt geben musste, von dem aus man alles rekonstruieren könnte.

Die Mitglieder des Ulmer Karnevalsvereins hatte man bereits überprüft, wie auch die der Ulmer Narrenzunft. Nirgendwo waren Auffälligkeiten festgestellt worden. Aber vielleicht hatte man die auch einfach übersehen? Oder waren diese Faschingstoten nur eine falsche Spur, die der Täter gelegt hatte, um das wirkliche Motiv zu vertuschen? Im Fall des Prinzenpaares denkbar, aber beim GaugaMa? Das konnte ja nur einer aus der Maskengruppe selbst gewesen sein. Der Bescheid wusste, Zugang zu dem Kostüm hatte. Und so weiter.

Lott notierte sich die nächsten Ermittlungsschritte, dann rief er Petra Mai an.

»Ich wollte dich auch gerade anrufen«, meldete sie sich, noch ehe er etwas sagen konnte. »Es gibt Neuigkeiten. Raimund Nüssle ist an der italienischen Grenze festgenommen worden. Allerdings behauptet er, auf dem Weg nach Hause gewesen zu sein.«

Ein paar Minuten später stand sie in seinem Büro und kam gleich zur Sache: »Raimund Nüssle ist, seinen Angaben nach, in Venedig gewesen. Angeblich hat er diese Fahrt im Gedenken an seine ermordete Geliebte unternommen. Und er hat ihr fürs Grab ein Souvenir mitgebracht. Und weißt du was?«

Lott schüttelte ungeduldig den Kopf. Er hasste diese Art von Fragen.

»Stell dir vor: Eine venezianische Maske, direkt vom Carnevale di Venezia.«

Lott horchte auf. Nicht weil Petra so fremdsprachlich gewandt daherredete. Was ihn hatte stutzig werden lassen, war die venezianische Maske. Zweimal war bisher eine Maske dieser Art in den Ermittlungsberichten aufgetaucht. Einer der beiden Buben glaubte, sie beim Täter erkannt zu haben. Und in Lohners Tatortbericht war eine erwähnt: Irgendjemand mit einer venezianischen Maske hatte an der Tür des Roncalli-Hauses gestanden, als das Prinzenpaar sterbend auf die Bühne kam. Und der hatte einen markerschütternden Schmerzensschrei von sich gegeben.

»Was ist?«, unterbrach Petra seine Überlegungen.

»Die Maske«, sagte Lott. »Sie taucht jetzt bereits zum dritten Mal auf.«

Lott blätterte in den Aufzeichnungen von Lohner und suchte die besagte Stelle heraus. Als er diese und später die Aussage des verletzten Narrenbuben seiner Kollegin gab, schaute sie ihn unbeeindruckt an.

»Wir müssen die beiden Jungen noch einmal befragen«, meinte Lott. »Vielleicht ist der zweite Junge, der damals noch im Koma lag, inzwischen so weit, dass wir auch ihn zur Sache vernehmen können.«

Lott setzte sich in dem Dienstwagen, den Petra sich hatte bereitstellen lassen, auf den Beifahrersitz und ließ sie fahren. Sie wählte den Weg über die Heilmeiersteige, da auf der B 10, dem eigentlich kürzeren Weg zur Uniklinik, eine Baustelle einen zwei Kilometer langen Stau verursachte.

An der Pforte der Universitätsklinik erkundigten sie sich nach den Kindern und erfuhren, dass beide Jungen inzwischen auf der Normalstation lagen. Der Stationsarzt, den sie aufsuchten, hatte keine Bedenken gegen ihre Absicht, die Jungen einer Befragung auszusetzen. Er begleitete zwar die beiden Kriminalbeamten und blieb eine Weile im Krankenzimmer, um den Verlauf des Gesprächs zu beobachten. Als er jedoch keine negativen Auswirkungen bei den beiden Jungen feststellen konnte, verabschiedete er sich.

Die Mütter der beiden Kinder waren bei ihnen. Beim letzten Mal hatten die Eltern von Patrick noch das Fasnetshäs getragen. Lott dachte, dass ihnen die Lust an der Fasnet wohl mittlerweile vergangen sein dürfte.

»Ihr werdet sicher nicht gerne an das erinnert, was man euch angetan hat«, begann Petra die Befragung. »Aber es ist wichtig für uns, alles zu erfahren, an was ihr euch erinnern könnt, um den Täter zu finden.«

»Mei Vadder haut'n tot, wenn er'n verwischt«, sagte Patrick.

»Ond meiner ao«, echote Bastian.

»Patrick, dich habe ich ja schon gefragt, als ich das letzte Mal hier war. Ist dir noch etwas eingefallen?«, fragte Lott.

Patrick schüttelte den Kopf. »Noi, bloß an die komische Mask, die koi richtiga Fasnetsmask war. Von der han i sogar träumt.«

»An die kann i mi ao erinnra«, fiel ihm Bastian ins Wort, »aber sonscht ao an nix.«

»Würdet ihr diese Maske auf einem Foto wiedererkennen?«, fragte Petra.

»Auf jeden Fall«, antwortete Patrick.

»I ao«, schloss sich Bastian an.

»Wenn wir das nächste Mal kommen, bringen wir ein paar Bilder von Masken mit. Vielleicht ist dann die gesuchte ja dabei.«

»Moinat Sie, Sie fendat den Kerle?«, fragte Bastian Petra.

»Das versprechen wir euch«, antwortete Petra und zwinkerte ihnen dabei optimistisch zu.

Die beiden Mütter waren die ganze Zeit über still dagesessen. Jetzt ging Patricks Mutter auf Petra zu, nahm sie zur Seite und fragte, abseits von den Jungen: »Kann des derselbe sei, der den GaugaMa ...?«

»Mir hends em Radio g'hört«, ergänzte Bastians Mutter, die ihr gefolgt war,

Petra antwortete: »Es gibt derzeit keine Hinweise dafür. Aber vielleicht hilft uns die Aussage der Kinder ja weiter.«

Lott und seine Kollegin verabschiedeten sich. Es brauchte eine Weile, bis sie in dem Wirrwarr der Klinikgänge den Ausgang fanden. Auf dem Weg zum Parkplatz kamen sie an einem Teich vorüber, in dessen Mitte eine Skulptur in der Art von Niki de Saint Phalle über dem Wasser thronte. Sie nahmen sich vor, die auffällige Statue sich als eine Art Orientierungspunkt einzuprägen, um sich besser zurechtzufinden. Am Parkplatz angekommen, fragte Petra: »Was ist mit Raimund Nüssle?«

»Den werden wir morgen vernehmen«, antwortete Lott.

Sie fuhren zum Neuen Bau zurück, wo Evelyn sie bereits mit den Berichten der Kollegen erwartete. Sie schaute Lott an, als wäre sie hungrig nach seinen Blicken. Petra bemerkte es und schaute nun ihrerseits fragend zu Lott. Der aber schwindelte sich rasch hinter die neuen Akten.

Als Petra gegangen, Evelyn aber noch im Raum war, versicherte ihr Lott, dass auch in der kommenden Nacht regelmäßig eine Streife vorbeischauen würde.

»Ich werde heute bei einer Freundin übernachten«, sagte Evelyn und berührte dabei sanft das Revers seiner Jacke.

»Dann muss ich mir ja keine Sorgen machen!«

»Heute Nacht nicht«, sagte Evelyn und ließ Lott mit seinen Akten allein.

Lott las die Aussagen der Leute durch, die zur fraglichen Zeit in der Nähe des Westplatzes eine einzelne Person in einem GaugaMa-Kostüm gesehen hatten. Die Aussagen ähnelten sich wie ein Ei dem andern, brachten die Ermittlung aber nicht weiter.

Der GaugaMa war am Westplatz ausgestiegen, aber niemand hatte beobachtet, in welche Richtung er geflohen war. So oft er die Berichte auch durchlas, er fand nicht den Ansatz einer neuen Spur. Zwei Stunden später rief er Ilona an. Er bat sie, sich um Abbildungen von venezianischen Masken zu kümmern. Sei es im Internet oder in der Bibliothek oder sonst wo. Dann spürte Lott, dass sein ganz persönlicher Akku leer war. An Arbeit war da nicht mehr zu denken. Er musste Kraft tanken und neu starten. Morgen, in aller Früh.

Obwohl es schneite, fuhr Lott in der Nacht noch nach Hause. Er wollte nicht wieder in Brauchles Bett schlafen. Außerdem musste er Nils Bacherle sprechen. Dr. Nils Bacherle war Kriminalpsychologe bei der Landespolizei und für Hilbinger eine Koryphäe unter den Kriminalpsychologen.

Vielleicht gab es Persönlichkeitsstrukturen, anhand welcher man den Kreis der Verdächtigen einengen konnte und die auf die Identität des Täters hinweisen konnten. Lott dachte an die beiden Buben und daran, dass Psychologen die Glaubhaftigkeit von Kindern heute relativ genau beurteilen können. Seine Kenntnisse waren grob durchgestochen. Wenn eine Ehefrau vorsätzlich getötet wurde und Raub oder ein Sittlichkeitsdelikt ausscheidet, dann kommt in erster Linie der Ehemann, in zweiter Linie der jetzige oder frühere Geliebte der Ermordeten als Täter in Frage. Im umgekehrten Fall, wenn also der Ehemann ermordet aufgefunden wird, ist allerdings, statistisch gesehen, nicht die Ehefrau die Hauptverdächtige. Das war's aber dann auch schon mit Lotts Psychologiekenntnissen. Alles andere war Intuition, war Bauchgefühl bei ihm, das sich immer dann meldete, wenn er faktisch nicht weiterkam.

Noch vor Blaubeuren hörte es auf zu schneien. Die Straße war frei, der Asphalt weiß vom Salz, das in den letzten Wochen gestreut worden war. Der Mond hing als abnehmende Sichel über den Albwäldern.

Dank der Straßenverhältnisse konnte er seinen Überlegungen nachhängen. Kurz vor der Uracher Steige rief er Elli an. Er sagte ihr, wo er sich gerade befand und dass er unterwegs nach Hause sei. Sie freute sich und fragte, was er essen wolle.

»Mach dir keine Umstände«, sagte Lott. »Also bis bald.«

Er drückte das Gespräch weg und konzentrierte sich auf die Straße, die in Serpentinen abwärts ins Tal führte. Als linker Hand der Sportplatz auftauchte, war er unten angekommen. Der Sportplatz, das war immer sein Zeichen. Ab hier konnte er entspannt durch die Stadt fahren. Urach mochte er. Wenn er die schlafenden Häuser betrachtete, hatte er immer dieselbe Vision: Ein Verbrechen ist hinter diesen Mauern nicht möglich.

Er fuhr aus der Stadt, am Kurgebiet vorbei, und dachte an Evelyn. Aber bald hatte Frieda Rampf die Holl-Hexe verdrängt. Abwesend konnte Frieda ihn schon erregen. Aus der Distanz konnte er ihre Bewunderung auskosten. Und von ihrem Begehren nicht genug kriegen.

Daheim warteten Flaubert mit hündischer Ergebenheit und Elli mit Schmalzgebackenem auf. Seit der Lesekreis sich aufgelöst hatte, war Backen ihre Passion. Wenn auch nur eine unter anderen. Lott versprach, später von ihrem heutigen Produkt zu kosten, erst aber brauche er etwas Handfestes.

Elli machte ihm in der Küche zwei belegte Brote mit Wurst. Als sie ins Wohnzimmer kam, saß er mit Flaubert bereits vor dem Fernseher und schaute eine Fastnachtssendung aus Franken an. Elli bat um einen Programmwechsel. Auf 3sat lief gerade: *Ungelöste Kriminalfälle*. Elli musste grinsen, aber Lott kannte das schon und begann, über seine Müdigkeit zu klagen.

Er ging ins Bad und anschließend gleich ins Schlafzimmer, während Flaubert auch ohne Karnevalsprogramm auf dem Sofa liegenblieb. Elli machte noch einen Rundgang durch die Wohnung und legte sich dann, mit einer vagen Hoffnung auf Erfüllung, zu ihrem Mann. Der jedoch führte seine Müdigkeit ins Feld und hielt damit ihre Wünsche auf Abstand.

»Wenn du morgen ohnehin beim Psychologen bist, erzähl ihm von deinem Problem«, bat sie.

Lott versprach es. Damit sie irgendwann wieder gesättigt das Licht löschen konnte.

35

Dr. Nils Bacherle war ein Mann Mitte vierzig. Mittelgroß mit muskulösem Oberkörper, braun gebrannt, und das im Februar. Er hatte dunkelbraunes, welliges Haar, gerade so lang, dass es die Ohren bedeckte, aber noch als ordentliche Frisur durchging.

Lott war ihm öfter einmal begegnet, aber er hatte ihn bislang noch zu keinem Fall hinzugezogen.

Es war neun Uhr. Bacherle bat ihn herein und begrüßte ihn mit einem etwas zu kräftigen Händedruck. Lott sollte ihm gegenüber Platz nehmen, so dass sie allein ein faszinierend aufgeräumter Schreibtisch noch trennte.

Dr. Nils Bacherle kam gleich zur Sache: »Ich habe mich bereits in die Fälle, wegen denen wir hier zusammensitzen, eingelesen, wobei wir es, das ist mein erster Eindruck, mit zwei Tätern zu tun haben dürften. Der Mord an dem Prinzenpaar und der Mord an dieser Fasnetsfigur, diesem Gauga-Ma, und möglicherweise der Übergriff an den beiden Kindern, tragen jeweils eine andere Handschrift. Giftmord und Totschlag mit Ertränken bringe ich nicht unter einen Hut. Es muss also mindestens zwei Täter geben.«

»Aber was ist das Motiv für die Taten? Das ist das Rätsel, vor dem wir stehen«, warf Lott ein.

»Beim gewaltsamen Tod des Prinzenpaares könnte das Motiv ganz einfach gestrickt sein: Eifersucht. Die Ehefrau rächt sich an ihrem Mann und dessen Geliebter, oder umgekehrt rächt sich der Lebenspartner an seiner Partnerin und an deren Geliebten. Dasselbe Motiv. Eifersucht, die sich zur Rache gesteigert hat und schließlich zum Mordvorsatz mutiert ist.«

»Und wenn wir das ausschließen, wenn das Motiv im Karneval selber begründet liegt? Wenn der Mord an dem Gauga-Ma nur eine Reaktion auf den Mord an dem Prinzenpaar ist?«

»Dann haben wir ein ganz ähnliches Motiv. Auch hier würde sicherlich Eifersucht eine gewisse Rolle spielen. Missgunst und Neid. Verletzte Eitelkeit. Menschen, die sich im Alltag eher mehr unterordnen müssen als andere, spielen im Karneval oder in der Fasnet vielleicht eine bedeutende Rolle. Für ein paar Wochen im Jahr sind sie bedeutsam. Und das zeigen sie dann besonders gerne und unverstellt. Auf einfache Weise winken so Anerkennung und Eitelkeit. Plötzlich ist man wer! Nennen wir es: Karnevalistische Sehnsuchtserfüllung. In Köln und anderen Hochburgen sicher nicht ungewöhnlich, bei uns, denke ich, eher selten. Aber auch hierzulande gockeln in den Karnevalsvereinen die Männer in ihren Operettenuniformen und stecken sich Fasanenfedern an die Mütze und halten sich für prominent und illuster. Und der

Blechorden an der Brust, zum Rittmeister der Reserve befördert, erfüllt so manchen Geehrten mit Stolz.«

Lott lächelte. Er dachte an die karnevalistischen Sendungen im Fernsehen. Wie ernst die ihre Sache nahmen. Und er dachte an das Prinzenpaar aus Oberelchingen, das sich mit Sissi und ihrem Kaiser Franz Josef verglichen hatte, deren Beliebtheit sie anstrebten.

»Dieses Phänomen«, fuhr der Kriminalpsychologe fort, »wurde in Köln in psychologischen Selbstversuchen erforscht.«

Dr. Bacherle reichte Lott einen Ausschnitt aus einem Artikel, der vor einigen Jahren veröffentlicht worden war.

Lott las. Die Redakteurin nahm bei ihrem Selbstversuch sogar eine wundersame Körperverwandlung an sich wahr. Unter Anspielung auf ihre Körpergröße von 1,59 Metern schrieb sie: *Geschichte einer Zwergin, die auszog, um groß zu werden.* Groß, weil die Zwergin plötzlich anfing zu wachsen: innerlich und äußerlich. Mit jedem Meter, den sich der Wagen vorwärtsbewegte, kam sie dem Himmel ein Stück näher. Jede Sekunde, in der ihr die Zuschauermassen »Kamelle« zubrüllten, fühlte sich die Kleine größer. Denn sie, die Zwergin, war an einem Rosenmontag die Königin über die Kamelle geworden.

Lott gab Bacherle den Artikel zurück.

»Das mag für Köln zutreffen, aber für Ulm? Außerdem glaube ich, dass diese Eitelkeiten bei der Fasnet doch wegfallen, die verstecken sich ja förmlich hinter ihren scheußlichen Larven.«

»Gewiss, es sind andere Sehnsüchte, die hier befriedigt werden wollen. Aber sie sind für die Mitmachenden genauso bedeutend«, antwortete der Kriminalpsychologe. »Die Masken legitimieren hier häufig, was die Gesellschaft sonst ahndet: Das Verweigern von Zivilisation zum Beispiel. Alles in allem suchen Menschen in dieser fünften Jahreszeit, egal ob sie nun dem Karneval oder der Fasnet verbunden sind, aus einer Reihe diverser Sehnsüchte die ihren zu befriedigen. Sei es die Sehnsucht nach Rollentausch oder nach Schmuck und Prunk. Nach Rausch oder Exotik. Lust auf Vulgäres und Obszönes kann ebenso eine Rolle spielen wie die Lust darauf, Kind zu sein. Und da ist freilich vor allem die Sehnsucht nach Erotik, die einem im Alltag versagt bleibt.«

Bei dieser Sehnsucht dachte Lott plötzlich an Elli und daran, was er ihr versprochen hatte. Er würde das noch vorbringen, ganz zuletzt, wenn das andere abgeschlossen war.

Noch lagen ihm ermittlungstechnische Fragen am Herzen. Und er wollte wissen, welches Täterprofil man erstellen könne.

»Wenn das Motiv wirklich im Karneval und der Fasnet und nicht anderswo begründet liegt, muss man auf Auffälligkeiten achten. Wer ist mehr als der andere engagiert, wer zeigte sich schon in der einen oder anderen Sache fanatischer als andere? Hier könnte man ein Raster anlegen.«

»Die Anhänger der Fasnet und die Karnevalisten stehen, gerade in unserem Landstrich, häufig in Konkurrenz zueinander. Wie weit könnte so ein Konkurrenzdenken ausarten?«

»Wir kennen handfeste Auseinandersetzungen unter Fans im Sport und natürlich in der Politik. Aber wie im Sport dürften auch im Karneval beziehungsweise der Fasnet die Vereine nicht für derartige Ausschreitungen verantwortlich sein. Allenfalls Sektionen innerhalb der Vereine, hier wie dort, die sich in irgendeiner Form bekämpfen.«

»Halten Sie es wirklich für möglich, dass sich die ganze Sache zu einem wahren Faschingskrieg ausweiten kann?«

»Ehrlich gesagt: Nein. Aber wenn mir jemand vor zwanzig Jahren gesagt hätte, dass Schüler, die eine relativ harmlose Demütigung über sich ergehen lassen mussten, gleich die ganze Schule in die Luft jagen werden, hätte ich ihn ausgelacht. Aber die Welt scheint immer narzisstischer zu werden. So ist bei Jugendlichen zu beobachten, dass ihnen die eigentliche Gewalttat nicht so wichtig ist, wie dabei gefilmt zu werden.«

Lott nickte zustimmend. Zu dieser Erkenntnis war er selbst auch schon gekommen.

Der Kriminalpsychologe schloss das Gespräch mit der Bitte ab, in dieser Sache auf dem Laufenden gehalten zu werden.

Schon wollte er Lott die Hand reichen, als dieser sagte: »Darf ich Sie in einer ganz persönlichen Sache um Rat bitten?«

Dr. Bacherle lehnte sich tief in seinen Chefsessel zurück und bat mit einer freundlichen Handbewegung um Lotts Anliegen.

»Ich habe Erektionsprobleme«, gestand Lott und wollte dabei so emotionslos wie nur möglich wirken.

»Seit wann?«

»Das ist es ja, exakt seit dem Neujahrstag.«

»Irgendein Anlass, der dazu geführt haben könnte?«

»Nicht dass ich wüsste.«

»Kann eine ernste Krankheit die Ursache sein? Wie Diabetes oder Angina pectoris zum Beispiel? Haben Sie das abgecheckt?«

Lott überlegte, wann der Maichel Bernd ihn zuletzt gründlich untersucht hatte. Das war nun auch schon wieder eine Weile her. Aber so lange nun auch wieder nicht.

»Ich kann mir das nicht vorstellen«, antwortete Lott.

»Sie sollten das aber, um auf der sicheren Seite zu sein, bald abklären lassen.«

Lott nickte.

»Gab es in den letzten Monaten ein außergewöhnliches Ereignis, das Sie, vielleicht ganz unterschwellig, verdrängt haben, das aber zu einer Art Trauma geführt haben könnte?«

Lott dachte nach. Er dachte an Hermann Törner.

»Aber das liegt länger zurück«, antwortete er. »Das war im vergangenen Sommer, als der Mörder der beiden Vereinspräsidentinnen seine Waffe auf mich angelegt hat ... und wäre damals meine Kollegin nicht gewesen ...« Lott sprach den Satz nicht zu Ende.

»Was war danach?«

»Nichts. Wochenlang nichts. Erst Ende November hat es angefangen, dass Hermann Törner Nacht für Nacht in mein

Schlafzimmer kam. Immer mit gezückter Pistole. Alpträume, die mit der Zeit immer quälender wurden.«

Dr. Bacherle legte die Stirn in Falten, wie ein Bassett, und sagte eine Weile nichts.

»Wann hatten Sie zuletzt diesen Traum?«

»Am 4. Februar.«

»Das wissen Sie so genau?«

»Am Dienstag darauf begann für mich die Ermittlung im Prinzenpaarmord. Seither hat mich Hermann Törner verschont, aber eine Erektion ist auch ausgeblieben.«

»Es hat ja auch Wochen gedauert, bis sich das Trauma Hermann Törner körperlich bei Ihnen festgebissen hat. Also kann es genauso lange dauern, bis der Körper es wieder loslässt«, meinte Bacherle und diagnostizierte: »Der Lauf einer Pistole steht für den erigierten Penis. Er ist hart, aber für Sie eben auch tödlich. Also muss der Lauf der Pistole nach unten hängen, schlaff wie ein Penis, nur so kommen Sie mit dem Leben davon und sind außer Gefahr.«

Lott lächelte. Es war ein Lächeln, welches Zweifel barg, aber auch ein Lächeln, das unsicher über die Lippen huschte, als hätte da einer unerlaubt in seinem Inneren geblättert.

»Es klingt logisch, und doch, ich kann es mir ... ach, ich kann mir einfach keinen Reim darauf machen. Der Lauf einer Pistole als Phallussymbol.«

»Ist das so abwegig?«, hakte der Kriminalpsychologe nach.

»Natürlich nicht, eher zu offensichtlich.«

»Dinge, die auf der Hand liegen, sind, auch wenn wir sie oft nicht sehen oder nicht wahrhaben wollen, immer offensichtlich. Arbeiten Sie mit dem Symbol. Sie müssen Hermann Törners Waffe nicht durch Ihre Impotenz entschärfen. Es gibt andere Mittel, um diesen Kerl ein für allemal loszuwerden. Aber gehen Sie sicherheitshalber auch zu Ihrem Hausarzt. Damit wir, wie gesagt, auf der sicheren Seite sind.«

Lott musste zugeben, er war beeindruckt. Er drückte Dr. Nils Bacherle fest die Hand und bedankte sich.

»Wir hören voneinander«, sagte der.

Derart gestärkt schaute Lott zu Frieda Rampf in die Datenstation, als wollte er, mit gedächtnisloser Lust, noch einmal von vorne beginnen. Während sie, ohne sich ablenken zu lassen, auf den Bildschirm stierte, auf der die Nachricht eines Suizids irgendwo im Markgräfler Land ihre ganze Aufmerksamkeit in Anspruch zu nehmen schien.

»Ich wollte nur Hallo sagen«, entschuldigte Lott sein Erscheinen.

»Hallo«, sagte Frieda schmollend. Dann schien der Suizid im Markgräfler Land wieder im Fokus ihres Interesses zu stehen.

Lott entfernte sich leise. Nahm dann immer zwei Treppen auf einmal, stieg in seinen Wagen und fuhr Richtung Autobahn.

Noch vor der Auffahrt rief er im Neuen Bau an. Lina nahm das Gespräch entgegen. Lott instruierte sie dahingehend, dass sie die nächste Dienstbesprechung um zwei Stunden verschob, er sei noch mit dem Kriminalpsychologen im Gespräch.

Danach rief er in der Praxis von Dr. Bernd Maichel an.

»Kann ich gegen Mittag noch einen Termin bekommen?«

Die Sprechstundenhilfe musste nachfragen. Es dauerte etwa zwei Minuten, bis sie sich wieder meldete: »Der Herr Doktor kann Sie einschieben«, sagte sie, »kurz vor Mittag.«

Er fuhr auf die Autobahn. Der Verkehr war mäßig. Lott drückte das Gaspedal durch, bis seine Geschwindigkeit sich bei 140 km/h eingependelt hatte. In diesem Tempo fuhr er durch bis Ulm.

Als er vor der Praxis parkte, setzte gerade das Zwölfuhrläuten der Söflinger Kirche Mariä Himmelfahrt ein.

»Wenn Sie noch einen Moment im Wartezimmer Platz nehmen ...«

Lott setzte sich und nahm die Tageszeitung zur Hand. Außer ihm wartete niemand. Nach ein paar Minuten bat die Arzthelferin ihn ins Behandlungszimmer. Kaum hatte sie aber die Tür hinter sich geschlossen, wurde sie schon wieder geöffnet und Maichel stürzte herein.

Er schüttelte Lott herzlich die Hand.

»Ich hab schon gehört, dass du wieder auf Mörderjagd bist. Macht dir die Hüfte wieder Probleme?«

»Ein Rezept für die Tabletten in der grünen Schachtel wäre nicht schlecht«, antwortete Lott.

»Kein Problem. Und sonst? Was kann ich noch für dich tun?«

Lott war froh, dass der Maichel Bernd nicht nur sein Hausarzt, sondern auch sein ehemaliger Schulfreund war. Da fiel es ihm leichter, über ein Problem wie seine Impotenz zu sprechen.

Er musste sich freimachen und sich hinlegen, damit Maichel ihn auf Herz und Hoden untersuchen konnte.

»Alles gut so weit, aber wir machen noch ein großes Blutbild. Komm doch die nächsten Tage einfach morgens nüchtern vorbei. Das geht ganz flott, da musst du nicht warten.«

Als Lott dabei war, sich wieder anzuziehen, erzählte er ihm, was Dr. Nils Bacherle als Ursache seiner Erektionsschwäche für wahrscheinlich hielt.

»Ach Gott, die Psychologen«, sagte der Maichel Bernd und zückte seinen Rezeptblock. »Ich schlage dir vor, du versuchst es erst einmal mit einem Viagra.«

Lott errötete: »Das ist mir peinlich«, sagte er. »Wenn ich damit in eine Apotheke gehe ...«

Der Maichel Bernd fegte Lotts Bedenken mit einer wegwerfenden Handbewegung vom Tisch: »Das Vardenafil nennt sich Levitra. Was sich dahinter verbirgt, wissen nicht einmal meine Mädchen an der Rezeption.«

Lott nahm das Rezept entgegen. Die beiden Schulfreunde lachten miteinander, dann schauten sie sich siegesbewusst in die Augen und gaben sich als Verschwörer gegen den männlichen Verfall.

Lott verabschiedete sich. Im Wagen las er den Namen auf dem Rezept. Dann nahm er sich vor, gleich das angebliche Wundermittel zu besorgen, bevor er diesen Schritt noch länger vor sich herschob. Aber nicht in Söflingen. Söflingen, das war Kindheit und Jugend. Das war unausgeschöpfte Potenz, die viel zu selten zum Zuge gekommen war. In eine Söflinger Apotheke zu gehen, um sich ein Viagra zu holen, käme einer Kapitulation gleich.

Lott fuhr die Straßenbahnschienen entlang in die Innenstadt und parkte seinen Wagen im Hof der Polizei.

Bis zur Dienstbesprechung war noch reichlich Zeit. Also konnte er den Apothekenbesuch noch erledigen. Er nahm den Weg zur Platzgasse und zu der Apotheke, die ihm schon immer sympathisch war. Vielleicht, weil sie von einem schon älteren Ehepaar betrieben wurde und er die Einrichtung, abgesehen von der Registrierkasse, auf das späte 19. Jahrhundert schätzte.

Er hielt das Rezept in der Hand und las: Levitra. Das klang nun wirklich unverfänglich und überhaupt nicht nach Viagra. Vielleicht wusste nicht einmal die junge Apothekerin, die gerade einen anderen Kunden bediente, was sich dahinter verbarg. Und schon gar nicht der alte Apotheker, der gewiss auf die achtzig zuging und der ihn jetzt, plötzlich aus dem Medikamentenlager auftauchend, bediente und dabei minutenlang mit dem Strichcode auf der Packung zu kämpfen hatte, weil der sich partout nicht vom Scanner einlesen lassen wollte.

Aber dann war das Prozedere geschafft und die Medikamente gingen über den Ladentisch. Lott bezahlte, der alte Apotheker bedankte sich und zwinkerte Lott, der schon am Gehen war, zu und sagte: »Viel Spaß dabei.«

Draußen betrachtete Lott seinen Einkauf. Das Medikament für die Hüfte, eine N2 Packung mit 50 Tabletten, hatte 19,95 Euro gekostet. In der Levitraschachtel befanden sich gerade einmal 4 Filmtabletten. Vier Tabletten entsprachen acht Anwendungen. Der Preis dafür betrug über 60 Euro. Finanziell aufwendig, dachte Lott, doch wenn sie wirkten, wollte er durchaus ein gesundes Preis-Leistungsverhältnis zugeben. Wenn sie denn wirkten! Lott zweifelte nicht daran. Er vertraute im Allgemeinen der Pharmazie. Und er vertraute dem Maichel Bernd.

36

Auf dem Weg ins Präsidium lief ihm Severin Freudenberg über den Weg. Der Schauspieler, dessen Frau im vergangenen Sommer ermordet worden war, hatte sich nicht verändert. Er schien noch immer der Bonvivant zu sein, aus dem Bilderbuch des prallen Lebens entsprungen oder besser noch aus einer Seifenoper.

Sein graues Haar verdeckte wie damals die Ohren, und sein Dreitagebart verlieh ihm den Ausdruck künstlerischer Verwegenheit. Er begrüßte Lott beidhändig und ließ ihn nicht lange im Ungewissen darüber, dass er seit ein paar Wochen ein eigenes Theater betrieb, welches in der Donaubastion untergebracht war.

»Ich habe es *Emporium* getauft«, tönte der Schauspieler, »mit Sekt, wie bei einer Schiffstaufe. Nur dass der Sekt nicht an eine Schiffswand verschwendet wurde, sondern an den Stadtrat.«

»Und Ihnen geht es gut?«, fragte Lott würdig und höflich nach.

»Ich bin jetzt im Herbst des Lebens angekommen«, sagte, nein deklamierte Freudenberg. »Wenn Sie ein paar Schritte mit mir unternehmen wollen? Dann allerdings«, so formulierte er, »müssen Sie in meiner Jahreszeit spazieren gehen.«

»Wenn das möglich ist, gerne«, stimmte Lott zu.

»Ja ja, das Altern. Ein interessantes Thema! Für alle anderen, nur nicht für mich. Theater duldet kein Altern, verstehen Sie. *Forever young*, wie man heute geflissentlich sagt. Obwohl ich mich ausschließlich der griechischen Vorbilder bediene: Aischylos, Aristophanes, Sophokles.«

»Ich werde mir eine Inszenierung von Ihnen anschauen«, sagte Lott.

»Tun Sie das, mein Lieber«, bekräftigte Freudenberg, irgendwie euphorisiert, Lotts Versprechen. Dabei blieb er stehen, um noch einmal beidhändig Lotts Hände zu drücken.

»Man sieht sich!«

Damit rauschte er davon, nach links dem Münster zu oder, wie es schien, in höhere Sphären, und ließ Lott in seiner tristen Welt allein.

Im Neuen Bau wartete Raimund Nüssle bereits auf seine Vernehmung. Er saß im Verhörzimmer. Zuvor hatte Lina seine Personalien aufgenommen.

Raimund Nüssle war 34 Jahre alt, 1,86 Meter groß, blond, das Haar kurz geschnitten. Sein Körperbau war kräftig, um nicht zu sagen athletisch. Man sah es dem Körper an, dass Nüssle mindestens einmal pro Woche das Fitnessstudio besuchte.

Er drehte jetzt nicht, wie Frau Felgenhauer bei ihrer Vernehmung, Lott den Rücken zu. Auch schien es dem Kommissar, dass von Raimund Nüssle nicht diese ablehnende Haltung gegen all das, was ihn erwarten würde, ausging.

»Guten Tag, Herr Nüssle«, begrüßte ihn Lott und stellte sich ihm vor.

Nüssle erwiderte lächelnd den Gruß. Lott setzte sich ihm gegenüber. Auf dem Tisch stand ein Aufnahmegerät bereit, und Lott informierte den Tatverdächtigen darüber, dass er das Gespräch aufzeichnen würde. Dann drehte Lott das Mikrofon auf seine Seite, prüfte, ob es eingeschaltet war, und begann zu sprechen: »Beginn der Vernehmung von Raimund Nüssle, Dienstag, 13. Februar 2007, 14 Uhr. Ich erkläre Herrn Raimund Nüssle, dass gegen ihn, wegen des Verdachts auf Tötung seiner Geliebten Ingrid Hühn sowie auf Tötung von Peter Felgenhauer ermittelt wird. Ich belehre ihn darüber, dass er das Recht hat, die Aussage zu verweigern, einen Rechtsanwalt hinzuzuziehen oder Beweiserhebungen zu beantragen.«

Während Lott nun mit der eigentlichen Vernehmung begann, drehte er das Mikrofon wieder in die vorherige Stellung zurück.

»Herr Nüssle, wir hatten Sie gebeten, die Stadt nicht zu verlassen. Dennoch sind Sie nach Italien gefahren. Aus welchem Grund?«

»Ich war es meiner Inger schuldig«, antwortete Nüssle.

»Wie darf ich das verstehen?«

»Venedig war unsere gemeinsame Liebe. Ich wollte dort von ihr Abschied nehmen.«

»Sie hätten uns informieren sollen.«

»Es war eine ganz spontane Entscheidung. Hätte ich mir erst die Genehmigung dafür eingeholt, wäre ich womöglich nicht mehr gefahren.«

»Als Sie mit Frau Hühn in Venedig waren, war da die Welt für Sie noch in Ordnung, Ihre Beziehung noch intakt?«

Nüssle erweckte den Eindruck, der Frage ausweichen zu wollen. Er sagte: »Am Grab trauern, vor soundsovielen Leuten, das ist nicht nach meinem Geschmack. In Venedig habe ich unserer Liebe gedacht. Allein und in aller Stille.«

In diesem Augenblick öffnete sich die Tür und Petra Mai kam herein. Lott schaute sie strafend an. Petra wehrte den Blick mit einer entschuldigenden Geste ab und rückte einen Stuhl neben den des Kollegen. Noch bevor Lott mit seiner Vernehmung fortfahren konnte, mischte sie sich, nun Nüssle zugewandt, dessen letzter Satz ihr noch im Ohr klang, ein: »Das ist ja alles ganz rührend, aber hätten Sie damit nicht warten können, bis unsere Ermittlungen abgeschlossen sind?«

Nüssle, nun zur Kommissarin blickend, antwortete: »Wie ich bereits sagte, bin ich losgefahren, ohne dabei an Konsequenzen zu denken. Es war eine spontane Entscheidung.«

»Auch der Kauf der Maske?«, hakte Petra nach.

»Den Entschluss, eine venezianische Maske zu kaufen, fasste ich unterwegs. Es sollte ein Abschiedsgeschenk werden. Sie liebte ja den Karneval.«

Petra: »Und Sie?«

»Mit dem Karneval in Venedig hätte ich mich anfreunden können. Aber nicht mit dem Ulmer Karneval. Der besteht doch nur aus spießbürgerlichen Obszönitäten. Einmal im Jahr darf die Sau auf die Gass!«

Lott übernahm wieder: »Gab es deshalb Auseinandersetzungen?«

»Die ließen sich nicht verleugnen. Schließlich haben wir uns darauf geeinigt, dass die Karnevalsgesellschaft ihr ganz persönliches Hobby bleibt. Und wir in dieser Zeit getrennte Wege gehen.«

»Dennoch haben Sie Ihren Urlaub in die Faschingszeit gelegt?«

»Nicht freiwillig. Es war noch alter Urlaub, den ich jetzt nehmen musste.«

»Die Maske der Moretta, sagt Ihnen dieser Begriff etwas?«

»Es ist die Maske, die ich aus Venedig mitgebracht habe. Es gibt sie in weiß und in schwarz. Ich habe für Inger die schwarze gewählt.«

»Eine solche Maske fiel mehreren Zeugen auch am Mordabend im Roncalli-Haus auf.«

»Da war ich aber noch nicht in Venedig.«

Lott ließ eine kleine Pause zu, dann fuhr er fort: »Sie arbeiten in der Erbacher Firma EHK, die unter anderem Kaliumzyanid zum galvanischen Vernickeln verwendet?«

Raimund Nüssle schüttelte ungläubig den Kopf, dann antwortete er: »Natürlich! In der Härtetechnik, zur Oberflächenbehandlung von Eisenwerkstoffen kommt man ohne Kaliumzyanid nicht aus. Es sei denn, man verwendet das billigere Natriumzyanid, was wir aus Qualitätsgründen nicht tun. Aber ich habe dazu keinen Zugang. Ich sitze im Büro und bin für den kaufmännischen Bereich zuständig.«

Nun nahm Petra den Befragten in die Mangel: »Herr Nüssle, der letzte Anruf, der auf Ihrem Handy eingegangen ist, kam von Frau Felgenhauer. Ihrer ersten Aussage nach kannten Sie Frau Felgenhauer doch gar nicht.«

»Wir haben uns nach dem Tod unserer Partner ausgetauscht, haben uns einmal getroffen und darüber geredet. Ich habe ihr meine Handynummer gegeben, falls sie wieder das Bedürfnis hat, mit jemandem über das schreckliche Ereignis zu sprechen.«

Lott setzte nach: »Was war der Grund für ihren letzten Anruf?«

»Sie wollte einfach nur reden.«

Petra übernahm: »Ingrid Hühn wollte sich von Ihnen trennen. Frau Felgenhauer wurde betrogen, womöglich hat ihr Mann eine Scheidung in Erwägung gezogen, da gibt es freilich viel zu reden.«

»Das ist doch alles Unsinn!«, rief Nüssle beinahe laut und mäßigte seine Stimme mit einem Blick, der auf Lott gerichtet war. »Ich komme mir vor, als wäre ich in einem falschen Film.«

»Herr Nüssle«, nahm Petra den Faden wieder auf, »Ingrid Hühn wollte sich von Ihnen trennen, Sie haben also ein Motiv. Sie arbeiten in einer Firma, die mit Kaliumzyanid arbeitet. Sie haben also Zugang zum Tatwerkzeug, und Sie haben für die Tatzeit kein Alibi. Sie haben behauptet, Frau Felgenhauer nicht zu kennen, und erhalten auf Ihrem Handy Anrufe von ihr.«

Raimund Nüssle hielt sich die Hände vors Gesicht. Als er es wieder freigab, sagte er eindringlich, zu beiden gewandt: »Ich habe mit dem Tod meiner Inger nichts zu tun.«

Lott schwieg eine Weile, dann sagte er: »Sie können, nachdem wir Ihre Fingerabdrücke und eine Speichelprobe von Ihnen entnommen haben, gehen. Aber halten Sie sich bitte zu unserer Verfügung.«

Raimund Nüssle stand auf, nickte einen Gruß und sagte, als er schon an der Tür war: »Ich will doch auch, dass Sie den Mörder finden.« Dann wurde er von den Kollegen, die ihn erkennungsdienstlich behandeln würden, in Empfang genommen.

»Warum hast du ihn nicht dem Haftrichter vorgeführt?«, fragte Petra mit verhaltener Entrüstung.

»Was wir gegen ihn in der Hand haben, sind Vermutungen, keine Beweise. Warte doch das Ergebnis der KTU ab, vielleicht finden die ja bei Nüssle das notwendige Vergleichsmaterial.«

Lott schaute beim letzten Satz auf die Uhr und sagte der Kollegin: »Es ist Zeit für die Dienstbesprechung.«

Sie gingen gemeinsam in den Konferenzraum, wo Lohner, Ilona, die Göppinger Kommissare und Lina Bausch bereits saßen und die Ergebnisse der bisherigen Ermittlung besprachen.

Das Göppinger Kleeblatt hatte mit Ilona und Lohner die ganze Maskengruppe des GaugaMa auseinandergenommen. Ihre Berichte füllten bereits mehrere Aktenordner. Aber es kam wohl kein Mitglied nach Ansicht der Ermittlungsgruppe als Täter in Frage. Lott nahm sich vor, die Berichte noch einmal genau zu lesen. Vielleicht war etwas übersehen worden, was im ersten Moment unwichtig erschien, was sich hinterher jedoch als wichtiges Indiz erwies. Wie oft hatte er nicht erfahren müssen, dass man ein und dieselbe Sache oft zigmal betrachten musste, um das zu sehen, was man gehofft hatte zu finden.

37

Ein unangenehmer Schneeregen hatte eingesetzt. Februarwinter, dachte Lott, als er spät aus dem Neuen Bau kam, wo nur die Einsatzzentrale und der Fernschreibraum noch besetzt waren.

Er stieg in den Wagen und war noch unschlüssig, wo er diese Nacht verbringen würde. Bei diesem Wetter müsste er sich, wenn er vernünftig war, für Brauchles Wohnung entscheiden.

Aber Lott dachte nicht daran, vernünftig zu sein. Er dachte an das eigene Bett und an Elli und an Flauberts Schnauze, die ihn morgen früh aus dem Schlaf stupsen würde. Also schlug er den Weg zum Blaubeurer Tor ein, denn er wollte über den Landweg nach Hause kommen, als wäre er ein Reisender früherer Zeiten.

Er liebte es, die Orte nacheinander zu passieren, Blaubeuren, Feldstetten und Bad Urach. Die Straße ließ ihm Zeit, seine Gedanken zu ordnen. Ganz anders als die Autobahn, die einen hetzte, und auf der man mit seinen Gedanken immer schon dort war, wo man erst hinwollte. Die Landstraße war ein Verweilen im Jetzt.

Polizisten sind nur Hilfsbeamte des Staatsanwalts. Er dachte an die Verwaltungsreform und daran, dass seinerzeit zehn von vierzehn Dezernatsleitern heruntergestuft worden waren. Das war alles auch auf Kosten der Motivation gegangen. Er dachte an seine Arbeit in Tübingen, an seine Kollegen vom Dezernat für Sonderfälle, das immer mit fünfzehn bis zwanzig Leuten besetzt war, allesamt Hauptkommissare, alle im gehobenen Dienst. Und dann fiel ihm das Wort *Landjägerverfolgungskommando* ein, das sie gebrauchten, wenn es darum ging, gegen die eigenen Leute zu ermitteln.

Lott dachte an Kaliumzyanid, ein weißes Pulver, das aussah wie Gips, und an die Frau aus Dettenhausen, die sich mit einer Dosis, die für eine Gemeinde ausgereicht hätte, aus dem Leben geschluckt hatte.

Er dachte an die Nacht mit Frieda, an ihre tantenhaften Vorkehrungen, die sie getroffen hatte, und an ihre Wortwahl. *Vaginal verkehren*!

Er dachte an Evelyn, an ihren kleinen Mund, auf dem kaum ein Kuss Platz hatte. Und er dachte an den letzten Kuss, der nach Erbrochenem schmeckte.

Da lag Blaubeuren längst hinter ihm. Er kam durch Zainingen und dachte an Lisa, die so glücklich über ihre neue Aufgabe bei Thienemann war. Und er fragte sich, ob sein Beruf ihn jemals glücklich gemacht hatte oder nur das Opfer für ihn war, das man bringen musste, um das übrige Leben zu finanzieren.

Er dachte an Elli und an ihre eher krampfhafte Suche, in jeder noch so alltäglichen Arbeit einen Sinn zu finden. Ihr Lesekreis hatte sich auseinandergelesen. Sich auf ein Buch zu einigen, das dann jeder für sich, aber doch auch kollektiv las, um sich darüber auseinanderzusetzen, das war seit Merciers *Nachtzug nach Lissabon* nicht mehr ohne verbale Kämpfe zustande gekommen.

Er dachte daran, dass Elli eine Nase für fremde Frauen hatte. Jedes Untreusein würde sie förmlich riechen, aber dann so lange darüber schweigen, bis er seine Beichte ablegen würde.

Es ging nun die Uracher Steige hinab. Der Schneeregen hatte die ganze Fahrt über angehalten, und die Scheibenwischer waren nicht einen Augenblick lang zur Ruhe gekommen. So hatten sie mitgeholfen, in den Gedanken zu rühren, die ebenfalls niemals stillstehen durften.

Seltsamerweise schweiften seine Gedanken nun gänzlich ab und berührten die Einrichtung von Digitalfunkanlagen, die sehr teuer und aufwändig waren, aber so effizient, dass alle Polizeidienststellen damit ausgerüstet werden sollten, weil man damit alle auf einer einzigen Funkschiene hatte: Rettungskräfte – Feuerwehr – Polizei.

Als Lott in die Straße einbog, in der er seit etwas mehr als einem Jahr wohnte, spürte er, wie alle Gedanken in einer Art Gemütsdrainage versickerten.

Kaum in der Wohnung, ließ er sich von Flaubert das Gesicht lecken. Dass auch die Tochter für einen Abend zu Hause war, stimmte Lott heiter. Auch, dass sie es nicht lassen konnte, von ihm Stoffe für Kinderkrimis zu ergattern.

Elli hatte nach Bocuse gekocht. Lisa begnügte sich mit den Beilagen. Das blutige Fleisch, so viel wusste Lott schon beim Essen, würde ihm später schwer im Magen liegen. Flaubert dagegen hatte für jedes Fleisch, egal in welchem Zustand es sich befand, ein gattungsbedingtes Faible. Wenn es peu a peu von Herrchens Gabel zu ihm gelangte, dann war es zudem die Art der Kommunikation, die er am meisten schätzte.

Elli war den Abend über verschlossen, wenn nicht mit ihren Gedanken ganz woanders gewesen. Erst als sie im Bett lagen, klagte sie leise über Beschwerden im Unterleib. Sie hatte Walsers *Angstblüte* mitgenommen. Lesend begann sie plötzlich zu weinen.

»Was ist los?«, fragte Lott.

Elli wischte sich die Tränen aus dem Gesicht und lächelte.

»Hör zu«, sagte sie und begann vorzulesen: »*Denk an das Bad, das ausläuft. Am Schluss scheint das Wasser nicht schnell genug in den Abfluss kommen zu können. Das ist angenehmer, als wenn das Wasser sich wehren würde. Das wäre lächerlich, Wasser, das sich dagegen wehrt, verschwinden zu müssen.*«

Wieder standen Tränen in Ellis Augen.

Lott drehte sich zu ihr, legte den Arm um sie und sagte: »Du gehst morgen zum Arzt.«

Dass trotz der aufgefrischten Begierde auch ihr Körper an die Vergänglichkeit mahnte, betrachtete Lott einerseits mit Sorge, andererseits mit der Genugtuung, nicht allein diese Erfahrung machen zu müssen.

Er küsste Elli, nahm ihr das Buch aus der Hand und löschte das Licht. In dieser Nacht zeigte sich wieder einmal Hermann Törner. Da stand er dann am unteren Bettrand mit gezückter Pistole. Doch wirkte er verunsichert, als hätte er sich im Zimmer geirrt.

38

La Moretta - die klassische Maske. Ilona hatte recherchiert.

In einem alten venezianischen Sprichwort wird das Idealbild der Frau beschrieben: »Che la piasa, che la tasa, che la staga in casa – sie soll gefallen, sie soll schweigen und im Haus bleiben.« Die venezianischen Edeldamen und Frauen aus dem Volke gefielen, aber das Schweigen und das im Hause Bleiben war nicht nach ihrem Sinne. Um die Damen wenigstens für kurze Zeit zum Schweigen zu bringen, könnte die Moretta erfunden worden zu sein, da es praktisch unmöglich war, mit dieser Maske zu sprechen. An der Innenseite der Larve war ein Knopf angebracht, der zwischen den Zähnen gehalten wurde und die Maske so am Gesicht hielt. Folglich blieb die Dame stumm, woher der zweite Name der Moretta-Masken rührte: *muta* – stumm. Die Dame blieb bis zu dem Moment unergründlich, in dem sie nicht nur ihr Gesicht, sondern auch ihre Stimme enthüllte und den Avancen des Galans nachgab.

Die Venezianer waren im Europa des 16. Jahrhunderts weithin für ihre Abenteuerlust, Spielfreude und sexuelle Freizügigkeit bekannt. Die Damen waren nicht sonderlich schamhaft und verhüllten ihren Körper oft nur sparsam. Das venezianische Dekolleté war so tief, dass der Busen, dessen Höfe oft karminrot geschminkt waren, sehr verführerisch zur Schau gestellt wurde. Solche offen präsentierten Reize waren jedoch zu der damaligen Zeit derart normal und banal, dass die Damen der Gesellschaft versuchten, auf andere Weise auf sich aufmerksam zu machen. Um besonders verführerisch zu erscheinen, verdeckte die Venezianerin ihre Augen und den Mund.

Die Maske Moretta war klein und oval und bedeckte nur jene Teile des Gesichtes, welche die Emotionen und Gefühle am stärksten widerspiegelten. Sie war den Damen vorbehalten und diente nicht dazu, die Identität vollkommen zu verbergen, sondern stellte eine erotische Spielart dar.

Darunter hatte Ilona vermerkt, dass man, will man eine solche Maske kaufen, nicht nach Venedig fahren muss. Im Maske-Onlineshop gab es sie ab 59,90 Euro wahlweise in schwarz oder weiß. Außerdem wurde die heutige Moretta nicht mehr mit den Zähnen gehalten, sondern einfach festgebunden.

»Die beiden Jungen im Krankenhaus haben im Übrigen die weiße Moretta als die Maske wiedererkannt, mit der sich der Mann, der sie niedergeschlagen hat, maskiert hatte«, berichtete Petra.

Lott grübelte.

»Der Täter trägt eine Frauenmaske, doch seine Vorgehensweise ist grob, ist männlich. Was bedeutet das?«

Petra zuckte mit den Achseln.

»Der Täter weiß nicht, dass es sich bei der Moretta um eine Frauenmaske handelt«, meinte Ilona. »Es ist reiner Zufall.«

»Das glaube ich nicht«, erwiderte Lott. »Der Täter hat die Maske nicht willkürlich gewählt. Er will uns etwas damit sagen, etwas demonstrieren. Nur was?«

In den Gesichtern aller, die sich zur Dienstbesprechung der Soko 11.11. eingefunden hatten, spiegelte sich Ratlosigkeit. Man war im GaugaMa-Mord keinen Schritt weitergekommen. Aus den Ergebnissen der KTU waren keine Erkenntnisse gewonnen worden, mit denen man dem Täter auch nur ein Stück weit näher gekommen wäre. Die Tatwaffe sowie Lohners Kleidung wiesen keinerlei Spuren auf, weder Hautpartikel noch Fasern, die für einen DNA-Abgleich verwendbar gewesen wären. Selbst die Hinweise aus der Bevölkerung und die Nachbarschaftsbefragungen waren zu vage, um den Kreis der Verdächtigen so eingrenzen zu können, dass der Einsatz eines Profiler-Teams des LKA Sinn gemacht hätte.

Nach wie vor aber trafen stets neue Hinweise ein, denen man nachgehen musste. Mollenkopf wurde ungeduldig. Und forderte wenigstens detaillierte Ermittlungspläne, wenn schon keine Ergebnisse vorlagen.

»Die Felgenhauer wartet im Verhörzimmer«, sagte Petra, als wollte sie damit der trostlosen Runde einen Hoffnungsfunken spenden.

Die Soko ging auseinander, jeder mit einer Aufgabe im Gepäck.

Lott und Petra nahmen sich Gudrun Felgenhauer vor. Als Lott die Tatverdächtige im Verhörzimmer wiedersah, bemerkte er eine Veränderung in ihrem Ausdruck. Ihr Gesicht schien ihm offenerer, als wäre ein Druck, der auf ihr gelastet hatte, mit einem Male von ihr gewichen. Wenn sie jetzt zu einer Aussage bereit war, konnte das einen Durchbruch bei der Aufklärung des Prinzenpaarmordes bedeuten, sofern sie bei der Vernehmung keine Fehler machten, eben durch diese Erwartungshaltung.

Lott begrüßte Gudrun Felgenhauer. Es folgte die übliche Belehrung. Das Gespräch wurde aufgezeichnet.

»Frau Felgenhauer, meine Kollegin, Frau Mai, hat Sie bereits davon in Kenntnis gesetzt, dass weitere Verdachtsmomente gegen Sie aufgetaucht sind. Laut der Verwarnung, die Ihnen von der Stadt Neu-Ulm zugestellt wurde, waren Sie in der Mordnacht unterwegs nach Ulm.«

Frau Felgenhauer nickte. Und es schien, als würde sie jetzt alles gestehen.

»Er kam sich plötzlich so bedeutend vor in seiner Uniform. Als wäre er wirklich ein Prinz, oder zumindest ein ganz feiner Militär. Ein Monarch mit einem Püppchen. Ich existierte überhaupt nicht mehr für ihn.«

Sie lachte bitter auf. Dann fuhr sie fort:

»Der Raimund und ich, wir waren Leidensgenossen. Ich hatte ihn am Telefon, als ich eigentlich Ingrid zur Rede stellen wollte, weil mein Mann mir seine Liebe zu ihr gestanden hatte. Aber Ingrid hatte sich an dem Nachmittag bereits wieder als Prinzessin verkleidet und war nicht mehr daheim. So kamen Raimund und ich ins Gespräch. Wir verabredeten uns. Am selben Abend noch ging ich zu Raimund. Die Kinder waren bei meinen Eltern, und mein Mann und seine Prinzessin bei irgendeiner Karnevalsveranstaltung. Wir trafen uns in Raimunds Wohnung am Westplatz. Wir waren ja Leidensgenossen, denn er hing ja auch an seiner Ingrid – Inger nannte er sie immer. Die wollte den Raimund ja auch verlassen. Wir waren beide wütend. Aber dann hat sich die Wut irgendwie in Lust verwandelt. Ich existierte doch überhaupt nicht mehr für meinen Mann. Zumindest nicht als Frau, als Zofe vielleicht, die sich um Haus und Kinder kümmert. Seit Wochen hatte er mich nicht mehr angerührt. Und da war dann Raimund. Er hat mich in den Arm genommen, um mich zu trösten, und dann haben wir miteinander geschlafen.«

»Haben Sie sich in ihn verliebt, oder haben Sie nur aus Rache mit Herrn Nüssle geschlafen?« Die Frage kam von Petra.

»Verliebt, mein Gott. Ja, vielleicht. Er war sehr zärtlich. Ich weiß nicht.«

»Haben Sie sich danach noch getroffen?«

»Ja.«

»In Nüssles Wohnung?«

»Ja.«

»Und jedes Mal hatten Sie Sex mit ihm?«

»Ja, doch. Es tat gut, mit ihm zu schlafen.«

Lott übernahm wieder die Vernehmung. »Durch Raimund wäre Ihnen die Trennung von Ihrem Mann leichter gefallen?«

»Gewiss. Aber Raimund war auch ein Triumph, den ich plötzlich in der Hand hatte, gegen Peter, oder um Peter zu behalten. Aber ich habe Raimund nicht benützt, und er mich, glaube ich, auch nicht. Ich weiß eigentlich gar nichts über ihn. Wir waren immer nur im Bett und haben Sex miteinander gehabt.«

»Auch in der Nacht, als Ihr Mann zu Tode kam?«

»Als die Kinder im Bett waren, bin ich losgefahren. Es war schön wie immer. Wir haben Wein getrunken und dann ...«

»Wann sind Sie wieder nach Hause gefahren?«

»Ich weiß nicht genau. Elf oder halb zwölf war es bestimmt. Ich habe nicht auf die Uhr geschaut. Dass Peter lange nach mir nach Hause kommen würde, war klar.«

»Und Ihre Kinder?«

»Wenn die wach geworden wären und entdeckt hätten, dass ihre Mutter nicht zu Hause ist, ach, das hätten die schon verkraftet, und irgendeine Ausrede wäre mir auch eingefallen. Ich musste das einfach riskieren, wenn ich meine Bedürfnisse nicht länger vor mir selbst verleugnen wollte.«

»Was war dann?«

»Als ich in dieser Nacht nach Hause kam, habe ich auf Peter gewartet. Ich fühlte mich mutig genug, ihm meine Affäre mit Raimund zu gestehen. Vielleicht hoffte ich auch, dass es dann bei ihm wieder funkte, aus dieser Situation heraus. Also zog ich mir die schwarze Reizwäsche an, die ihn immer angetörnt hatte, und darüber nur den Mantel, den ich im passenden Augenblick ausziehen wollte. Ich wartete, trank noch ein Glas Sekt. Da läutete es. Peter hatte einen Schlüssel. Der konnte es nicht sein. Es war Ihr Kollege, der mir die Nachricht ...«

Sie sprach nicht weiter. Sie weinte. Dann schrie sie ihren Schmerz heraus: »Warum hätte ich ihn denn töten sollen? Er fehlt mir doch so.«

Petra ging zu ihr und versuchte sie zu beruhigen.

Lott ließ die beiden allein und befahl Lohner, er möge umgehend Raimund Nüssle zur Vernehmung herholen und mit dem Eingeständnis seiner Geliebten konfrontieren. Dann ging er zurück ins Verhörzimmer.

Gudrun Felgenhauer war zu einem Häuflein Asche geworden. Das Kartenhaus ihrer guten Ehe war zusammengefallen. Doch Lott war sicher, dass die Witwe, nachdem sie sich jetzt alles von der Seele geredet hatte, vielleicht nicht gerade wie Phönix aus der Asche, aber doch gestärkt aus dieser Lebenssituation herausgehen würde.

Lott beendete die Vernehmung und brachte sie zur Tür.

»Mit dieser Geschichte kann sie sich einen Platz in einem Lesebuch ergattern«, brummte Petra.

»Du glaubst ihr nicht?«

»Das sind mir zu viele Geständnisse!«

»Ich kann mir nicht helfen, ich glaube ihr«, erwiderte Lott.

Eine Stunde später lag auch Lohners Vernehmung von Raimund Nüssle auf dem Tisch. Die Aussagen stimmten überein, was nichts zu bedeuten hatte, da sie diese ja miteinander hätten absprechen können.

»Wir hatten uns hitzig geredet und sind irgendwann übereinander hergefallen. Obwohl Gudrun überhaupt nicht meinem Typ von Frau entspricht, war es unglaublich leidenschaftlich zwischen uns. Das schrie einfach nach einer Wiederholung. Schon um zu sehen, ob nur die Rache, das Heimzahlen uns so geil gemacht hatte, oder ob da doch mehr zwischen uns funkte.«

Lott las alles, was Raimund Nüssle ausgesagt hatte.

»Ich konnte Gudrun doch nicht bloßstellen.«

Dann ging er noch einmal in den Verhörraum zurück, um sich das Band mit Frau Felgenhauer anzuhören.

»Er kam sich plötzlich so bedeutend vor in seiner Uniform. Als wäre er wirklich ein Prinz ...«

Lott spulte das Band noch einmal zurück. Und hörte noch einmal, wie Gudrun Felgenhauer die Veränderung ihres Mannes beschrieben hatte. »Er dachte, er wäre ein wirklicher Prinz.«

Lott ging in sein Büro zurück, um Dr. Nils Bacherle anzurufen. Der Kriminalpsychologe war aber im Präsidium nicht zu ereichen; er sei in einer Besprechung, hieß es. Lott stand auf und ging zum Fenster. Nebel hatte sich über den Münsterplatz gelegt.

Mit einem Male fiel ihm wieder ein, wie Dr. Nils Bacherle eine solche Veränderung, wie sie Gudrun Felgenhauer an ihrem Mann wahrgenommen hatte, bezeichnet hatte. *Karnevalistische Sehnsuchtserfüllung.* Plötzlich wusste Lott, dass allein darin das Motiv für die begangenen Morde zu suchen war. Er schaute zur Datenstation, wollte mit Evelyn darüber reden, weil sie die Faschingskompetenz war. Aber Evelyn war nicht im Hause. Er schaute die Dienstpläne durch. Evelyn hatte frei. Er ging an seinen Schreibtisch zurück, auf dem die Berichte der laufenden Ermittlung den Charakter eines Stilllebens angenommen hatten. Gewiss lauerte in diesen Akten der Schlüssel, mit dem das Rätsel der Morde gelöst werden konnte.

Lott begann, alle gesammelten Daten miteinander abzugleichen, um irgendwo eine Übereinstimmung ans Licht zu bringen.

Versionsbildung, dachte er. Und vor allem die Täterversion. Dabei sind Täterversionen als Stufenleiter aufzufassen. Von einem niedrigen Erkenntnisstand über einen möglichen Täter ausgehend, muss der Kriminalist zu weiteren Beweisen gelangen, die es ermöglichen, ihn zu identifizieren Aber da dozierte er schon wieder, wenn auch nicht laut, doch so vehement, dass sein Gehirn ihm plötzlich so vernebelt schien wie draußen der Münsterplatz.

Er war nahe daran, Viktoria Fitzel vom LKA anzurufen, die einem Team von Profilern vorstand. Vielleicht war es jetzt ja an der Zeit, die Versionsbildung zum Täter durch die modernen Verfahren der Operativen Fallanalyse, das Datensystem ViCLAS sowie das Profiling durch polizeiliche Fallanalytiker zu unterstützen. Vielleicht gelang Viktoria Fitzel ja der Durchbruch. Lott griff zum Telefonhörer. Aber dann zögerte er plötzlich, und er wählte nicht die Nummer des LKA, sondern Evelyns Nummer. Als sich nur der Anrufbeantworter meldete, legte Lott auf. Er nahm seine Jacke von der Garderobe und verließ das Büro. Er grüßte an der Wache die Kollegen und ging zu seinem Wagen. Er stieg ein und fuhr aus der Stadt. Er nahm wieder den Landweg. Eine kleine Odyssee über die Alb. Heim zu Penelope.

39

15. Februar 2007 – Gombiger Donnerstag

»Gombiger, oder gumpiga Donnschdig, oder glombiga Dooschdig, es bedeutet immer dasselbe: Hüpfen, tanzen, springen, gelumpig sein, einen draufmachen, alles sein, nur nicht seriös. Und wir Weiber haben diesen Tag als unseren Tag der Fasnet auserkoren.« Evelyn erklärte und lachte.

Sie, die Faschingskompetente, die Holl-Hexe, saß in Lotts Büro, nicht um Lina zu ärgern, obwohl die das annahm, sondern um ihrem Chef Nachhilfe in Sachen Fasching zu geben, als Lina bedeutungsschwer einen Brief für den Kommissar brachte.

Von Linas treuherziger Diensteifrigkeit, mit der sie so manches Protokoll geführt hatte, und zwar fehlerfrei, um es der jeweils anderen zu zeigen, war heute nichts zu spüren. Sie war, ohne zu grüßen, ins Büro getappt, hatte den Brief auf den Tisch geworfen, und grußlos war sie auch wieder gegangen.

Aber Evelyn saß freilich in erster Linie deshalb bei Lott, weil sie Schreibkraft war und als solche immer zugegen sein sollte. Schließlich musste alles schriftlich festgehalten werden. Wenn schon nicht für die Nachwelt, so doch für die laufende Ermittlung.

Lott nahm den Brieföffner, öffnete das Kuvert und las:

Zur Weiberfasnet ist es Brauch:
wird abgeschnitten die Krawatt
und der Lebensfaden auch.

Die Briefkarte war an die Soko 11.11., Polizeidienststelle Neuer Bau, adressiert. Der Absender, ohne Anschrift, war ein Signor Moretta. Umschlag und Briefkarte waren mit einem Trauerrand versehen.

Lott las drei-, viermal den Text, dann reichte er das Schreiben kommentarlos zu Evelyn hinüber.

»Was soll das bedeuten?«, fragte sie mit ängstlichem Ausdruck, nachdem sie den Text gelesen hatte, und gab Lott die Briefkarte zurück.

»Es ist ganz offensichtlich eine Drohung, die wir ernst nehmen müssen«, resümierte der und las den Text nun laut: »Zur Weiberfasnet ist es Brauch, wird abgeschnitten die Krawatt und der Lebensfaden auch.«

»Signor Moretta!« Lott sprach den Namen deutlich in den Raum.

»Er spielt auf die Maske an?«, hakte Evelyn nach.

»Ja sicher. Und das ist auch der Grund, warum wir die obskure Drohung sehr ernst nehmen müssen.«

In Evelyns Gesicht spiegelte sich Lotts Befürchtung wieder.

»Soll ich Herrn Lander anrufen?«, fragte sie.

»Sag Lina Bescheid, sie soll die Soko zusammenrufen. Ich geh selber zu Lander.«

Damit verließ er das Büro, während Evelyn übers Haustelefon Lotts Instruktionen an Lina weitergab.

Lander fiel gleich aus allen Wolken.

»Hört das denn überhaupt nicht mehr auf!«, jammerte er und war, als er sein Aufgewühltsein ablegte, bemüht, die zu Berge stehenden Haare kunstvoll über die Lichtung zu legen.

»Wir vervierfachen das Polizeiaufgebot heute«, hob er an, um sich im nächsten Augenblick schon wieder zurückzunehmen. »Ich kann doch nicht schon wieder bei den Neu-Ulmern und bei den Biberachern betteln gehen.«

Lott schmunzelte. Er kannte Lander nun seit vielen Jahren und wusste, dass er zuerst immer alles negativ betrachtete. Da musste man sich schon mit Geduld wappnen, bis seine Stimmung sich ins Gegenteil bog. So war es auch diesmal. Lott vertraute aber darauf, dass Lander alle notwendigen Schritte in die Wege leiten würde.

Die Krisensitzung der Soko, die unmittelbar danach erfolgte, beschränkte sich im Wesentlichen darauf zu besprechen, welche Vorkehrungen zu treffen waren. Da die Weiberfasnet zum großen Teil auf der Straße stattfand und sich darüber hinaus auf viele Kneipen verteilte, gestaltete sich eine Überwachung der Aktivitäten als äußerst schwierig, zumal diese nicht allein im Stadtkern stattfanden, sondern auch in zahlreichen Orten der Umgebung, wo der Gombige Donnerstag eine lange Tradition hatte. Man denke nur an Weißenhorn, wo die Randale sich Jahr für Jahr immer mehr auswuchs, dass sich die Wirtsleute dort bald dazu entschlossen hatten, ihr Gewerbe an diesem Tage einzustellen. Gewalt am Gombigen Donnerstag war also nicht ungewöhnlich, aber es gestaltete einen Polizeieinsatz doppelt schwierig.

»Wir müssen uns auf Ulm konzentrieren«, meinte Ilona Raab.

Lott nahm den Narrenkalender zur Hand. »Um 18.45 Uhr wird der Narrenbaum durch die Hirschstraße zum Münsterplatz getragen und dort aufgestellt. Hier heißt es: Das Aufstellen des Symbols der Narren und der ewigen Fruchtbarkeit ist einer der vielen Höhepunkte für die Narren.«

Petra Mai verdrehte die Augen. Dieses ganze Narrengehabe wurde ihr immer unerträglicher, während Lott weiter las: »Danach geht's zum Narrenhock ins Kornhaus. Alle Narren und närrische Bürger sind recht herzlich zum geselligen Abend eingeladen. Für viel Spaß und gute Stimmung sorgt BIG FUN. Eintritt 2,50 Euro, Verzehrbon ebenfalls 2,50 Euro.«

Eine Weile war es mucksmäuschenstill im Raum. Plötzlich fing das Göppinger Kleeblatt leise zu singen an: »Ach wär's doch endlich Aschermittwoch.« Alle lachten. Denn dem war nichts mehr hinzuzufügen.

Lott stand dann als Erster auf. Ihm war nach frischer Luft. Die anderen gingen, mit ihren Aufgaben in der Tasche, zu ihren Computern oder zu dem ihnen zugeteilten Dienstfahrzeug.

Was die Drohung betraf, so konnte man nur präsent sein, an Ort und Stelle nach Auffälligkeiten Ausschau halten. Stichprobenartig Personenkontrollen durchführen. Mehr nicht. Vielleicht noch auf Kollege Zufall hoffen.

Lander murmelte: »Wär's doch bloß eine Bombendrohung. Dann könnte man das entsprechende Gebäude evakuieren und aus die Maus.«

Lott verabschiedete sich mit einem fahrigen Winken, dann war er endlich aus dem Gebäude, das ihn heute einzuschnüren schien wie ein zu enges Mieder. Er stürzte mehr, als dass er ging, über den Hof und wäre um ein Haar aufs Kopfsteinpflaster gefallen.

Er ging über den Münsterplatz. Eine Horde schellender Hästräger kam auf ihn zu. Er floh ins Münster. Das war der Ort, an dem er sicher war. Auch vor übermütigen Frauen, die ihm an die Krawatte wollten. Er ging den langen Gang zum Altar und zum Chorgestühl und schaute in die Holzgesichter der einst so angesehenen Ulmer Bürger. Schaute in ihre toten Augen. Dann ging er weiter, zündete eine Kerze an, ohne dabei an jemanden zu denken.

Draußen füllte sich der Platz, obwohl es erst Mittag war. Die Vorbereitungen für das Narrenbaumsetzen schienen bereits in vollem Gange zu sein. Wichtigtuer, dachte Lott, während er die wild gestikulierenden Männer in ihren albernen Kostümen bei ihren Überlegungen, wie und wo der Baum denn genau stehen sollte, betrachtete.

Unbehagen befiel ihn. Wegfahren wollte er. In eine überwiegend protestantische Gegend, wo der Fasching verpönt, wenn nicht verboten war. Gab es denn überhaupt einen Tag, der ihm unangenehmer als dieser Gombige Donnerstag war? *Wo lebt sich's besser als im Schoße der Familie? Halte dich daran, sonst ...* Warum hatte er damals, vor fast einem Jahr, der Drohung nicht Folge geleistet. Er könnte daheim sein, jetzt, in diesem Augenblick, und mit Elli und Flaubert über die Felder ziehen. Oder mit Nordic-Walking-Stöcken, sollte Flaubert aus irgendwelchen Gründen verhindert sein. Auch Nordic-Walking-Stöcke brauchen Auslauf.

Lott war nahe dran, sich in den Wagen zu setzen, um nach Hause zu fahren und der verzopften Forderung Folge zu leisten.

Aber dann lenkte er seine Schritte doch in eine andere Richtung. Er bog in die Platzgasse und später in die Herrenkellergasse ein, und als er vor den Fenstern des Theaters in der Westentasche stand, dachte er an die ermordete Waltraud Nass im Rollstuhl. Was für eine scheußliche, bizarre Tat war das doch gewesen im letzten Sommer, die Tat eines Wahnsinnigen. Aber waren nicht alle Mörder in irgendeiner Weise wahnsinnig?

Lott ging zwei Häuser weiter und schaute in die Auslagen der Buchhandlung, als eine Gruppe von Punks an ihm vorbeizog. Sie sangen: »Ein belegtes Brot mit Schinken, ein belegtes Brot mit Ei ...« Ein Mädchen im Schottenrock, den sie über einer violetten Wollstrumpfhose trug, schwarzhaarig mit gepiercten Lippen und gepiercter Nase, fragte Lott, wo in der Nähe denn ein *Norma* oder *Netto* sei.

Lott erklärte ihnen den Weg zu beiden Filialen. Wo es denn günstiger sei. Lott zuckte die Achseln. Dass sie altes Liedgut pflegten und beim Discounter einkauften, entlarvte sie als durchaus angepasste Bürger. Ihre äußere Erscheinung ist nur Maskerade, das Kostüm eines über das ganze Jahr und über ihr ganzes Leben ausgedehnten Karnevals.

Beim Zuckerbäcker Zaiser trank er eine Tasse Kaffee und aß eine Butterbrezel. Es waren die besten Brezeln der Stadt, wenn nicht im ganzen Ländle. Ein Tübinger Kollege fuhr manchmal allein wegen dieser Brezeln nach Ulm.

Zur Weiberfasnet ist es Brauch:
wird abgeschnitten die Krawatt
und der Lebensfaden auch.

Lott hatte, während er einen Schluck Kaffee nahm, noch einmal den Text auf der Briefkarte gelesen.

Diese Drohung forderte nichts. Sie war die Ankündigung eines Mordes, der heute begangen werden sollte. Vielleicht wahllos, an irgendwem, vermutlich an einem dieser Hästräger, die den Narrenbaum zum Münsterplatz schleppten.

Wenn dies der Fall war, hatten die Beamten womöglich eine Chance, rechtzeitig einzugreifen. Vielleicht trug der Täter auch wieder diese Moretta, jene Maske, die schon im Roncalli-Haus aufgefallen war, als das Prinzenpaar ermordet wurde. Aber so unvorsichtig war Signor Moretta gewiss nicht.

Plötzlich spürte Lott, dass er etwas spürte. Seine Hüfte begann zu schmerzen. Die schmerzte seit Neuem immer, wenn er, wie ein Suchhund, eine Fährte gerochen hatte.

Bei der Prunksitzung im Roncalli-Haus war doch sicher fotografiert worden. Zu derlei Anlässen hielten die Blitzlichter doch nicht still. Da sollten doch die Eindrücke froher Stunden für die Ewigkeit festgehalten werden.

Lott ging zum Neuen Bau zurück. Die Hästräger, denen er auf diesem Weg weiterhin ausgeliefert schien, störten ihn nicht, und auch nicht der Schmerz, der sich jetzt von der Hüfte ins Knie verlagert hatte. Sofort rief er Wendelin Weihnacht an.

»Herr Weihnacht, eine Frage: Ist jemand beauftragt worden, die Prunksitzung und das ganze Drumherum zu fotografieren oder zu filmen?«

»Das macht immer unser Moser, Hermann Moser, aber der macht das von ganz alleine, seit Jahrzehnten schon, den muss man dazu nicht beauftragen.«

»Ist er Fotograf?«

»Hobbyfotograf, einer von der leidenschaftlichen Sorte. Der sieht die ganze Welt durch die Linse.«

»Haben wir seine Adresse?«

»Buchlandenweg. In Böfingen. Hausnummer hundert und noch mal was. Die steht aber auch auf der Liste unserer Mitglieder, die ich Ihnen gegeben habe.«

Lott bedankte sich, dann rief er Petra zu sich, die gerade dabei war, im Leben des Frido Sauter herumzuwühlen.

»Wir fahren nach Böfingen«, bestimmte Lott, »ein Hermann Moser hat am Abend des Prinzenpaarmordes im Roncalli-Haus fotografiert, das Ergebnis müssen wir uns ansehen.«

Petra brummte: »Von mir aus. Dieser Frido Sauter scheint sowieso eine Sackgasse zu sein. Außer dass sein Alibi nur von seiner Freundin bestätigt werden kann, gibt es keine Hinweise für ihn als Täter.«

Wenige Minuten später saßen sie in Petras Dienstfahrzeug.

»Was hoffst du denn zu finden?«, fragte die Kollegin.

»Ein Gesicht, auch wenn es uns durch eine Maske weitgehend verborgen bleibt.«

Hermann Moser erwartete die beiden an der Tür.

»Wendelin hat mich angerufen und gesagt, dass Sie zu mir wegen der Fotos kommen.«

»Das ist richtig«, sagte Lott, reichte dem Hobbyfotografen die Hand und stellte sich und die Kollegin vor.

»Kommen Sie doch herein. Ich habe hundert und mehr Fotos von der Prunksitzung gemacht. Mit der Digitalkamera muss man sich ja nicht mehr jedes Bild überlegen, sondern man kann wild drauflos fotografieren. Früher, als es nur den Rollfilm gab, musste man sich schon überlegen, ob es sich lohnt abzudrücken. Aber heutzutage ...« Herr Moser redete, während er in sein Atelier, wie er seinen Hobbyraum nannte, vorausging, und hörte auch nicht auf, als sie in sein heiliges Reich eintraten. Kein Fleckchen Wand, das nicht von einer Fotografie verdeckt gewesen wäre. Der Schreibtisch ein Bildermeer. In einer Glasvitrine antike Fotoapparate, aus einem Jahrhundert herübergerettet, als die Belichtungszeit noch minutenlanges Verharren in ein und derselben Pose erforderte. Einzig der Computer auf einem Computertisch, wie Moser die Arbeitsplatte nannte, fiel aus dem Rahmen in dieser musealen Atmosphäre.

Zu dem aber ging Moser jetzt und zog aus dem Rechner eine CD-ROM.

»Die habe ich Ihnen bereits gebrannt. Da ist alles drauf.«

Petra machte es jetzt kurz, während Lott noch versuchte, Herrn Moser den eiligen Aufbruch, zu dem die Kollegin drängte, zu erklären.

»Kommen Sie halt, wenn der Mord aufgeklärt ist, dann zeig ich Ihnen die Bilder von ganz früher, als unser Karneval noch den Rosenmontagszug hatte.«

Lott versprach es, dann stieg er zu Petra in den Wagen, den sie bereits gestartet hatte. Im Rückspiegel sah er, wie Hermann Moser ihnen nachwinkte.

Im Neuen Bau legte Lott sofort die CD-ROM mit den Fotos von der Prunksitzung ein. Petra Mai hatte sich neben ihn gesetzt. Es waren wirklich an die zweihundert Bilder, die der Hobbyfotograf an diesem Abend geknipst hatte. Das Prinzenpaar, der Till Eulenspiegel, die Prinzengarde, der Elferrat, Bilder von den Gästen und Bilder von den Donauhexen bei ihrem Hexentanz. Plötzlich verharrte Lott bei einem Bild.

»Mach es größer«, forderte Petra ihn auf.

Lott folgte, dann zoomte er die Gestalt, die er auf dem Foto ausgemacht hatte, her. Es war ein Mann in einem dunkelvioletten Umhang. Maskiert mit der weißen Moretta.

Lott schaute auf die Uhr. Es war 18.45 Uhr. Der Narrenbaum war unterwegs zum Münsterplatz.

40

Lott blieb. Die Fotos des Hobbyfotografen hielten ihn noch immer gefangen. Petra hatte ihre Jacke angezogen und war gegangen, obwohl ihr diese Fasnet zuwider war. Aber die Jagd nach Signor Moretta, nach dem Mann mit der venezianischen Maske, trieb sie nach draußen; die Suche nach der Nadel im Heuhaufen. Diesen Ermittlungsschritt allein den anderen zu überlassen, kam nicht in Frage. Da wollte sie schon mitmischen. Lohner, Ilona Raab und die Göppinger waren ohnehin bereits vor Ort. Zusammen mit einer Hundertschaft Schutzpolizei.

Lott blieb allein im Büro. Er saß vor seinem Computer. Bei den Fotos der Prunksitzung im Roncalli-Haus. Sollte sich beim Narrenbaumstellen etwas ereignen, was seine Anwesenheit erforderte, wäre er binnen weniger Minuten zur Stelle. Bis zum Münsterplatz war es ein Katzensprung.

Er hörte ja schon, was sich da draußen tat. Guggenmusik, von Lumpenkapellen gespielt. Lott fokussierte seine Aufmerksamkeit wieder auf die Fotografien: Jeanette die Erste und ihr Prinzgemahl Hubert der Dritte. Sie lächeln und winken ins Publikum. Auf dem nächsten Bild schauen sie einander an. Waren sie ineinander verliebt? Oder nur in ihre Rollen? Der Prinz war sich plötzlich so bedeutend vorgekommen. Und wie hatte sich Ingrid Hühn gefühlt? Was hatte sie für Peter Felgenhauer empfunden? Hatten sie beide auch ein Prinzenpaar der Herzen sein wollen?

Die Donauhexen am Tisch, sich zuprostend. Als ginge sie das, was auf der Bühne passiert, nichts an. Ein Stuhl ist leer. Auf dem nächsten Bild sitzt da einer. Er trägt eine Maske. Aber das ist keine Moretta. Wendelin Weihnacht hält eine Rede. Ein Hexentanz. Alles grün in grün. Und dann ein Rot, als würde der Saal brennen. Noch einmal Wendelin Weihnacht. Im Hintergrund eine Gestalt. Das Gesicht verdeckt eine Maske. Es ist die weiße Moretta. Aber auf einem anderen Bild als dem, welches er mit Petra zuvor schon entdeckt hatte. Der Körper wird durch andere Körper verdeckt . Nur das Gesicht, die Maske. Lott zoomt sie her. Er sieht sie nun deutlich. Deutlicher als auf dem anderen Foto. Verbirgt sich dahinter das Gesicht eines Mörders?

Lott speicherte die Vergrößerung als eigene Datei in einem Extraordner auf seiner Festplatte. Dort wollte er auch die anderen, auf denen die venezianische Maske zu sehen war, ablegen. Aber außer dem Foto, das er zuerst entdeckt hatte, gab es keine weiteren mehr.

Der Mann mit der Moretta – Lott war sich ganz sicher, dass sich hinter der Maske ein Mann verbarg, er spürte das – tauchte nicht mehr auf. Er war also kein Gast dieser Prunksitzung. Nur ganz kurz, vielleicht nur wenige Minuten war er da. Nur, um das Gift auszulegen. Aber warum das Prinzenpaar?

Draußen wurde die Musik lauter. *Narri-Narro*, *Zong-raus* und *Hoorig, hoorig isch die Katz* – gebrüllte Begrüßungen. Und dann hielt einer eine Rede. Und Hauruck! Der Narrenbaum war wohl angekommen!

Eine Polizeisirene. Ein Notarzt. Ein Rettungswagen.

Lott ging zur Einsatzzentrale. Fragte, was da los war.

»Nichts Besonderes, nur die schon obligatorischen Schlägereien.«

Der Beamte lächelte. Lott wunderte sich über diese gespreizte Ausdrucksweise. Er wollte wohl damit Eindruck schinden.

»Und eine Schnapsleiche nicht zu vergessen!«

Lott lächelte zurück, grüßte halbherzig und ging wieder in sein Büro.

Noch bevor er sich weiter den Fotos widmen konnte, klingelte sein Handy. Es war Petra.

»Keine besonderen Vorkommnisse. Du hast nichts versäumt. Aber es steht uns ja noch der Narrenhock bevor. Vielleicht tut sich da was. Kommst du?«

»Nicht jetzt. Ich habe hier noch zu tun.«

»Und später?«

»Mal sehen.«

Lott legte auf. Er wusste nicht, was er bei diesem Narrenhock zu suchen hatte.

Er schob die Tastatur des Computers zur Seite und nahm seine Matrix zur Hand. *Signor Moretta* schrieb er, und dann den Text der Drohung; beides setzte er ins Zentrum, nahe an das Wort Roncalli-Haus. Dann schloss er die Augen. Aber auch die inneren Bilder verrieten ihm nichts. Er griff zu den Ermittlungsakten und begann zu lesen.

Die Münsterglocken schlugen die Stunde vor Mitternacht. Er nahm das Telefon zur Hand und rief Elli an. Es tat gut, ihre Stimme zu hören. Seinen Namen aus ihrem Munde, Klaus mit *ou*.

Und er hatte ihr nichts weiter zu sagen als: »Ich bleibe heute Nacht bei Brauchle.«

41

16. Februar 2007 – Ruaßiger Freitag

Wer im Schlafgewand sich zeigt
auf offener Straß –
der trägt schon das letzte Hemd,
schläft bald den ewigen Schlaf.

Die E-Mail ging um 9.30 Uhr im Neuen Bau ein. Unterschrift: *Signor Moretta*. Betreff: *Hemdglonkerumzug*. Zum Versenden der Mail hatte Signor Moretta den Freemailaccount eines Internetcafés in der Wengengasse benutzt, dessen Adresse das Programm freundlicherweise direkt unter dem Text automatisch eingefügt hatte.

Evelyn gab die Nachricht umgehend an die Soko weiter, die seit neun Uhr im großen Konferenzraum tagte. Lina Bausch ließ Evelyn, als die mit einer erneuten Drohung dieses ganz offensichtlich Wahnsinnigen hereinplatzte, deutlich spüren, wie sehr sie sich durch die neue Kollegin gestört fühlte. Doch Evelyn ging unbeeindruckt zum Konferenztisch und reichte Lott den Ausdruck der Mail. Der las sie laut vor.

»Nicht schon wieder!«, platzte Petra heraus.

»Wir dürfen keine Zeit verlieren«, sagte Lott und instruierte Ilona, sie solle umgehend die Fahndung in die Wege leiten.

Dann gab er Lohner und Petra Mai das Zeichen zum Aufbruch.

»Tatortbereichsfahndung! Vom Internetcafé in der Wengengasse ausgehend, möglichst raumdeckend. Denk an die mögliche Fluchtrichtung. Priorität hat die Weststadt!«, rief er ihr hinterher, noch an der Tür, denn er musste neben Petra Mai und Lohner auch dem Göppinger Kleeblatt noch signalisieren, dass er sie mit dabeihaben wollte.

Petra war die Erste am Dienstwagen, Lohner stieg hinten ein und überließ Lott den Beifahrerplatz. Im zweiten Dienstwagen starteten die Göppinger. Sie setzten Blaulicht, schalteten das Martinshorn ein und überquerten damit den Münsterplatz. Danach galt es, sich durch die belebte Platzgasse zu winden, was nicht einfach war, da diese zur Fußgängerzone gehörte. Dann die Einbahnstraßen Dreikönigs- und Sterngasse in falscher Richtung, so dass sie nach wenigen Minuten bereits am Zielort waren. Sie stürmten gemeinsam ins Internetcafé, das von Indern betrieben wurde und mehr ein indischer Lebensmittelladen als ein Café war. Der Inder hinter der Ladentheke, ein Mann um die fünfzig mit pechschwarzem Haar, doch schneeweißen Zähnen, lächelte Lott an und fragte, während er den Kopf hin und her wiegte: »Was kann ich für Sie tun?«

Lott zeigte dem Mann seinen Dienstausweis.

»Wir suchen nach einem Mann, der hier vor wenigen Minuten eine E-Mail an uns geschickt hat. Ist Ihnen jemand aufgefallen?«

Der Inder lachte: »Da war ein Karnevalmensch mit Maske.«

»Welchen Computer hat er benützt?«

»Kommen Sie mit.« Er führte Lott und die Kollegen in den Raum, der unmittelbar an die Regale mit den indischen Lebensmitteln grenzte, und zeigte auf eine der fünf Nischen, in denen jeweils ein Computer stand. Zwei der insgesamt fünf Computer waren mit seinen indischen Landsleuten besetzt.

»In der rechten außen hat er gesessen und dabei gelacht und geschrieben, dass ich meinte, er schreibt eine Spaß-E-Mail. Weil heut auch Karneval ist«, erklärte der Mann. »Dann noch eingekauft und gezahlt und hinaus. Vor zehn Minuten vielleicht.«

»Wir brauchen die Spurensicherung.« Lott erteilte Lohner den Auftrag, während die Göppinger den Laden verlassen hatten, um in drei der möglichen Richtungen die Verfolgung aufzunehmen: Also Hirschstraße, Theater Ulm und die Richtung, aus der sie selbst gekommen waren. Sie rannten los und ließen jeden nur halbwegs Verdächtigen sich ausweisen, durchsuchten deren Taschen und baten gleichzeitig um Verständnis für diese Maßnahme. Bald waren auch die Sirenen der Polizeistreifen zu vernehmen. Die dafür eingesetzten Beamten waren der Fahndungsanordnung der Kollegin Ilona Raab gefolgt, die so knapp wie nur möglich formuliert war und lediglich aus einer kurzen Lageinformation über Tat, Tatort und Tatzeit bestand. Dazu kamen Fluchtzeitpunkt, Fluchtmittel und mögliche Fluchtrichtungen. Sie beinhaltete, dass nach einer Einzelperson, vermutlich unbewaffnet, gefahndet wurde. Die einzige fahndungsrelevante Beschreibung des Täters betraf die venezianische Maske, eine weiße Moretta, die er entweder aufgezogen hatte oder bei sich trug.

»Können Sie den Mann beschreiben?«, fragte Lott den Inder. »Wie groß war er, wie alt etwa, war er kräftig oder eher schlank?«

»Groß, kräftig und schlank«, antwortete der Inder, wiegte den Kopf dabei und überlegte, eher er weitersprach: »Und Alter nicht alt und nicht jung.«

Mittleren Alters, notierte Lott, der plötzlich ein Geräusch aus dem Nebenraum wahrnahm. Ein Geräusch, als fielen da Kisten übereinander. Auch Lohner hatte das ungewöhnliche Krachen gehört und näherte sich mit gezückter Waffe der Tür.

»Ist Tochter Maitri, die Lager aufräumt«, sagte der Inder amüsiert.

Lott öffnete vorsichtig die Tür und Lohner stürmte mit gezogener Pistole voran. Beide sahen gleichzeitig, wie ein etwa siebzehn Jahre altes Mädchen, mit überaus hübschem Gesicht, goldbraun, mit einem roten Punkt auf der Stirn wie aus einem Bollywoodfilm, über den heruntergefallenen bunten Schachteln kniete. Sie war zu Tode erschrocken, als Lohner plötzlich mit der Waffe in der Hand vor ihr stand.

Der Vater ging seiner Tochter entgegen, nahm sie in die Arme, um sie zu beruhigen, und er erklärte ihr, wer die Männer waren, die sie so erschreckt hatten. Die Information entlockte Maitri ein Lächeln.

Im selben Moment öffnete sich die Ladentür, und Marlies Kaupper und die anderen Kolleginnen und Kollegen von der Spurensicherung traten ein.

Als der indische Kaufmann merkte, was sie vorhatten, lachte er: »Nichts Fingerdruck, hat weiße Handschuhe getragen. Mit weißen Handschuhen auch geschrieben.«

Marlies Kaupper schaute ihn groß an. *Without a Trace.* Ohne eine Spur. Dennoch erledigten sie ihre Arbeit und nahmen Fingerabdrücke von der Tastatur, die der Täter benützt hatte.

Vielleicht hatte er die Handschuhe, ohne dass der Inder es bemerkt hatte, beim Schreiben ausgezogen.

Petra, die bisher eher unbeteiligt das Geschehen verfolgt hatte, schlug Lott vor, die Dienstbesprechung fortzuführen, da einerseits die Fahndung nun in vollem Gange war, andererseits die Soko dringend alle weiteren Schritte festlegen musste.

Lott stimmte ihr zu, rief übers Handy die Göppinger zurück und wies sie an, den Dienstwagen abzuholen, um sich dann umgehend im Neuen Bau einzufinden.

Er verabschiedete sich von den freundlichen Indern, gab dem Herrn des Hauses seine Karte und bat, er möge sich melden, wenn ihm noch etwas einfallen würde, was der Ermittlung dienen könnte.

Wenige Minuten später saßen alle wieder im Konferenzraum, auch Evelyn, die Lott ausdrücklich dazu aufgefordert hatte, was Lina Bausch mit einer abfälligen Bemerkung kommentierte.

»Ein Mann mittleren Alters, etwas 185 cm groß, schlank und vermutlich sportlich. Er trug einen lilafarbenen Umhang, eine schwarze Harlekinmütze, darunter eine weiße Moretta. So die Beschreibung, die uns der Inhaber des Internetcafés von dem Mann, der diese E-Mail geschickt haben muss, gegeben hat.«

»Mein Gott, was muss das für ein Spinner sein«, schimpfte Petra. Und Ilona stöhnte: »Den hatte selbst Darwin nicht in seinem Evolutionsprogramm.«

Lohner, der am Morgen, vor Beginn der Besprechung, noch so froh gewesen war, dass die gestrige Drohung folgenlos geblieben war, wurde ärgerlich: »Das ist wie bei einer Bombendrohung«, sagte er, »du musst das Gebäude evakuieren, auch wenn du dir sicher bist, dass sich da einer nur einen Scherz erlaubt.«

»Im Fall des GaugaMa hat er seine Drohung doch wahr gemacht«, gab Evelyn zu bedenken.

»Diese Morddrohung wurde damals telefonisch angekündigt«, wandte Lott ein. »Die beiden E-Mails mit obskurem Absender lassen aber doch auf ein anderes Täterprofil schließen.«

»Vielleicht ist er nur forscher geworden. Oder er nimmt sich immer wichtiger. Und der Name, den er benützt, ist doch nicht zufällig auch der Name dieser venezianischen Maske.«

Lott musste ihr Recht geben. Er dachte an Nils Bacherle und daran, was der ihm über die Sehnsüchte des Karnevals gesagt hatte: Operettenuniformen und Blechorden. Und Fasanenfedern an der Mütze. Graue Mäuse, die zu schillernden Persönlichkeiten werden.

Petra unterbrach ihn in seinen Gedanken: »Die Moretta taucht bei den Kindern auf, und im Roncalli-Haus haben wir eine auf den Fotos. In der Mordsache Uli Scheller taucht die Moretta aber nicht auf.«

»Und was schließt du daraus?«, fragte Lott sie.

»Es muss einer aus der Maskengruppe gewesen sein, ein Insider. Jemand, der sich mit den Masken auskennt, der weiß, dass jede Maske nummeriert ist, und der das Fasnetspiel bis ins Detail kennt.«

»Er kann das doch recherchiert haben. Vom Fasnetspiel gibt es eine Videoaufzeichnung. Und wie ermittelt wurde, gab es bei den Proben dazu auch immer etliche Zuschauer«, warf Evelyn ein.

Die Göppinger, die das bearbeitet hatten, nickten.

»Ich denke auch, der GaugaMa-Mord ist eine andere Baustelle«, warf Lohner ein.

»Er gewinnt an Bedeutung«, sagte Lott. »Je mehr er von sich preisgibt, desto größer wird seine Bedeutung in diesem Spiel. Wir müssen die Drohung also ernst nehmen. Auch wenn das gestern blinder Alarm war.«

»Was schlägst du vor?«, fragte Petra.

»Der Umzug muss abgesagt werden«, antwortete Lott.

»Das wird schwierig werden, und wir machen uns damit extrem unbeliebt«, äußerte sich Lohner zu Lotts Vorschlag.

»Was ist dieser Hemdglonkerumzug überhaupt für ein Unsinn?«, wollte Ilona wissen.

Evelyn klärte sie auf: »Vor rund dreißig Jahren fand dieser Umzug zum ersten Mal statt, initiiert durch die Donauhexen, die damals selbst erstaunt waren, dass sich 400 Teilnehmer zu dieser neuen Art des Straßenfaschings einfanden. Von Jahr zu Jahr geben sich jetzt immer mehr Schlafanzügler ein Stelldichein, in immer originelleren Schlafgewändern. Darin ziehen sie dann vom Münsterplatz aus durch die Altstadt und landen im Kornhaus zum sogenannten Hemdglonkerball.«

»Und wann beginnt der Spaß?«

»Treffpunkt ist, wie gesagt, der Münsterplatz. Von dort geht es um 19 Uhr los.«

»Wer ist verantwortlich für den Ablauf?«, wollte Lott wissen.

»Kurioserweise zeichnet die Große Karnevalsgesellschaft als Veranstalter des Hemdglonkerumzugs. Die Donauhexen gehören ja dazu, oder besser gesagt, sie haben den Verein übernommen«, wusste Evelyn.

»Wer ist der Ansprechpartner?«

»Urs Schnallenberger«, antwortete Evelyn.

»Dann müssen wir uns umgehend mit ihm in Verbindung setzen. Aber das muss Lander in die Wege leiten«, sagte Lott und schaute dabei Lohner an: »Harald, du überzeugst ihn, dass das unumgänglich ist.«

»Auf dich hört er mehr«, konterte Lohner.

Lott überlegte kurz, dann bat er Evelyn, sie möge ihm die Telefonnummer von Urs Schnallenberger raussuchen. »Ich werde die Donauhexe direkt anrufen«, grinste er.

Schnallenberger nahm gleich ab. Als Lott ihn über den Inhalt der beiden E-Mails aufklärte und sich für eine Absage des Umzugs aussprach, sagte Schnallenberger eine ganze Weile lang gar nichts. Schließlich aber brachte er seine Zweifel zum Ausdruck: »Wenn das derselbe wie gestern ist, dann verarscht er uns doch nur ein zweites Mal.«

»Was ist, wenn nicht?«

»Wollen Sie mir dann die Schuld in die Schuhe schieben?«

»Uns bleibt unter den gegebenen Umständen keine andere Wahl, als den Umzug abzusagen.«

»Und was ist mit dem anschließenden Hemdglonkerball?«

Lott schwieg. An den hatte er nicht gedacht.

»Den können wir auf keinen Fall absagen«, schrie Schnallenberger förmlich ins Telefon, ohne Lotts Antwort abzuwarten. »Wir haben das Kornhaus gemietet, wir haben BIG FUN engagiert, und wir haben schon jede Menge Eintrittskarten verkauft.«

Lott las noch einmal den Text der E-Mail:

Wer im Schlafgewand sich zeigt
auf offener Straß –
der trägt schon das letzte Hemd,
schläft bald den ewigen Schlaf

Dann sagte er: »Ich glaube, wir können es riskieren. In der E-Mail heißt es deutlich: ›auf offener Straß‹.«

Schnallenberger unterbrach ihn: »Der will doch nur, dass wir den Umzug abblasen, der will uns den Spaß verderben.«

»Den hat er uns schon verdorben«, meinte Lott zynisch. »Aber wir haben keine andere Wahl. Und für den Ball im Kornhaus sorge ich für den nötigen Polizeischutz. Und wenn es sein muss, steht auch das MEK bereit.«

»Großartig!« Schnallenberger schrie jetzt wirklich. »Da kommt aber Stimmung auf. Da können wir ja gleich einen Polizeiball daraus machen.«

»Ich werde mir etwas einfallen lassen«, sagte Lott und legte auf.

42

Er saß im Müllerpalast, in der obersten Etage, und ließ sich eine CD von der Kölner Musikgruppe *De Höhner* auflegen. *Vorbei is vorbei*, sangen sie. Als er das Lied zu Ende gehört hatte, bedankte er sich, stand auf und ging. Er nahm die Rolltreppe und fuhr bis ins Untergeschoss. Dort nahm er sich einen der gestapelten Metallkörbe, legte Päckchen mit Luftschlangen und Konfetti hinein, dazu drei Tüten mit Karamellbonbons und stellte sich an einer der Kassen an. Er bezahlte bei einer jungen Türkin und bat um eine größere Plastiktüte für seinen Einkauf.

Er fuhr wieder ins Erdgeschoss hinauf, verließ den Müllerpalast und kaufte sich nebenan bei Nordsee eine Fischsemmel. Während er sie aß, beobachtete er das Treiben in der Hirschstraße. Die Moretta und die weißen Handschuhe hatte er in der Innentasche seines Mantels versteckt.

Keiner wird mich durchsuchen. Niemand wird mich aufhalten.

Er zweifelte keinen Augenblick daran. Er war praktisch nicht vorhanden. Prinz Carnevale steht nicht mit einer Plastiktüte in der Fußgängerzone und isst eine Fischsemmel.

Und wenn ich nicht Prinz Carnevale bin, bin ich ein Niemand und folglich auch nicht vorhanden. Meine weiße Moretta und die weißen Handschuhe; bei mir werden sie nicht suchen.

Er war unsichtbar. Für die Polizei. Für den Mob. Für alle, die nicht zu Prinz Carnevale aufschauten.

Er schlenderte zum Bahnhof. In der Bahnhofshalle erinnerte er sich daran, dass hier, als er noch ein Kind war, eine Waage stand, die, wenn man ein Zehnerle einwarf, kleine Kärtchen auswarf, auf denen das aktuelle Lebendgewicht gedruckt war.

Ich war ein Leichtgewicht, so leicht, dass ich über den anderen schwebte. Und die mussten hochschauen zu mir. Zu mir, der ich oben auf dem Wagen stand und mit *Ulau* meine Untertanen grüßte. Und sie beschenkte mit Bonbons, die ich mit meinen Kinderhänden verteilte. Ich war ihnen doch ein guter Monarch, ein liebenswerter Kronprinz. Warum ließen sie mich nicht wachsen? Warum durfte ich nicht Prinz Carnevale der Erwachsenen sein? Warum nur lachten sie mich aus?! Und jetzt regieren Danubius und die Schöne Lau. Und der Herr Weihnacht ist ein Verräter, schon immer gewesen. Und das Prinzenpaar ist tot und Danubius und die Schöne Lau ...

Er spürte, wie eine Träne über seine Wange lief. Er wischte sie ab. *Mein Gott, ich habe doch den Krieg nicht angefangen.* Er schaute auf die elektronische Tafel mit den Abfahrts- und Ankunftszeiten, dann drehte er sich um, verließ die Bahnhofshalle und nahm die Straßenbahn nach Söflingen.

43

»Willst du uns eigentlich verarschen?«

Petra war außer sich. Sie lief im Konferenzraum hin und her. Wie eine legige Henn. Würde Brauchle sagen.

»Ich lauf doch nicht im Nachthemd durch die Gegend!«

Zum wiederholten Male betrachtete sie sich im Spiegel, den sie aufgestellt hatten. Was da herausschaute, war überhaupt nicht nach ihrem Geschmack: Eine Kommissarin in einem rosa geblümten Nachthemd, das fast den Boden berührte. Ihr Haupt zierte eine Nachthaube, die sich allerdings noch im Zwist mit Petras widerborstigem Haar befand.

Lohner und Ilona prusteten ungehemmt los, und auch das Göppinger Kleeblatt schien von Petras Wutausbruch erheitert. Selbst Lina Bausch war lachlustig aufgelegt. Wen immer sie von den Kommissaren im Schlafgewand anschaute – ein Kichern, Gicksen oder Wiehern war die Folge. Sie war, neben Peter Olms' Ehefrau, die Einzige in Zivil und vollkommen ungeschminkt.

Frau Olms, in ihrer Laienspielgruppe für die Maske zuständig, hatte sich bereit erklärt, hier schminkend einzuspringen. Die Kostüme stammten aus dem Fundus des Ulmer Theaters, soweit die Polizisten nicht selbst für eine Verkleidung sorgen konnten, die dem Anlass entsprach.

»Hast du einen besseren Vorschlag?«, herrschte Lott, der die Geduld zu verlieren schien, seine Kollegin an.

»Ich finde diese Undercover-Mission einfach lächerlich. Wir machen uns doch zum Gespött!«

»Petra! Da läuft heute Abend irgendein Spinner rum mit der Absicht, jemanden zu töten. Wenn ich das verhindern kann, ist es mir doch scheißegal, in welchem Aufzug das passiert. Wenn wir normal in Zivil dort auftauchen und die Schutzpolizei in ihren Uniformen, haben wir keine Chance! Diese Undercover-Mission, wie du sie nennst, ist die einzige Möglichkeit, an diesen Kranken heranzukommen. Und der wird vermutlich nicht mit einer Moretta herumgeistern, sondern ebenfalls inkognito, also im Nachthemd. Also müssen wir auf jede Auffälligkeit achten, und das können wir nur, wenn wir uns nicht von den übrigen Gästen abheben.«

Petra wurde kleinlaut: »Wenn es wenigstens ein Schlafanzug von Benetton wäre, aber in diesem Nachthemd?!«

Sie schaute in den Spiegel und lachte jetzt auch.

Lott fuhr fort: » Es ist jetzt Punkt 19 Uhr. Um diese Zeit hätte der Umzug begonnen. Es sind sicher einige Hemdglonker am Münsterplatz versammelt, denn die Nachricht über den Rundfunk, dass der Umzug ausfällt, dürfte nicht jeden erreicht haben. Wir haben sowohl Polizisten in ihren gewohnten Uniformen vor Ort wie auch verkleidete Polizisten. Die Idee von Lander, den Umzug wegen der gestrigen Vorfälle aus Sicherheitsgründen abzusagen, klingt durchaus plausibel und also glaubwürdig. So entsteht keine Panik unter den Leuten. Zu befürchten ist allerdings, dass wir den Täter damit provozieren. Er kann nämlich den Erfolg, dass der Umzug abgeblasen wird, jetzt nicht für sich verbuchen. Dass wir ihn provoziert haben, kann aber auch ein Vorteil sein, denn so wird er vielleicht eher unvorsichtig und leichtsinnig und er macht Fehler ...«

»Wenn er überhaupt auftaucht«, zweifelte Lohner und unterbrach damit Lotts Ausführungen. »Wenn er uns nicht nur zum Narren halten will, so wie gestern.«

»Vielleicht war das nur seine Generalprobe«, meinte Ilona, »um auszuprobieren, wie weit seine Inszenierung klappt.«

»Oder es ist ein Trittbrettfahrer, ein Wichtigtuer, der sich an dem Aufwand, den wir wegen ihm betreiben, ergötzt«, warf Petra ein.

»Genau das meine ich doch«, stimmte Lohner ihr zu.

Lott schüttelte den Kopf. »Leute, er nennt sich Signor Moretta. In keiner Pressekonferenz ist der Name dieser Maske von uns erwähnt worden. Wenn das unser Mann ist, so hat er zumindest etwas mit dem Überfall auf die Kinder zu tun, und er war im Roncalli-Haus, als das Prinzenpaar ermordet wurde.«

Die Erklärung schien Lohner zu überzeugen, denn er wiegte jetzt, ganz wie der Inder am Vormittag, den Kopf hin und her, dass es aussah, als balanciere er ihn aus. Auch Petra schien ihre Zweifel ablegen zu wollen. Und so nickten jetzt alle einhellig und warteten auf Lotts Instruktionen.

»Wir müssen vermeiden, dass uns jemand in diesem Aufzug aus dem Polizeigebäude kommen sieht. Petra, du fährst mit dem Kleeblatt ins Müller-Parkhaus. Von dort aus geht ihr gemeinsam zum Kornhaus, als Clique. Zuvor gehen Ilona und Lohner zum Münsterplatz. Mischt euch unter die anderen Hemdglonker und geht dann, möglichst im Pulk, zum Kornhaus. Im Augenblick sind zwanzig Polizisten in der Friedrich-List-Schule und verkleiden sich dort. Von dort aus ist es ein Katzensprung zum Kornhaus. Rund ums Kornhaus sind Einsatzfahrzeuge. Wir haben also auch uniformierte Polizei vor Ort, die von unserem Einsatz ablenkt. Ich habe an der Wache Bescheid gesagt, dass ihr unbemerkt das Gebäude verlassen könnt. Also los!«

»Und was ist mit dir? Gehst du ohne Nachthemd?«, fragte Petra und musterte Lott genau.

»Ich habe mich in der Wohnung von Max einquartiert«, antwortete ihr Lott. »Von dort aus fahre ich ins Parkhaus. Und komme selbstverständlich in entsprechender Garderobe.«

»Dann sind wir mal gespannt«, lachte sie.

Ohne ein weiteres Wort zu verlieren, machten sich zuerst Lohner und Ilona Raab auf den Weg. Kurze Zeit später Petra und das Göppinger Kleeblatt.

»Da möchte man am liebsten auch dabei sein«, meinte Lina, Lott zugewandt.

»Sie müssen die Stellung hier halten, Lina. Bei Ihnen laufen die Fäden zusammen«, sagte Lott, während er sie am Arm berührte.

Lina fühlte sich geschmeichelt. Ob von Lotts Worten oder seiner vagen Berührung, ließ ihr verschämter Blick offen. Sie wandte sich der Tür zu, drehte sich dort noch einmal um und blinzelte zurück: »Passen Sie gut auf sich auf.«

Als Letzter machte sich Lott auf den Weg. Er fuhr in Brauchles Wohnung. Dort packte er das Nachthemd aus seiner Aktentasche, das aus dem Fundus des Ulmer Theaters stammte. Eine Nachtmütze gehörte dazu. Weiß und aus Wolle und mit einem Bommel versehen. In diesem Aufzug fuhr er zu Evelyns Wohnung.

Sie wartete bereits. In einem blütenweißen Nachthemd. Und ihr Kopf steckte unter einer ebenso weißen Haube. Lott musste sie einfach umarmen, wie sie so daherkam, und dann auf beide Wangen küssen. Er hätte, wäre es ein anderer Zeitpunkt gewesen, vielleicht mehr gewagt. So aber machten sie sich eilig auf den Weg, fuhren wie abgesprochen ins Müller-Parkhaus, wo sie im vierten Parkdeck einen freien Platz entdeckten.

Arm in Arm gingen sie die wenigen Meter über den Schulhof der Listschule, überquerten den Platz am Einsteinhaus und stellten sich in die Reihe der Leute, die am Eingang des Kornhauses um Einlass anstanden. Wenige Minuten später passierten sie den Eingang in den Festsaal, und schon wurden sie von einer ersten Stimmungswelle überrollt. Lott staunte. Weder die Absage des Umzugs noch das vermehrte Polizeiaufgebot rund ums Gebäude schien die Laune der Faschingsnarren zu beeinträchtigen. Ausgelassen rissen sie ihre zotigen Witze, begehrten zu saufen und ließen sich von den Rhythmen der Stimmungsmacher, die sich BIG FUN nannten, treiben.

Lott sichtete die Lage. Bald traf er auf Petra, die ihm zuzwinkerte und sich inzwischen in ihrer Verkleidung ganz wohl zu fühlen schien. Ihre Haare hatten allerdings den Kampf gegen die Haube gewonnen, denn diese hing jetzt wie ein Cowboyhut in ihrem Nacken. Lohner traf er an der Bar, Ilona streifte um die Theke, an der Bier, Sekt und Orangensaft ausgeschenkt wurde. Die Göppinger hielten sich in der Nähe der Notausgänge auf. Alle hatten sich gut verteilt. Der Weg zu den Toiletten war ebenso besetzt wie der Bühnen- und der Haupteingang.

Sie mussten auf Auffälligkeiten achten. Was genau das sein konnte, wusste keiner. Der Täter, wenn er denn seine Drohung wahrmachen würde, war gewiss nicht an seiner Maskerade zu erkennen. Er würde schnell und überraschend handeln. Vielleicht begnügte er sich aber auch mit dem Erfolg, dass er den Umzug verhindert hatte und der Ball nur mit einem großen Polizeiaufgebot stattfinden konnte.

Um nicht aufzufallen, mussten aber auch die eigenen Leute sich anpassen. Entsprechend sollten sie lachen, trinken, tanzen. Und wenn es sein musste, auch küssen. Sie durften alles, nur nicht entlarvt werden.

BIG FUN spielte ein gängiges Programm. *Ein Stern, der deinen Namen trägt.* Und *Sierra Madre.* Danach schmetterten sie: *Jetzt geht's los* in den Saal und machten auch vor *My Baby, Baby ballaballa* nicht Halt. Dieser Frohsinn ist mit dem Zustand der Welt nicht in Übereinstimmung zu bringen, dachte Lott und löste jetzt Lohner an der Bar ab. Der wagte sich auf die Tanzfläche, wo auch Evelyn tanzte. Sie ging sehr vertraut mit ihrem Tanzpartner um. Vielleicht war das einer aus ihrer Maskengruppe, vermutete Lott. Ein ihr Fremder konnte das nicht sein. Einen Moment lang spürte Lott einen Hauch von Eifersucht in sich aufsteigen und war erstaunt. Er neigte doch überhaupt nicht dazu. Gleich schaute er deshalb in eine andere Richtung, um dort wachsam alle Personen zu beobachten. Im selben Moment hatte eine Frau auf dem Barhocker neben ihm Platz genommen. Sie hielt ein Glas Sekt in der Hand, mit Sicherheit nicht ihr erstes an diesem Abend. Kaum hatte er einen Blick auf sie geworfen, gab sie sich auch schon als Karin aus Burlafingen aus, die in Immobilien mache, Single und erst kürzlich vierzig geworden sei, auf Wellness und Vegetarisches stehe, obwohl man das ihrer kummererregenden Figur nicht ansehe, die sich heute so gut unter ihrem Nachthemd verstecken lasse. Ach, die Stimmung hier, und die Leute in ihren Schlafgewändern und vor allem die Kapelle! Sie finde das ja ganz toll.

Lott hörte ihr zu, bis seine Ohren voll waren. So voll, dass kein einziges Wort mehr darin Platz hatte.

BIG FUN spielte einen Schmusesong von *Modern Talking,* Karin kippte auf Lotts Seite und fand an seiner Schulter Halt.

»Jemand hat behauptet, es wäre heute viel Polizei unter uns«, sagte sie plötzlich gewichtig und fügte schnurrend hinzu: »Bist du auch ein Bulle?«

»Eher ein Ochse, und das in jeder Hinsicht«, antwortete Lott.

Karin schien einen Moment lang über Lotts Antwort nachdenken zu müssen, dann lachte sie plötzlich los, als Evelyn herantrat und Lott um einen Tanz bat.

»Hab ich gestört?«, fragte sie.

»Ganz im Gegenteil«, antwortete Lott aufatmend. »Aber der Dame scheint nicht entgangen zu sein, dass Polizei unter den Gästen ist.«

»Wenn die das schon merkt, dann unser Signor Moretta doch dreimal«, meinte Evelyn.

Sie tanzten ein paar Schritte.

»Wer war das vorhin?«, fragte er sie, so sachlich wie nur möglich, ja fast so, als wäre er am Ermitteln.

»Uli Schellers bester Freund.«

»Und?«

»Er hat gesagt, dass er für jeden in der GaugaMa-Truppe die Hand ins Feuer hält. Von denen hat keiner den Uli umgebracht, hat er gesagt.«

Evelyn schmiegte sich an ihn. BIG FUN spielte einen Blues.

Kurz darauf klatschte Lohner ab.

»Scheint alles ruhig zu sein«, raunte er dabei Lott zu. »Auch von draußen gibt es nichts Aufregendes.«

Lott schaute auf die Uhr. Es war kurz vor Mitternacht. Er spürte, dass er müde wurde. Er ging nach draußen, einen Happen Luft zu schnappen.

In kleinen Grüppchen standen die Raucher zusammen. Es sah aus, als würden sie geheime Nachrichten in Form von Rauchzeichen in die Februarluft senden.

Plötzlich wurden ihm die Augen zugehalten. Lott drehte sich blitzartig um.

»Ich bin Elvira«, wieherte eine Frau ihm ins Gesicht und hatte auch sonst alle Symptome einer rossigen Stute. Sie schnappte nach Lotts Mund, um den zu küssen. Der Kuss schmeckte nach Erbrochenem. In diesem Augenblick wäre

Lott gerne ein Hästräger gewesen, im Schellenkostüm und mit Holzmaske, sei die auch so einfältig wie das *Hansele*. Von derlei Übergriffen wäre er jedenfalls verschont geblieben.

Er lachte Elvira an, drückte sie dabei sanft von sich. Und floh zurück in den Saal. Aber auch dort standen Frauen parat, die ihn kurioserweise zu begehren schienen.

»'s isch do schee, wenn ma s'Nachthemd scho a'hot. Ond so praktisch«, gurrte Mandy, wenig bemüht, ihre Contenance zu wahren. Wenn die Mittvierzigerin denn Mandy hieß. Der Name zierte ihr offenherziges Nachthemd.

»I dät di jetzt gern a bissle verwöhna.« Und schon hatte er ihre Zunge im Mund und damit wieder den Geschmack eines Rachens, durch den sich der zugehörige Magen seines Inhalts entledigt hatte.

Lott wunderte sich. Sein Testosteron war doch in den Keller der Begierdefreiheit gerückt, und er war älter als die meisten Männer hier. Vielleicht war es ja die Schlafmütze mit der Bommel dran, welche die Frauen erregte? Oder lag es einzig und allein an dem Treiben hier?

Was für eine freizügige Spielwiese bietet doch der Fasching, dachte Lott. Hier wird nichts als Anmache empfunden, hier kann man nicht in ein Fettnäpfchen treten. Hier ist so ziemlich alles erlaubt. Aber mussten denn alle erst kotzen, bevor sie ihn küssten?

Lott schaute wieder auf seine Armbanduhr. Viel Zeit war nicht vergangen. Eine halbe Stunde nach Mitternacht zeigte sie an.

Sein Darm rebellierte. Er musste dringend aufs Klo. Er gab Petra ein Zeichen, die sich beharrlich in der Nähe der Toiletten aufhielt. Ilona ließ den Haupteingang nicht aus dem Auge. Lohner tanzte schon wieder mit Evelyn und besetzte damit ermittlungstaktisch das Parkett.

Als er auf dem Klo saß, hatte er genug von dem Ganzen. Und tendierte dazu, den Einsatz hier abzublasen. Aber da war plötzlich wieder dieses Gefühl. Er spürte, dass er etwas spürte, und das, was er spürte, war nicht angenehm.

Er versuchte, sich die Zeilen der E-Mail, die Signor Moretta ihnen geschickt hatte, in Erinnerung zu rufen. Er wusste den genauen Wortlaut nicht mehr. Aber er hatte ihn sich notiert. Der Zettel steckte in seiner Hose. Er kramte ihn hervor und las:

Wer im Schlafgewand sich zeigt
auf offener Straß –
der trägt schon das letzte Hemd,
schläft bald den ewigen Schlaf.

Lott las noch einmal die Zeilen. Und dann ein drittes Mal.

Wer im Nachtgewand sich zeigt auf offener Straß …

Alle, die zum Ball gehen, zeigen sich doch unwillkürlich auf offener Straße. Sie waren davon ausgegangen, dass Signor Moretta den Umzug meinte.

…der trägt schon das letzte Hemd …

Alle, die im Nachthemd erscheinen, sind mögliche Opfer. Er hat es auf keine bestimmte Person abgesehen.

… schläft bald den ewigen Schlaf.

Ein Schlafmittel, ein Gift. Bei dem Umzug wäre es schwieriger oder gar unmöglich gewesen, jemanden zu vergiften. Eine zufällige Person. Er streut sein Gift aus. In einem Getränk wahrscheinlich. Und wer es trinkt, der stirbt.

Lott zog sich das Nachthemd zurecht, drückte die Spülung, wusch sich mechanisch die Hände und hastete in den Saal zurück, um unverzüglich Kontakt mit den Kollegen aufzunehmen. Es musste verhindert werden, dass weitere Getränke über den Ausschank gingen. Aber seine Bemühungen kamen zu spät.

Elvira lag am Boden. Über ihr kniete Lohner. Und der wusste sofort, was geschehen war. Er roch es: Kaliumzyanid. Und er wusste um die akut toxische Wirkung, die bei der Frau zu einer inneren Erstickung geführt hatte. Neben ihr lag ein zerschlagenes Sektglas. Ilona hatte sofort den Rettungsdienst alarmiert, und Petra ließ geistesgegenwärtig den Haupteingang abriegeln. Das Polizeiaufgebot vor dem Kornhaus wurde zur Fahndung nach allen Besuchern, die sich derzeit noch auf dem Heimweg vom Hemdglonkerball befanden, eingesetzt. Die Polizisten, die hier verdeckt im Einsatz waren, liefen aufgescheucht durcheinander. Ihre Verkleidung hatte jetzt etwas Absurdes, wenn nicht sogar Bizarres.

Lott hatte Elvira, ihrem verzerrten Gesichtsausdruck zum Trotz, gleich erkannt. Die Stute Elvira, die ihn vor nicht ganz einer halben Stunde noch geküsst hatte. Ein Kuss, der nach Kotze gerochen hatte. Sie war schon betrunken gewesen und hatte dann noch mehr getrunken und nicht gemerkt, dass jemand ihr letztes Glas Sekt mit Kaliumzyanid versetzt hatte.

Lott ließ umgehend auch alle anderen Ausgänge sperren. Der Mörder musste entweder noch hier sein oder, wenn er noch rechtzeitig den Saal verlassen hatte, dann schnappten ihn die Polizisten, die draußen nach allen Hemdglonkern fahndeten.

Wütend riss sich Lott das Nachthemd vom Leib und hielt auch die Kollegen an, ihre Verkleidung abzulegen. Seine Undercover-Mission, wie Petra den Einsatz nannte, war zur Farce geworden. Er hatte sich lächerlich gemacht. Man konnte nicht sechshundert Leute über Stunden hinweg observieren. Er machte sich Vorwürfe. Er hätte nicht nur den Umzug, sondern auch den Ball verbieten müssen. Aber jetzt war alles zu spät. Vorwürfe dienten der Sache nicht.

Nach wenigen Minuten fuhren Rettung und Notarztwagen vor.

Lohner hatte das Gefühl eines Déjà-vu. Nur dass nicht Dr. Laepple, sondern ein anderer Notarzt den Exitus feststellen und den Totenschein ausstellen musste, und dass da nicht ein Prinzenpaar, als wäre es aus einem Märchenbuch entstiegen, lag, sondern eine betrunkene und nun tote Frau.

44

Elvira Hetmanczyk, 40 Jahre alt, geschieden, keine Kinder, hatte allein in einer Zweizimmerwohnung am Willy-Brandt-Platz gelebt. Sie war Altenpflegerin im Elisa. Zum Hemdglonkerball war sie mit einer Arbeitskollegin gegangen, dort aber, so die Aussage der Kollegin, habe sich jede allein amüsiert.

Es war ein Uhr nachts. Über der Stadt lag dichter Nebel. Lotts Soko und alle verfügbaren Polizisten waren noch immer dabei, die Personalien der noch anwesenden Hemdglonker zu erfassen. Etliche davon hatte man auf ihrem Nachhauseweg aufgegriffen, in den verschiedenen Parkhäusern oder in den Nachtbars der Altstadt, wo sie den Abend hatten ausklingen lassen wollen.

Man hatte alle Hemdglonker durchsucht, Gift wurde jedoch bei keinem entdeckt.

Elvira Hetmanczyk hatte man umgehend in die Rechtsmedizin gebracht. Dr. Banzhaf, der bereits schlief, wurde gerufen und aus dem Bett geholt. Sie durften jetzt keine Minute verlieren.

»Es sieht so aus, als würde der Kreis sich schließen«, meinte Lott. Die anderen stimmten ihm zu. Mit einem Zyankali-Mord hatte alles angefangen. Jetzt schien die Linie wieder an ihrem Anfang angekommen zu sein.

»Allein die Logik fehlt mir dabei«, sagte Lott. »Ich bin mir sicher, dass das letzte Opfer nicht gezielt ausgewählt wurde. Es sollte einfach jemand sterben. Gleichzeitig scheint es mir unwahrscheinlich, dass sich zwei Täter desselben Gifts bedienen.«

»Und wenn es, wie im letzten Jahr bei Waltraud Nass, ein reiner Alibimord war«, führte Petra ins Feld, »nur begangen, um eine falsche Spur zu legen?«

»Und warum dann der Aufwand mit der E-Mail?«, erwiderte Lohner. »Warum hat der Täter nicht still und leise zugeschlagen?«

Lott rekonstruierte laut. »Das Prinzenpaar – die beiden Buben – der GaugaMa – und jetzt Elvira Hetmanczyk. Die beiden Buben und Frau Hetmanczyk waren zur falschen Zeit am falschen Ort. Der Mord am GaugaMa aber war bis ins Detail geplant, genau wie auch der Mord an dem Prinzenpaar. Es passt nichts und es passt alles zusammen.«

»Auch der letzte Mord war genau geplant, nur das Opfer war willkürlich gewählt«, gab Ilona zu bedenken.

»Wann hat der Täter den Sekt mit Zyankali versetzt?« Petra stellte die Frage in die Runde.

»Es waren immer zehn, fünfzehn gefüllte Gläser am Ausschank, aber die gingen auch rasch weg«, wusste Ilona.

»Ich bin mir sicher, der Täter war noch im Saal, und wir haben seine Personalien«, sagte Lott. Er war mit einem Male davon überzeugt, dass der Mörder in ihrem Raster hängenbleiben würde.

»Es ist jetzt Viertel nach zwei. Mollenkopf wurde verständigt, und Peter Olms ist dabei, eine Presserklärung zu verfassen. Ich habe veranlasst, dass sämtliche Personalien in den Computer eingespeist werden. Wir sehen uns um neun Uhr im Konferenzraum.«

Damit verabschiedete er sich und ging zu seinem Wagen. Als er aufschloss, spürte er Evelyn hinter sich.

»Ich kann mal wieder nicht allein sein«, sagte sie, als müsse sie sich dafür entschuldigen.

»Willst du mit in Brauchles Wohnung?«

»Nein, schlaf bitte bei mir.«

Evelyn stieg in Lotts Wagen. Sie fror. Die Heizung kam jedoch auf der kurzen Strecke nicht wirklich in Gang.

»Nimm ein heißes Bad«, sagte Lott, als sie die Wohnungstür aufschloss.

Sie nickte. »Ein heißes Bad würde dir auch gut tun.«

Lott lächelte: »Ist das ein Angebot?«

Evelyn nickte wieder und ließ das Badewasser ein.

Da saßen sie dann gemeinsam in der Wanne, und der Badeschaum versteckte weitgehend ihre Nacktheit. Lott wunderte sich, wie wenig sie sich körperlich nah waren, gemessen an dieser eigentlich prickelnden Situation. Ihr gemeinsames Bad hatte eher etwas von Loriot: Herr Müller-Lüdenscheid und Dr. Klöbner in ein und derselben Badewanne. Nur die Gummiente fehlte.

Später lagen sie im Bett nebeneinander. Sie hielten sich an den Händen. Eine matte Verzweiflung machte jede Art von Sex unmöglich. Lott schaute zum Mond, der sich mühsam durch den Nebel zwängte. Er dachte an das Prinzenpaar. Er drehte sich zu Evelyns Seite und sagte: »Irgendetwas muss beim ersten Mord schiefgegangen sein.«

45

»Raimund Nüssle und Gudrun Felgenhauer sind aus dem Rennen«, sagte Lohner lapidar. »Das Gift ist identisch mit dem, durch das das Prinzenpaar zu Tode kam. Und beide waren definitiv nicht beim Hemdglonkerball.«

Dr. Banzhaf hatte seinen Bericht bereits vorgelegt.

Hinter den meisten lag eine Nacht ohne Schlaf. Auch Lott hatte kaum geschlafen. Gemeinsam mit Evelyn war er bereits kurz nach acht Uhr wieder im Neuen Bau erschienen, gespannt darauf, was die letzten Stunden an Ergebnissen gebracht hatten. Von den 438 Besuchern, deren Personalien man nach dem Mord beim Hemdglonkerball aufgenommen hatte, waren 426 durch das Raster ihrer Ermittlung gefallen, und nur zwölf waren darin hängen geblieben. Zwölf Männer, die alle in Fasnetsgruppen oder in Karnevalsvereinen organisiert waren. Vier davon waren in Firmen tätig, die zum galvanischen Vergolden und Versilbern Kaliumzyanid verwendeten oder auf dem Gebiet der Verzinkerei und der Härtetechnik arbeiteten.

Die übrigen acht Männer hatten sich zur fraglichen Zeit in der Nähe des Ausschanks aufgehalten, drei davon hatten mit Elvira an diesem Abend losen sexuellen Kontakt gehabt. Einer gab zu, mit ihr im Frauenklo eine schnelle Nummer geschoben zu haben, wie er sich ausgedrückt hatte.

Alle zwölf Männer hatte man vorgeladen. Petra, Ilona und die Göppinger waren bereits dabei, sie zu vernehmen.

Lander hatte soeben veranlasst, dass der Bürgerball, der heute ebenfalls im Kornhaus hätte stattfinden sollen, abgesagt wurde. Olms hatte eine Pressekonferenz anberaumt, die Staatsanwalt Mollenkopf mehr oder weniger allein bestreiten musste, denn von der Soko war jetzt keiner abkömmlich.

Lott ließ sich die Liste mit den 438 Namen bringen. Er schaute sie erst flüchtig durch, dann las er sie sorgfältig, als würde der Name, hinter dem sich der Mörder verbarg, ihm ins Gesicht springen oder sich stellen. Nach einer Weile legte er die Liste wieder beiseite. Er nahm seine Matrix zur Hand, starrte auf Namen und Orte und wusste im selben Moment, dass diese nichts enthielt, was ihn auch nur einen Schritt hätte weiterbringen können. Ilona kam herein. Unter ihrem roten Haar zog sie kraus die Stirn und sagte nur ein einziges Wort: »Fehlanzeige.«

Lott nickte. Dann arbeitete er weiter die Ermittlungsakten durch, bis er beim Bericht der Spurensicherung, datiert am 5. Februar, Kennwort Roncalli-Haus, angekommen war.

Lott las und erstarrte. Er spürte, dass er etwas spürte. Auf der Asservaten-Liste war da unter anderem aufgeführt worden: Eine zerknüllte rote Serviette mit dem Schriftzug *Für unseren Sitzungspräsidenten*.

Plötzlich wusste Lott, was beim ersten Mord schiefgegangen war: Der Anschlag hatte nicht dem Prinzenpaar, sondern Wendelin Weihnacht gegolten. Der vergiftete Kaviar-Nassi lag auf dieser Serviette, als Geste für den an diesem Tage geehrten Sitzungspräsidenten. Während die anderen sich mit den Leberkäs-Nassis begnügen sollten, wurde ihm Kaviar serviert. Vor Lotts geistigem Auge lief ein Film ab: Was für ein Auftritt wäre das gewesen. Wendelin Weihnacht verspeist vor aller Augen in gerührter Dankbarkeit einen Nassi mit Kaviar und fällt im nächsten Moment vor aller Augen tot zu Boden.

Lott griff zum Telefon und wählte Wendelin Weihnachts Nummer. Der war sofort am Apparat.

»Kommen Sie doch bitte gleich zum Neuen Bau. Es ist wichtig. Wir haben eine Spur, wo nur Sie uns weiterhelfen können.«

Wendelin Weihnacht versprach, gleich zu kommen, und legte auf. Kurz darauf traten Petra Mai und die Göppinger an Lotts Schreibtisch. Ein Schulterzucken ging ihren Erklärungen voraus. »Bei keinem dieser zwölf Männer gibt es auch nur den leisesten Verdacht, dass sie etwas mit dem Mord an Elvira Hetmanczyk zu tun haben könnten.«

Lott nahm es schweigend zur Kenntnis.

Dann bat er die Kollegen, Platz zu nehmen, und teilte ihnen mit, was ihm soeben im Bericht der Spurensicherung aufgefallen war und was sie bisher übersehen hatten. Und er machte keinen Hehl aus seiner Vermutung, dass der Anschlag im Roncalli-Haus dem Präsidenten der Karnevalsgesellschaft und nicht dem Prinzenpaar gegolten hatte.

»Aber warum mussten dann Scheller und die Hetmanczyk sterben?«, fragte Petra.

»Wir haben es offensichtlich mit einem Psychopathen zu tun. Der missglückte Anschlag auf Weihnacht muss etwas in ihm ausgelöst haben, was nicht mehr kontrollierbar war. Er hat für den Tod des Prinzenpaares nicht sich, sondern andere verantwortlich gemacht. Und er führt jetzt einen Strafzug gegen die scheinbar Schuldigen.«

Petra schüttelte den Kopf.

»Das ist jetzt wirklich sehr weit hergeholt«, sagte sie abwehrend.

»Ich habe Herrn Weihnacht hergebeten. Vielleicht kann er uns weiterhelfen. Er soll sich die Liste noch einmal genau ansehen.«

Wendelin Weihnacht kam wie aufs Stichwort.

»Gott, ach Gott, ach Gott«, sagte er beim Eintreten. »In was für Zeiten leben wir bloß.«

Er reichte Lott und den Kollegen die Hand. Lott nahm ihm den Mantel ab und erklärte in wenigen Worten sein Anliegen. Dann legte er die Liste mit den 438 Namen dem einstigen Sitzungspräsidenten vor.

»Lesen Sie bitte in aller Ruhe die Namen durch. Lassen Sie sich Zeit. Denken Sie nach, ob Ihnen zu einem der Namen etwas einfällt.«

Lott stand auf und ging zum Fenster. Er hatte das Gefühl, Herrn Weihnacht damit eine bessere Konzentration zu ermöglichen.

»Ich kenne einige der Leute, aber ich wüsste nicht, was die mit den Gräueltaten zu schaffen hätten.«

Plötzlich schaute Wendelin Weihnacht auf. »Lorenz Murr.«

»Was ist mit ihm?«

»Ich kannte einen Hans Murr, er war mein Vorgänger. Lange Jahre war der unser Sitzungspräsident. Ach, das waren noch Zeiten. Aber der ist schon einige Jahre tot.«

»Und Lorenz Murr?«

»Der Hans hatte einen Sohn. Ja, richtig, der hieß glaube ich wirklich Lorenz. Jetzt erinnere ich mich. Der war sogar auch bei uns in der Karnevalsgesellschaft. Ist dann aber wieder ausgetreten.«

»Gab es einen Grund dafür?«

»Irgendeine Lappalie. Die jungen Leute haben heutzutage ja eine ganz andere Auswahl, ganz andere Möglichkeiten, wie sie ihre Freizeit gestalten. Da steht der Karneval bei den wenigsten an oberster Stelle.«

»Wann war das?«, hakte Lott nach.

»Was? Dass der junge Murr ausgetreten ist?«

»Ja, wann war das?«

»Das ist Jahre her! Ich war noch nicht lange im Amt.«

»Bitte erinnern Sie sich! Um was ging es damals bei Lorenz Murr? Warum ist er ausgetreten?«

»Ich glaube, er wollte partout der Faschingsprinz sein! Aber so etwas geht nicht so hoppladihopp!«

»Schickt sofort eine Fahndung raus. Und tragt alles, was ihr über Lorenz Murr herausfinden könnt, zusammen.«

Petra und die Göppinger sprangen auf, um das Nötige in Gang zu setzen.

»Was bedeutet das alles?«, fragte Wendelin Weihnacht, während er verstört um sich schaute.

»Ich vermute, dass der Anschlag im Roncalli-Haus Ihnen und nicht dem Prinzenpaar gegolten hat. Und es ist zu befürchten, dass er seinen Fehler noch korrigieren will.«

»Lorenz Murr?«

Lott hob die Schultern. »Es ist zu befürchten. Am besten verbringen Sie die nächste Zeit außerhalb von Ulm, bis wir Murr verhaftet haben. Haben Sie irgendwo Verwandte oder Freunde, die Sie besuchen können?«

Weihnacht nickte verunsichert.

»Ich lasse Sie dann nach Hause begleiten, und Sie fahren bitte gleich weg. Das ist das Beste für Sie, glauben Sie mir!«

Damit verabschiedete sich Lott vom sichtlich erschütterten Ex-Karnevalspräsidenten. Im nächsten Moment schon kamen Petra und die Göppinger zurück.

»Lorenz Murr, 44 Jahre alt. Nicht vorbestraft. Arbeitet beim Finanzamt. Die Adresse: Magirusstraße 77.«

»Dann nichts wie hin«, sagte Lott.

Petra stand bereits in den Startlöchern. Die Göppinger und ein Streifenwagen mit zwei uniformierten Polizisten folgten ihnen. In wenigen Minuten hatten sie den Zielort erreicht.

Es war eine von den Mietskasernen, in den Fünfzigern oder frühen Sechzigern erbaut. Die Haustür stand offen. Lorenz Murr wohnte im dritten Stock. Die uniformierten Polizisten zogen ihre Waffen und gingen voran. Sie klingelten an der Wohnungstür. Niemand öffnete. Lott gab die Anweisung, die Tür gewaltsam zu öffnen. Sie brachen das Schloss auf, sicherten den Zugang, kontrollierten alle Zimmer. Aber da war niemand.

Lott trat ein. Er ging ins Wohnzimmer. An den Wänden hingen Fotos von Karnevalsumzügen. Alle in schwarzweiß. Auf einem der Fotos, es steckte in einem goldenen Rahmen, sah man ein Kinderprinzenpaar auf einem Festwagen stehen, das Bonbons in die Zuschauer warf.

»Schaut euch das mal an«, rief einer der Göppinger, der das Badezimmer inspiziert hatte.

Lott traute seinen Augen nicht. In der Dusche hing das Kostüm des GaugaMa.

»Ruf die Spurensicherung«, bat er die Kollegin. Und ging ins Wohnzimmer zurück. Er wusste jetzt, wer das Prinzenpaar, den GaugaMa und Elvira Hetmanczyk ermordet und sich an den beiden Kindern vergriffen hatte.

Auf einem Nähtisch, dessen Nähmaschine versenkt nach unten hing, lag eine Dokumentenmappe. Lott schlug sie auf. Gedichte lagen darin und alte Fotografien. Zuletzt griff er nach einem Heft, stockfleckig und in Sütterlin gedruckt, darin begann er zu lesen:

Über den Rhein zogen dichte Nebelschleier. Sie zogen nach Frankreich hinüber, der Besatzung hinterher, die zwei Jahrzehnte lang hier das Leben diktierten. Die brachten ihre eigene Ordnung mit und verwarfen die alten Regeln ...

46

Sonntag, 18. Februar – Narrensprung

Der Anruf war um 9.45 Uhr eingegangen. Lina hatte ihn entgegengenommen. Die Mitteilung des anonymen Anrufers war so knapp wie eindeutig gewesen und lautete:

Die Holl-Hexe wird brennen.

Der Nachricht war, wie Lina Bausch diensteifrig mitteilte, ein schauderhaft künstliches Lachen gefolgt; aber auch albern, wie aus einem Horrorfilm für Kinder, sei es gewesen. Lotts Soko traf um zehn Uhr zu einer Lagebesprechung im großen Konferenzraum zusammen. Linas Nachricht über die erneute Drohung hatte das Konzept der Dienstbesprechung über den Haufen geworfen. *Die Hexe wird brennen* hatte Priorität. Aus diesem aktuellen Anlass hatte Lott auch den Zunftmeister Gschwendner, Wendelin Weihnacht als ehemaligen Sitzungspräsidenten und Markus Schnallenberger, der dessen Amt übernommen hatte, hergebeten. Alle hatten zugesagt und waren wenige Minuten später im Präsidium. Auch Lander und Mollenkopf wurden umgehend in Kenntnis gesetzt. Der Narrensprung musste abgesagt werden. Das war der erste Schritt.

»Um 11 Uhr findet der Zunftmeisterempfang statt«, sagte Gschwendner. »Da treffen sämtliche Vereinsvorstände und Zunftmeister, die am Narrensprung teilnehmen, zusammen.«

»Dann haben wir noch genau eine Stunde Zeit«, hielt Lott fest, während er auf seine Armbanduhr schaute.

»Es ist unmöglich, jetzt noch den Narrensprung abzusagen«, erwiderte der Zunftmeister. »Die Gruppen kommen aus ganz Süddeutschland; die meisten sind bereits in der Stadt oder zumindest unterwegs nach Ulm. Das würde das Chaos nur noch größer machen!«

In diesem Moment trafen Lander und Staatsanwalt Mollenkopf ein, gefolgt vom Pressesprecher Peter Olms. Der Krisenstab war damit vollzählig.

Lott griff zum Telefon und wählte Evelyns Nummer. Als sich nur der Anrufbeantworter meldete, wählte er ihre Handynummer an. Die Mailbox bat, eine Nachricht zu hinterlassen.

»Bitte melde dich umgehend, es ist dringend«, rief Lott ins Telefon. Dann setzte er sich an die Stirnseite des Tisches.

»Wer ist und wo befindet sich diese Holl-Hexe im Augenblick?«, fragte Mollenkopf, nachdem er über die neue Sachlage informiert worden war.

Gschwendner antwortete: »Holl-Hexa nennen sich eine Gruppe innerhalb der Narrenzunft Ulm; neben der Hauptmaske Maria Holl gibt es Folterknecht und Teufel und eine Maske, welche die Maria Holl so zeigt, wie sie ihre Ankläger einst gesehen haben, mit einem Hexengesicht und herausgestreckter Zunge. Auch daher übrigens der Ulmer Narrengruß *Zong-raus.*«

»Ich dachte immer, das wäre wegen Albert Einstein, weil der doch die Zunge herausstreckt …«, entgegnete Schnallenberger.

Der Zunftmeister zuckte mit den Achseln. »Was den Narrengruß betrifft, da gehen die Meinungen auseinander.«

»Nicht nur da«, bemerkte Schnallenberger zynisch.

Lander wurde ungeduldig: »Schön und gut, aber wo finden wir die Hexe?«

»Um 9 Uhr fand in der Söflinger Kirche Mariä Himmelfahrt die Narrenmesse statt, die mittlerweile aus sein dürfte«, setzte Gschwendner die Anwesenden in Kenntnis. »Um 13 Uhr ist Aufstellung des Umzugs. Was die in der Zwischenzeit machen, Frühschoppen, irgendwas essen? Keine Ahnung.«

»*Die Holl-Hexe wird brennen.* Mit Holl-Hexe dürfte doch wohl die Hauptmaske gemeint sein«, konstatierte Lander. »Aber wer ist diese Hexe?«

»Evelyn Kamm«, sagte Lott.

Alle Augen waren nun auf ihn gerichtet.

»Unsere Evelyn, die Holl-Hexe?«, fragte Lohner forschend nach.

»Woher weißt du das?«, wollte Petra wissen.

»Ich weiß es eben«, antwortete Lott, nicht ohne einen Anflug von männlichem Stolz, und fuhr dann, wieder ganz bei der Sache, fort: »Aber sie ist nicht erreichbar. Ihr Handy hat sie ausgeschaltet. Ich habe ihr auf die Mailbox eine Nachricht hinterlassen, dass sie sich umgehend bei uns melden muss.«

»Ich kann mir nicht vorstellen, dass sie ihr Handy mit in ihre Fasnetsgruppe nimmt«, mischte sich Schnallenberger ein.

»Eine Hexe mit Handy! Warum nicht?«, grinste Weihnacht.

»Makaber, das Ganze«, stöhnte Lander.

Schnallenberger musste ihm Recht geben. »Diese Maskengruppe ist an sich makaber. Normalerweise sind es ja Phantasiemasken, die Dämonen und Ähnliches darstellen. Maria Holl ist aber eine historische Figur und als solche wirklich für die Fasnet fehl am Platze.«

»Ach Gott«, stöhnte der Zunftmeister amüsiert auf.

Lott interessierten diese Einzelheiten jetzt nicht. Er musste handeln und sich nicht mit dem Sinn und Unsinn von Fasnetsmasken auseinandersetzen.

»Wir müssen Evelyn Kamm finden. Sie kann unmöglich an dem Narrensprung teilnehmen. Und eigentlich trifft das auch auf die ganze Maskengruppe zu.«

»Wenn der Umzug schon nicht abgesagt werden kann, so müssen wir zumindest entsprechende Vorkehrungen treffen«, sagte Lander und schlug vor, das MEK aus Tübingen anzufordern. »Außerdem brauchen wir viel mehr Schutzpolizei als vorgesehen. Und zwar im gesamten Streckenverlauf. Und bitte nicht alle in Uniform. Für die Narren sind die nämlich immer ein gefundenes Fressen.«

Lott nickte und konkretisierte die Fahndungsmaßnahmen: »Wir müssen an zwei Fronten agieren. Erstens die Drohung wörtlich nehmen und die Holl-Hexe mitsamt der ganzen Maskengruppe aus dem Einflussbereich des Anrufers bringen, hinter dem wir Lorenz Murr vermuten, zweitens aber auch den Narrensprung schützen, so weit das überhaupt möglich ist. Die Drohung kann ja auch ein Ablenkungsmanöver sein.«

»Und wenn es sich um den dummen Scherz eines Trittbrettfahrers handelt?«, warf Petra ein. »Schließlich steht ja bald jeden Tag etwas über irgendeinen durchgeknallten Narren in der Zeitung.«

»Jetzt übertreiben Sie mal nicht«, wehrte sich Gschwendner. »Sie tun ja gerade so, als wäre jeder, der an der Fasnet teilnimmt, ein Idiot.«

Petra entschuldigte sich: »Ich wollte damit keinem auf die Füße treten.«

Lott griff den Faden wieder auf und verteilte Aufgaben. Während Lott und Petra sich auf die Suche nach Evelyn begeben wollten, freilich nicht ohne die Hilfe mehrerer Streifen, sollten die Göppinger, Lohner und Ilona Raab die Aktion Narrensprung leiten.

»Informieren wir die Zunftmeister?«, fragte Gschwendner. »Die hätten wir jetzt gleich alle beieinander.«

»Nein«, entschied Lott. »Wir halten Stillschweigen. Es würde nur weiteres Chaos verursachen.«

Und er bat auch die Herren Schnallenberger und Weihnacht, die Sache geheim zu halten. Nur so war vielleicht ein Zugriff möglich, noch ehe der Umzug begann.

Lott schaute auf den Münsterplatz. Dort tummelten sich bereits die verschiedensten Maskengruppen.

Bevor er mit Petra zum Wagen ging, instruierte er Lina Bausch.

Auch sie hatte sich maskiert. Sie trug die Maske der Verzweifelten.

47

Einen Krieg gewinnt man nicht auf dem Schlachtfeld. Er wird am Reißbrett gewonnen. Strategie ist alles. Der Kopf gewinnt den Krieg. Die Vorbereitung eines Krieges ist wichtiger als der Krieg selbst. Der ist dann nur noch die logische Folge, unabwendbar, wie der laute Donner nach einem Blitzeinschlag.

So gesehen hatte Prinz Carnevale alles richtig gemacht.

Er wusste, um welche Zeit die Holl-Hexe ihre Wohnung verlassen würde. Er kannte ihren Weg. Er hatte sie tage- und nächtelang beobachtet. Auch als sie den Kommissar angeschleppt hatte, war er da gewesen. Prinz Carnevale ist einfach überall. Seinem Auge entgeht nichts, sein Ohr hört, was die Stunde geschlagen hat. Es ist seine Zeit, die Zeit seiner Regentschaft, wenige Wochen nur, aber so beständig wiederkehrend wie die Jahreszeiten. Die fünfte Jahreszeit ist die seine. Da regiert er mit sicherer Hand. Er ist ein guter Monarch. Gerecht bis in die Haarspitzen seines Glorienkranzes.

Verräter werden bestraft. Bestraft wie Wendelin Weihnacht, der Prinz Carnevale verraten hat. Er hätte als Erster sterben müssen. Nun wird er am Rosenmontag sterben. Ein letztes Fanal. Er ist schuld an dem Hexentreiben. Hexen statt Soldatenkorps. Eine Prinzengarde, die in den Austrag gehört, und ein Till Eulenspiegel, der sich zum Gespött macht. Zeit, dass ein eiserner Besen da kehrt. Zeit für Prinz Carnevale!

Nur das Prinzenpaar hatte Glanz. Ein Krieg aber fordert seinen Tribut, und die Opfer kann man sich nicht aussuchen.

Doch morgen wird erst ein anderes Zeichen gesetzt: Die Holl-Hexe wird brennen.

Lorenz Murr schaut auf seine Armbanduhr. Es ist jetzt Viertel vor sieben. Um halb acht werden die Holl-Hexen sich treffen. Zu einem letzten, lockeren Training vor dem Narrensprung. Ihre Sprüchlein herunterleiern: *Ach, die arme Maria Holl.*

Er hört Schritte. Es sind ihre Schritte, er kennt sie. Er drückt sich in die Ecke des Hauseingangs. Jetzt geht sie an ihm vorbei, und er folgt ihr. Mit leichtem Schritt, federnd, wie nur Prinz Carnevale gehen kann, fast ohne den Boden dabei zu berühren. Dann fasst er die Hexe von hinten und verschließt ihren Mund. Er drängt sie, in den Wagen zu steigen, und hält ihr eine Spielzeugpistole an die Schläfe.

»Fahr zu oder fahr zur Hölle!«, flüstert er ihr scharf zu.

Evelyn kann sich nicht rühren. Ihre Beine sind schwer wie Blei.

»Fahr zu!« Er stürzt ihr die Pistole in die Seite.

Evelyn schreit auf. Ihr Schrei ist ohne Ton.

»Fahr zu«, brüllt ihr Peiniger. Und als sie den Wagen langsam aus der Parklücke fährt, befiehlt Lorenz Murr, wohin die Reise gehen soll.

Evelyn fährt wie in Trance. Es ist ein Traum. Was passiert, ist nicht wirklich. Ich will jetzt aufwachen, denkt sie. Sie sieht die Blau. Sie glaubt das Rauschen des Flusses zu hören. Den schmalen Weg soll sie nehmen. Warum hält niemand sie auf? Und warum rascheln die Bäume, die Bäume tragen kein Laub. In ihrem Ohr sitzt ein Teufel, der macht sie verrückt.

»Wir sind da«, sagt der Peiniger. Hart packt er sie und zieht sie aus dem Wagen, führt sie in die Hütte. Die Hütte ist groß. Er wirft sie hinein. Wie einen Kartoffelsack wirft er sie auf den Boden. Es brennt kein Licht.

Sie will schreien und denkt zugleich nicht daran zu schreien. Im Traum hat ein Schrei keinen Ton. Und wenn man wegrennt, rennt man nur auf der Stelle.

Jetzt kommt er ganz nahe heran. Sie riecht seinen Atem. Er hat nichts gegessen, denkt sie. Sie spürt ihre Arme nicht mehr. Sie hängen wie lahme Flügel herab. Eine Hexe hat keine Flügel, sonst würde sie jetzt davonfliegen. Denn fliegen kann man im Traum. Nicht wegrennen, aber fliegen. Eine Maske habe ich, hinter der ich mich verstecken will, denkt sie. Aber da reißt er die Maske an sich und das Kleid, das sie noch nicht am Leibe trägt, sondern in ihrer Tasche, einer Tasche, die sie in Italien gekauft hat. Warum denkt sie jetzt an Italien und an die Tasche? Träume kann man nicht abstellen. Warum?

Sie spürt ihre Arme, sie kribbeln, als wäre kein Blut mehr in ihnen. Er hat sie ihr auf dem Rücken zusammengeschnürt. Die Fessel ist aus Plastik. Sie schreit jetzt doch. Laut. Aber zu kurz, um sich damit Gehör zu verschaffen. Hört jemand diesen kurzen Schrei?! Den Hilferuf eines Vogels ohne Flügel? Schon wird ihr Mund verschlossen. Eine klebrige Fessel, die nach Uhu schmeckt.

Er drängt sie auf einen Stuhl. Sie muss sich setzen. Noch wird das Urteil nicht gesprochen. Noch ist der Stuhl ein Thron, von dem aus sie einen Traum regiert.

Ihre Augen sind müde, das dunkle Tuch, mit dem er ihre Augen verbindet, macht die Nacht nur noch schwärzer. Aus der Nacht wird kein Tag mehr. Sie hört jetzt das Geräusch ihres Wagens. Der Wagen fährt fort ohne sie. Und ihr Traum bleibt ein Traum. Aus der Nacht wird kein Tag mehr.

48

Voraus marschierte das Trommlercorps der Landsknechte Mittelbiberach. Das hörte sich an, als würde jemand zum Schafott geführt. Doch zum Glück folgten denen die Alttanner Höllteufel und riefen in die gaffende Menge: »Wo na – in d'Höll na!«

Also nicht zum Schafott, sondern lediglich in die Hölle. Wie beruhigend!

Guggenmusik folgte, dann die Zunftschalmeien, gespielt von der Lumpenkapelle *Scharfe Hüpfer* und begleitet von allerlei Narrenrufen: *Narri-Narro* und *Bobbele-Hupf* und *Hoorig hoorig isch dia Katz*.

Das Aufgebot an Hästrägern war so gewaltig, dass es auch nicht vom größten Polizeiaufgebot hätte observiert werden können. Zumal diese Schedder-Häxa und Wasamolle, Kropfete und Hansele nicht in Parademanier geordnet durch Ulms Straßen zogen, sondern stets aus ihren Maskengruppen scherten, um die eine oder andere Frau, Wildheit demonstrierend, aus den Zuschauerreihen zu greifen und sie ein wenig zu malträtieren.

Aber was sollte der Aufwand auch. Die Ansage des Signor Moretta, der in seinem bürgerlichen Leben Lorenz Murr hieß, war doch eindeutig gewesen: Die Holl-Hexe wird brennen. Und Evelyn war wie vom Erdboden verschwunden. Sie musste gefunden werden. Alles andere war zweitrangig.

Ohnehin wäre die Teilnahme der Maskengruppe am Narrensprung ohne ihre Hauptmaske Maria Holl eine Farce gewesen. Also hatten sie kurzfristig abgesagt. Zumal mit Evelyn auch die Maske und das Kostüm der Holl-Hexe verschwunden waren.

Die ursprüngliche Taktik, den Narrensprung zu observieren, war jetzt Makulatur. Die neue Situation erforderte Suchtrupps. Der Einsatz des MEK war jetzt gefragter als zuvor.

Mir kennat da Vadder
mir kennat da Sohn
send alle zwoi Narra
seit Lebzeita schon

Lott konnte sie nicht mehr hören, diese einfältigen Sprüche, die wie gewichtige Botschaften daherkamen.

Hans Hans Hoppedanz
goht net gern zum Rosakranz

Ach, wie dankbar nahm das am Straßenrand stehende Publikum solche Sprüchlein doch auf. Und wie verbunden zeigte es sich, wenn die Hänseleschar, mit ihren schwarzen Rüsseln, die aussahen, als kämen da Außerirdische daher, mit Körperkontakt kokettierte. Und wie lachte es nicht, wenn der Schelklinger Waldhutzla mit seinem Draculazahn Grimassen schnitt.

Da Sack verreisst's
da Bündel kracht
luschtig isch die Fasenacht.

Rägemollis mit Schneckenhäusern als Kopfschmuck und die Dora Weible aus Dornstadt versammelten sich, als Petra Mai sich meldete und mitteilte, dass die Wohnung von Lorenz Murr observiert wurde, darüber hinaus auch das Wohnviertel und das ganze Gebiet um die Herzklinik, die Gärten und Schuppen, die als Versteck sich anboten. Aber von Lorenz Murr fehlte jede Spur.

Lott hatte die gesamte Bandbreite der Fahndungsmöglichkeiten in Gang gesetzt. Es war jetzt eine gezielte Fahndung, sie jagten keinem Phantom mehr hinterher. Der Gesuchte hatte einen Namen: Er hieß Lorenz Murr. Und er hatte ein Gesicht. Die Maske der Moretta schützte ihn nicht länger. Außerdem war der geographische Fahndungsbereich festgelegt. Lorenz Murr würde die Stadt nicht verlassen. Was immer er vorhatte, er würde es hier ausführen.

Lorenz Murr zu schnappen war nicht das Problem, das Problem war Evelyn, die mit an Sicherheit grenzender Wahrscheinlichkeit in den Händen dieses Psychopathen war.

Lott zwängte sich durch die Menschenmassen, die ungeduldig nach vorne drängelten, um ja nichts von diesem Spektakel zu versäumen. Zwar spürte er, dass sich Lorenz Murr irgendwo hier herumtreiben musste, unter irgendeiner Larve versteckt, die es unmöglich machte, ihn zu fassen. Aber Lott musste zum Neuen Bau zurück. Für das, was er zu verantworten hatte, brauchte er, zumindest in seiner unmittelbaren Nähe, Ruhe. Vom Schreibtisch aus war alles leichter zu delegieren. Da half es nicht, wenn er hinter jeder ihm begegnenden Maske Signor Moretta sah. Das waren Gespinste, die nichts mit einer gezielten Ermittlung gemeinsam hatten.

Die Holl-Hexe wird brennen.

Es war nicht leicht, den Emotionen nicht nachzugeben, nicht einfach loszulaufen, um Evelyn zu suchen. Dafür waren die anderen da. Das MEK, eine Hundertschaft Schutzpolizei und nicht zuletzt seine Soko 11.11. Ach, er hasste diese Zahlen mittlerweile so sehr, dass ihm jedes Schmunzeln darüber, jede abfällige Ironie vergangen war.

Die Holl-Hexe wird brennen.

Aber nicht jetzt, dachte Lott. Nicht jetzt wird die Holl-Hexe brennen. Lorenz Murr braucht die Nacht dazu. Das Feuer soll ja gesehen werden. Ein Feuer am Tage ist nicht spektakulär. Er wird die Nacht abwarten. Das heißt, ihnen blieben noch ein paar wenige Stunden.

Lott ging ins kleine Konferenzzimmer. Dort hing der Stadtplan. Er setzte eine Markierungsnadel an den Punkt, an dem Evelyn wohnte. Sie war nicht zu Hause gewesen, als er gestern Abend angerufen hatte. Und sie hatte nicht zurückgerufen. Er hatte ihr auf die Mailbox gesprochen, und auf ihrem Display hätte sie doch seine Nummer gesehen. Das heißt, was immer ihr zugestoßen war, musste gestern Abend geschehen sein.

Wo war Evelyn jetzt, die Holl-Hexe, die den Feuertod erleiden sollte, wenn man der Drohung Glauben schenkte? Und es nicht zu glauben, wäre spätestens nach dem Tod von Elvira Hetmanczyk grob fahrlässig, um es milde auszudrücken.

Lotts Handy jaulte *You're Beautiful*. Lohner war dran. »Wir haben Evelyns Wagen.«

»Wo?«

»Auf einem Parkplatz des Messegeländes.«

Lott nahm eine Nadel mit blauem Kopf und markierte diese auf dem Stadtplan: Parkplätze Donauhalle/Friedrichsau/Messegelände.

Der Lärm von draußen wurde ihm unerträglich. Der Zug der Narren bewegte sich durch die Stadt. Er schaute aus dem Fenster. Und dachte: Ich hasse diese Fasnet, den Fasching, den Karneval, wie immer man dieses Treiben auch nennt. Im Augenblick warf er alle in ein und denselben Topf.

Warum ist er in die Friedrichsau gefahren? Dort ist niemand!

Dort wird niemand die Holl-Hexe brennen sehen. Er blufft! Evelyns Auto ist da, aber Evelyn ist – Lott zögerte, den Faden weiterzuspinnen – er ließ ihn in der Luft hängen und kehrte zum Stadtplan zurück. Die andere Endhaltestelle! Sie ist in Söflingen. Dort muss man sie suchen. Aber taten sie das nicht längst? In Ulm, im gesamten Stadtgebiet, einschließlich der Vororte, waren doch Suchtrupps unterwegs.

Wann genau wurde es denn dunkel? Reichte Lorenz Murr die Dämmerung schon? Nein, er brauchte die Nacht.

Draußen dämmerte es. Ein trüber Tag ohne erkennbare Sonne neigte sich jetzt schon zur Dunkelheit. Die dunklen Wolken halfen der Nacht.

Lott nahm die Treppe und eilte zur Einsatzzentrale. Auch dort waren keine Meldungen, welche die Suche nach Evelyn betrafen, eingegangen. Er ging zurück in sein Büro, schnappte sich seine Jacke und wollte nach draußen stürmen, als er an der Wache zurückgerufen wurde: »Herr Lott, auf dem Galgenberg wurde soeben ein Brand gemeldet.«

Lott hörte dem diensthabenden Beamten nicht länger zu. er wusste, was passiert war: Die Holl-Hexe brannte.

49

Die Sirenen von Feuerwehr, Notarzt und Polizei überschrieen die Narrenmusik. Lott hatte umgehend eine Streife geordert und ließ sich jetzt zur Brandstelle bringen, die, wie er gleich feststellte, weiträumig wie ein Tatort gesichert worden war. Petra schrie ihm entgegen. »Es ist die Holl-Hexe, aber nur die Maske und das Kostüm. Mit Stroh ausgestopft, mit Benzin übergossen. Das hat binnen weniger Sekunden lichterloh gebrannt.«

Lott hörte den Stein plumpsen, der ihm vom Herzen fiel. Dann war er wieder bereit, seine Arbeit aufzunehmen.

»Kontrolliert mir jeden Maskenträger, der Narrensprung ist vorbei. Lorenz Murr muss noch in der Nähe sein. Er kann sich ja nicht in Luft aufgelöst haben.«

Die Fahndung wurde verschärft, ein Netz wurde gesponnen, in dem Lorenz Murr sich verfangen würde. Aber wo war Evelyn? Wo hatte er sie versteckt? War sie bereits tot?

Wenn Lorenz Murr sie versteckt hatte, dann musste es ein Ort sein, von dem er sicher annahm, dass niemand sie dort finden würde.

Lott nahm sein Handy und rief Lina Bausch an.

»Finde doch bitte heraus, ob Lorenz Murr einen Schrebergarten oder etwas in der Art gepachtet hat.«

Lina stotterte, vielleicht weil Lott sie ungewollt geduzt hatte, und hauchte dann mehr, als sie sagte: »Ja, mach ich«, ins Telefon.

Die Einsatzkräfte durchkämmten das Wohngebiet rund um den Galgenberg, und im Zentrum der Stadt waren Personenkontrollen an jedem Hästräger zugange. Eine Ringfahndung mit Kontrollstellen, die in einem überschaubaren Radius festgelegt wurden, war eine weitere Maßnahme, die vielleicht den gewünschten Erfolg versprach.

Er hat kein eigenes Auto! Er hatte Evelyns Wagen in der Friedrichsau abgestellt. Und ist mit der Straßenbahn gefahren. Aber wie hat er die Holl-Hexe hierhergebracht? Er hat selbst das Kostüm getragen. Und das Stroh vielleicht schon vorher hier irgendwo versteckt. Oder in einer großen Tüte dabeigehabt, wie auch den Besen, an dem er die ganze Maskerade aufgehängt hatte. Und jetzt trägt er wieder seine Moretta, die venezianische Maske. Lotts Gedanken liefen auf Hochtouren. Sein Hirn glühte. Aber er spürte, dass er auf der richtigen Fährte war.

»Ich muss ins Präsidium zurück. Wir können Evelyn nur retten und Lorenz Murr nur fassen, wenn wir mehr über ihn wissen«, teilte er Petra mit und ließ sich die Wagenschlüssel ihres Dienstfahrzeugs geben. Er musste einfach alles über Lorenz Murr in Erfahrung bringen, sonst wurde die Fahndung zu einer Suche nach der Stecknadel im Heuhaufen.

Kaum hatte Lott den Stadtring erreicht, rief Lina an.

»Sie hatten recht, ein Krautgarten, so nennt man das hier, hat ein Hans Murr schon seit Jahrzehnten gepachtet. Er liegt an der Blau. Es ist das Grundstück, neben dem damals Waltraud Nass ...« Sie musste nicht weiterreden.

»Informieren Sie das MEK, oder nein, ich mach das selber, die brauchen genaue Instruktionen, sonst geht das in die Hose. Ich kümmere mich um alles selber.« Lott war zum förmlichen *Sie* zurückgekehrt, was Lina still bedauerte. Dafür antwortete sie kühl: »Ich habe jetzt sowieso Feierabend.«

Lott drückte das Gespräch weg und rief Wenzel Watzka, den Einsatzleiter des MEK, an. Lott kannte ihn gut. Er war ein sehr umsichtiger und zuverlässiger Polizist. »Wenzel, hör zu! Unser Täter hat in Söflingen unterhalb des Sportgeländes

des TSG ein Gartengrundstück in Pacht. Möglich, dass er Evelyn dort als Geisel gefangen hält. Bitte instruiere auch meine Kollegin Petra Mai, dass die Zielfahndung sich sofort auf dieses Grundstück konzentriert.«

Lott steckte sein Handy in die Tasche, startete den Wagen und fuhr los. Er wusste, wie man am schnellsten zu den Krautgärten gelangte. Über die Harthauser Straße. Von dort aus führten mehrere Wege zur Blau, die von beiden Seiten von Krautgärten flankiert wurden. Lott hatte aus Linas Beschreibung sofort erkannt, welcher Garten Murrs Garten war. Er parkte den Wagen vor der Sporthalle der TSG Söflingen.

Dort rief er wieder den Einsatzleiter des MEK an. Die operative Fahndung trat in ihre entescheidende Phase.

»Wo seid ihr im Moment?«, fragte Lott.

»Wir kommen von der Blaubeurer Straße her«, antwortete Watzka.

»Gut«, sagte Lott. »Hier ist alles gespenstisch ruhig, kaum Verkehr. Besser, ihr stellt eure Fahrzeuge bereits an der Blaubrücke ab und kommt dann zu Fuß zum Zielort. Wir dürfen Murr keine Gelegenheit zu einer Kurzschlusshandlung geben. Ich warte hier, bis ich etwas von euch höre.«

Lott drückte das Gespräch weg und wartete. Minuten vergingen, ohne dass etwas passierte. Noch einmal anrufen wollte er nicht. Womöglich waren sie bereits am Zielort, und der Klingelton des Handys würde zu unpassender Zeit zu hören sein. Die Zeit kam ihm zu lange vor. Der untätige Zustand, mit dem Wissen, dass Evelyn in Gefahr war, wurde ihm unerträglich.

Da machte er sich auf den Weg. Der Schein der Straßenlaternen reichte nicht weit. Auf halber Strecke umfing ihn die Dunkelheit. Lott musste sich erst an sie gewöhnen, um wenigstens Umrisse erkennen zu können. Außerdem wurde ihm schwindlig. Wenn er in der Dunkelheit draußen, auf freiem Feld war, erfasste ihn grundsätzlich ein Schwindelgefühl. Nur die Dunkelheit der Stadt ertrug er.

Eine Weile hatte Lott innegehalten, darauf hoffend, dass die Kollegen endlich kämen. Sie mussten doch längst hier sein. Vorsichtig ging er weiter. Der Garten der Murrs war nur noch wenige Schritte von ihm entfernt. Ein Tor aus Maschendraht diente als Eingang. Ein Vorhängeschloss war in der Dunkelheit zu ahnen. Es hing funktionslos am Gatter. Das Tor war einen Spalt weit geöffnet. Es war still. Kein Geräusch drang zu ihm. Er schob das Tor sachte ein Stück weiter auf und ging in den Garten, auf die Hütte zu, die gut zehn Meter von ihm entfernt in der Mitte des Grundstücks stand.

Er horchte, ob das MEK schon vor Ort war. Da hörte ein Geräusch, als versuche jemand zu schreien. Dann Holz, das auf Holz schlug. Ein Stuhlbein vielleicht, das hin und her geschoben wurde. Da war Lott klar, dass er selber handeln musste. Er drückte vorsichtig die Türklinke herunter. Die Tür war verschlossen. Gleichzeitig nahm er einen Schatten hinter sich wahr. Lott drehte sich um. Und schaute in die Augen, die aus der Maske der Moretta herausblitzten. Im nächsten Moment spürte er einen rasenden Schmerz an seiner Schläfe. Dann wurde es Nacht.

50

Nur nicht am Rosenmontag sterben, das wäre ja noch schöner. Mit den anderen Seelen eine Polonaise starten – *Kreuzberger Nächte sind lang* – und damit vors Jüngste Gericht ziehen.

Lott war aus seiner Ohnmacht erwacht. Er saß gefesselt auf einem Stuhl. Auf dem Stuhl neben ihm saß Evelyn. Ihre Augen waren mit einem schwarzen Tuch zugebunden worden. Auch sie war gefesselt. Sie saß da, als hätte sie jeden Widerstand aufgeben und sich willenlos ihrem Schicksal überlassen. Durch ein Fenster, dessen Laden zu einem Drittel geöffnet war, drang Licht. War es schon Morgen? Lott wusste nicht, wie viel Zeit vergangen war, seit er niedergeschlagen wurde.

Vor Lott stand der Mann mit der venezianischen Maske.

Er lachte. Und hob, fast feierlich, an: »Prinz Carnevale hat viele Gesichter! Manchmal versteckt er das seine in der Maske seiner Feinde. Die Maske ist ein trojanisches Pferd.«

Dann lachte er wieder. So sehen Sieger aus, dachte Lott. Und schloss die Augen. Jede Minute gab es 154 Menschen mehr auf der Welt. 154, die zu den 6,5 Milliarden dazukamen. Dennoch machte man um jedes einzelne Leben viel Aufhebens. Am meisten um das eigene oder um das seiner Liebsten. Besonders in Augenblicken, in denen das Leben zu verschwinden drohte.

Lott dachte an Elli: Jede Art von Tod würde sie mir übel nehmen. Dann öffnete er die Augen wieder und blinzelte dem jungen Tag entgegen. Oder waren es Scheinwerfer?

Lorenz Murr, Prinz Carnevale hinter der Maske der Moretta, stand stumm am Fenster und schaute hinaus. Plötzlich drehte er sich ruckartig um und lamentierte: »Ich habe doch den Krieg nicht angefangen.«

Dann öffnete er die Hüttentür und ging nach draußen.

Ein Schuss schreckte Lott auf. Laute Befehle folgten, Befehle wie aus Filmen: *Hände hoch!* und *Waffe weg!* Und er hörte Lorenz Murr lamentieren, dass er, Prinz Carnevale, den Krieg doch nicht angefangen habe. Und er brüllte: »Füllt mir noch einmal den Pokal, Karneval, Karneval!«

Lott nahm ein aufgescheuchtes Umherrennen wahr. Und er schaute zu Evelyn, die noch immer keine Regung zeigte. Im nächsten Moment wurde die Tür aufgerissen, Männer des MEK stürmten herein und befreiten Lott und Evelyn aus ihrer misslichen Lage.

Evelyn wurde die Binde abgenommen, aber es schien, als schaue sie immer noch in eine Welt, in der es nur Dunkelheit gab. Lott nahm sie in die Arme. »Im Film hätte ich dich retten müssen«, sagte er, um sie aufzuheitern. Aber Evelyn hatte kein Lächeln zur Hand, mit dem sie auf Lotts Trost hätte reagieren können.

Rettungssanitäter waren den MEK-Leuten gefolgt. Lott wies sie von sich ab und deutete auf Evelyn, die diese Hilfe dringender benötigte. Sie legten sie auf eine Liege und trugen sie zum Rettungswagen.

Petra Mai kam dazu. Wütend legte sie los:

»Bist du jetzt vollkommen übergeschnappt?«

»Sag du mir lieber, ob ihr noch irgendwo eingekehrt seid«, gab Lott zurück und hielt sich dabei den Schädel, ertastete die Beule und grinste, als wäre er wie ein Schuljunge stolz auf diese davongetragene Blessur. Wenzel Watzka kam dazu.

Kleinlaut gestand er: »Wir haben uns mit dem Grundstück vertan, sorry! Wir dachten, es sei auf der anderen Seite der Blau, bis die Kollegin uns aufgeklärt hat.«

Lott drückte ihm wortlos die Hand. Eine Geste, die nichts anderes besagen wollte als: »Wir haben es überstanden.« Auch Petra gab sich jetzt versöhnlich. Lachend schimpfte sie ihn einen Möchtegern-Schimanski und umarmte ihn. Dann stützte sie ihn und ging mit ihm nach draußen.

Lott hörte den Sirenen nach und atmete Februarluft, so viel wie er nur kriegen konnte. Als hätte er da drinnen ganz ohne auskommen müssen. Wie ein Fisch, der an Land gezogen wurde, schnappte er nach ihr und zögerte, bevor er sie wieder ausatmete.

Dann aber schloss er sich den Kollegen an und fuhr mit ihnen zum Neuen Bau. Lorenz Murr war bereits dem Haftrichter vorgeführt worden. Die Soko 11.11. saß im kleinen Konferenzraum und atmete auf, als Lott in ihre Runde trat.

Er gab allen die Hand. Vielleicht war es ja ein Abschied für immer, zumindest für eine längere Zeit.

Lott wollte nur noch eins: eine kleine Odyssee über die Alb, heim zu Penelope.

Epilog

Das Verfahren gegen Lorenz Murr wurde auf mehrere Verhandlungstage festgesetzt. Der Angeklagte hatte von Beginn an die Morde an Ingrid Hühn, Peter Felgenhauer, Elvira Hetmanczyk und Ulrich Scheller gestanden. Ebenso die schwere Körperverletzung an den beiden Jungen, Bastian und Patrick, sowie die Entführung von Evelyn Kamm.

Der Mordanschlag im Roncalli-Haus hatte dem Sitzungspräsidenten Wendelin Weihnacht gegolten. Das Gift hatte Lorenz Murr Zyankalikapseln entnommen, die sein Vater, Hans Murr, seit Langem für den Fall einer Selbsttötung aufbewahrt hatte. Der Vater war bei der Scheideanstalt Hereas tätig gewesen.

Im Plädoyer drückte der Verteidiger Murrs Bedauern darüber aus, dass es Tote gegeben hatte. Von Reue konnte aber nicht die Rede sein, da der Angeklagte bis zuletzt darauf beharrte, er habe doch den Krieg nicht angefangen.

Lorenz Murr wurde in die geschlossenen Abteilung einer psychiatrischen Anstalt eingewiesen.

Auszüge aus dem psychiatrischen Gutachten:

Lorenz Murr wollte die Vergangenheit um jeden Preis zurückgewinnen. Und diese von ihm zurückzuerobernde Vergangenheit führt uns in seine Kindertage und auf das Ereignis zurück, als er Kinderprinz war und als solcher eine wichtige Rolle einnahm. Eine Rolle, die ihm zeit seines weiteren Lebens vorenthalten blieb. (…)

Der Tod des Vaters und die Abfuhr, die er erfuhr, als er sich darum bewarb, wieder Faschingsprinz zu werden, hat Lorenz Murr zunächst in eine tiefe Depression gestürzt. (...) Die Ereignisse im lokalen Karnevalsgeschehen, die Tatsache, dass die Fasnet dem Karneval den Rang streitig machte, fasste Lorenz Murr als persönliche Kriegserklärung auf. (…)

Wendelin Weihnacht wurde in seinen Augen zum Verräter, die Fasnet alemannischer Prägung zum Feindbild erhoben. Er selbst schlüpfte in die Rolle des Prinz Carnevale, und als solcher war Lorenz Murr nicht mehr verantwortlich. Er war der Herrscher der Welt, Richter und Henker in einem. (...) Verstärkt wurde diese Bewusstseinsspaltung durch einen neuen Vorgesetzten beim Ulmer Finanzamt, der Lorenz Murr nach Aussage seiner Kollegen in einer geradezu entwürdigenden Art und Weise gemobbt hat.

Murrs Urlaub, der ihm zwangsweise für die Zeit des Karnevals verordnet wurde, hat den Stein dann endgültig ins Rollen gebracht; die Rückverwandlung von Prinz Carnevale, dem Herrscher der fünften Jahreszeit, in die Rolle des gedemütigten Murr war nicht mehr machbar. Prinz Carnevale durfte nicht mehr zu Lorenz Murr werden. Nach dem missglückten Anschlag auf den Sitzungspräsidenten ist die Sache dann völlig eskaliert. Da Prinz Carnevale unfehlbar ist, hat der Angeklagte andere für den Mord am Prinzenpaar verantwortlich gemacht. (...)

Die Rolle des Prinzen Carnevale hatte in Lorenz Murr Kräfte und Fähigkeiten geweckt, die er im Alltag nicht hatte: strategisches Denken, schnelle und präzise Auffassungsgabe; auch physisch hat er Kräfte entwickelt, die er nur als Prinz Carnevale haben konnte.

Seine Beteuerung, er habe den Krieg nicht angefangen, legt seinen Zustand offen. Das ganze Geschehen ist im Zusammenhang mit einem vom Angeklagten frei imaginierten Krieg zu sehen, bei dem er als Kriegsherr im Interesse einer »gerechten Sache« auch »Kollateralschäden« (wie die Verletzung der beiden Jungen) in Kauf nahm. (...)

Evelyn Kamm nahm die Arbeit im Polizeipräsidium nicht wieder auf. Sie erhielt in der Söflinger Tagesklinik psychiatrische Betreuung. Nach ihrem Krankenstand hat sie ihre Arbeitsstelle sowie ihre Wohnung gekündigt und ist unbekannt verzogen. Klaus Lott hat sie nie wieder gesehen.

In der Folge der Ulmer Ereignisse und auf Hilbingers Drängen hin verfasste Lott einen Vortrag, den er später als Aufsatz unter dem Titel *Opferschutz ist Prävention* veröffentlichte. Für diese Arbeit wurde er mit dem Journalistenpreis der Fachzeitschrift des Bundes deutscher Kriminalbeamter *Der Kriminalist* ausgezeichnet.

Nachbemerkung und Danksagung

Dieses Buch ist ein Roman. Handlung und Personen sind frei erfunden. Dabei habe ich mir auch faktische Freiheiten erlaubt, zum Beispiel was den Termin des Narrensprungs und der Narrenmesse betrifft.

Von den genannten Karnevalsvereinen und Fasnetsgruppen habe ich mir für diesen Roman lediglich die Namen geborgt. Dabei habe ich dankbar auf das Material über die »fünfte Jahreszeit«, das mir diese Vereine zur Verfügung gestellt haben, zurückgegriffen. Die im Roman beschriebenen Vereine sowie ihre Mitglieder haben jedoch mit den real existierenden Gruppen, Vereinen und Personen sonst nichts gemein.

Dasselbe trifft auch für den Maichel Bernd zu. Diagnosen und Therapien des beschriebenen Arztes entspringen allein der Phantasie des Autors.